北岳·中国文学年选

《名作欣赏》杂志鼎力推荐
权威遴选
深度点评
中国最好年选

爱斐儿 ◎ 主编

2018 ^年

散文诗选粹

Selected
Prose Poems

山西出版传媒集团　北岳文艺出版社
BEIYUE LITERATURE & ART PUBLISHING HOUSE

· 太原 ·

图书在版编目(CIP)数据

2018年散文诗选粹 / 爱斐儿主编. — 太原：北岳
文艺出版社，2019.1
(2018·北岳·中国文学年选 / 续小强主编)
ISBN 978-7-5378-5822-9

Ⅰ.①2… Ⅱ.①爱… Ⅲ.①散文诗－诗集－中国－当
代 Ⅳ.①I227.6

中国版本图书馆CIP数据核字(2018)第297514号

书名： 2018年散文诗选粹	主　编：爱斐儿 策　划：王朝军 项目统筹：庞咏平	责任编辑：韩玉峰 书籍设计：张永文 印装监制：巩　璠

出版发行　山西出版传媒集团·北岳文艺出版社
地　　址　山西省太原市并州南路57号
邮　　编　030012
电　　话　0351-5628696(发行部)
　　　　　0351-5628688(总编室)
传　　真　0351-5628680
网　　址　http://www.bywy.com
E - mail　bywycbs@163.com
经 销 商　新华书店
印刷装订　山西人民印刷有限责任公司

开　　本　787mm×1092mm　1/16
字　　数　316千字
印　　张　21.75
版　　次　2019年1月第1版
印　　次　2019年1月山西第1次印刷
书　　号　ISBN 978-7-5378-5822-9
定　　价　59.80元

让不可见的灵性经由你而闪闪发光

/ 爱斐儿

　　《散文诗选粹》编辑到了第四年，大浪淘沙、披沙拣金，既涵盖了一些成熟诗人的优秀新篇章，更有一些新面孔进入到大家的视野，辛苦是自然的，收获也是满满的。生物的进化遵循的是优胜劣汰的法则，艺术创作也一样，一些作品之所以被留存下来甚至发扬光大，一定是源于作品自身强大的生命力。这种生命力就埋藏于诗人的词语之间，有的像岩浆、有的像河水、有的像泥石流，你能从中读到那种流动感，流动感就是作品的活力，就像血液流经生机勃勃的机体一样。

　　这些年，因主持一些业内知名刊物的散文诗专栏，领略了诸多作品的风采，一度陷入审美疲劳。为激发自己对散文诗文体的持续热情，我会特意去寻找那些能给人带来新奇阅读感觉的探索式散文诗文本。一个好的成熟文本并非一开始就被明确定义的，散文诗的魅力，就在于它形式的复杂性和多维性，只有多维的空间才能构成艺术品的弹性和张力，才能给诗人留下足够的创作天地和想象空间，而空间感才是创造非同凡响艺术品的必备条件。

　　面对时代巨变，人们不免陷于焦虑和漂泊感，感觉仿佛我们与真正的生命源头分开了，几乎人类所有的努力都是在试图解决和逃避它，这从大量书写怀旧情绪的诗人作品中感受非常强烈。19世纪的德国，曾经有位浪漫派诗人荷尔德林的一首诗，后经海德格尔的哲学阐发，"人诗意地栖居在大地上"，就成为几乎所有人的共同向往。其实，荷尔德林写这首诗的时候，差不多已是贫病交加而又居无定所。他只是以一个诗人的直觉与敏锐，意识到随着科学的发展，工业文明将使人日渐异化；而为了避免被异化，他呼唤人们需要寻找回家之路。我们当代的诗人也面临着荷尔德林当年所面临的同样的困境，为了逃避被异化，他们一直在努力寻找着"回家"的路，这个"家"既是自己的精神故土，又是自己的理想王国；事实上，每个在大地上过完一生的人，都需要找到这样一个精神的、肉体的、灵魂的、诗意的故乡，方可称之为人生圆满，这个"家"就是每个人所谓的精神原乡。为了回"家"，诗人们一路跋涉，在第一时间把自己最为新鲜、直接的感觉，通过词语组合，表达为具有代表意义的个体的情绪和记忆。这些作品通过对现实生活的理性反映和认知，携带着强烈的感性体验，形成了深刻的往昔印象。今年的选粹，其中有大量作品淋漓尽致地展现出这种感觉。这种现场感非常复合，渗透了诗人的政治倾向、实践经验、人生理想、道德规范、审美情绪，并经过充满激情的联想、想象、幻想，利用感性中富含理性的表现形式，最终，成了诗人的心理合成物——散文诗。

因为每个人的生命经历各有不同，所以展现的维度也各有千秋，从整本选粹来看，其丰富性足以构成一个庞大的意象王国，进入这个王国的每位读者，都可以从作者织成的词语迷宫寻找到诗人留给我们的阅读文脉。这些或隐或显的脉络，弥漫着作者看不见的情绪和感触，标记着这个大时代背景下无数人内心的匮乏、漂泊、焦虑、迷茫等路标。我们借用这些路标就可以勾勒出这个时代的特征，那就是：时间在加速，空间在区隔，思想很杂糅。每个人都在通过互联网、提速的高铁、空客，迅速到达自己想要去的任何方位，而思维和观念还停留在过去的限制中，让许多人出现了适应性症候群：浮躁、恐惧、迷茫、极度缺乏安全感。这种感觉无疑是分裂的、纠结的、焦虑的、苦闷的……但是，若没有这种溺水般的挣扎，我们就不会渴望得到解脱。人生的旅途本来极具目的性，但是在很大程度上，我们已经迷路了。在越来越多的诱惑和欲望之前，我们已经忘记了自己是谁，在没有进入身心灵合一的状态之前，我们只能在一个幻象和分离的世界苦苦挣扎，就像鲁米的诗句所写的那样："当欲望之鸟看着物质世界所提供的一切，并追逐着它的欲望，它真的在啄食它自己。"其实，所有外在世界都是内在世界的反映和彰显，就像一面镜子，想必无数诗人在写作之前都会问："我们是如何迷失的，迷失在哪里了？是谁带我来到这里，谁会带我回家？"所以，诗意的栖居，成为了诗人疗愈自我创伤的工具。我常说，诗既是药，药既是诗，就像渴望本身带来对于解脱的努力，面对冷凄的黑夜我们才更向往温暖和光明。诗人如果没有诗歌之光的指引，恐怕很多人陈旧的生活，就是逃离无解情绪的无目的狂奔。所幸，每个时代，都有一群探路者，通过诗歌这条路径，深入内在生命的核心，就像面对一堆核桃，所有人都在关注核桃壳发出的声音，而诗人会在烦嚣声中停下来，静静品味核桃中油脂的甜美。

多年来，散文诗负重前行，因为它更难于驾驭，写出非常经典的散文诗非常之难。从波德莱尔到鲁迅；从《先知》到《吉檀迦利》，可参考的模本非常多，没有哪一部经典的文本只是轻轻掠过了生命的表象，而不深深触及生命的实质和思想的核心。这些用灵魂之眼看世界的时候，看到的是更加壮阔的灵性世界的图景。这本选粹所选择的一些文本也许并不符合某些人对散文诗"诗意小美文"的定义，有些新面孔也不一定是以年龄为标准，也许是写作分行新诗很有成就的"老"诗人，但却是第一次以散文诗的样貌出现在年选之中。事实上，这些年确实有一批具有独立见识的诗人在进行散文诗文本的探索。

归根结底，散文诗创作是一个复杂的过程，它是一个人学识、素养、精神气质、灵性高度的综合体现，只有完美融合了这些要素的散文诗作品才能带给人审美愉悦，才有留存传世的价值。诗人创作的心理动机，既是以诗人的个体发生史为基础，更是以人类的种系发生史为宏大而坚实的背景；正是诗人以不倦的努力回溯于无意识的原始意象，这些精神成果恰恰为现代人的畸形化和片面化发展提供了最好的补偿。如果说诗歌艺术代表着人类生活中的自我调节活动，它在对抗异化、维护人性完整的方面发挥了不可替代的生态修补作用。诗人到底是要回"家"的。他们作为分布在社会机体上的敏锐触角，时常会受到两股力量的吸引，一种是动物能量，一种是灵性能量，只有当我们活出动物的力量，我们才会明白，这些满足并不是我们真正的需要。我们在这里还有更重要的目的，那就追随神秘的渴望，并且超越它们，回到我们原来的家中。有意义的散文诗作品，是诗人通过写作完成个体思考并寻找到的心灵突破口，就是诗人绘出的一张路线图，给阅读者留下精神突围的线索。一部分人会通过诗歌写作而打破观念的限制，完成灵性的觉醒。因为，只有心灵才是我们最根本的存在状态。大多数人为自然之美所吸引，但大家并没有意识到，我们只是爱着溪水中的倒影，而完全忽略了它的源头——灵魂的存在。只有灵魂才能让我们获得平安和喜悦，让我们更加接近真理。当心灵在一门超越任何计算的艺术中敞开，不可见的灵性就能经由你而闪闪发光，"超越并包容"的和解时代就会来临。

2018年11月26日

目 录

1

2

追火车（外三章）

/阿乇

一生有N多时间在追火车，一天有N个钟头在追公汽和地铁。潮湿的花瓣掩盖了她身上的香水味。

车水马龙都是电影。你和我的人生都在老电影里。

而我们在街头奔跑……

我不见你

我不见你，是因为我披头散发，穿着睡衣；我不见你，是因为我为厨娘，偶作传记；

我不见你，是因为我再也开不出火车，身体里涌不出奔向江河大海的溪水……

我不见你，我有天窗赐我白天的阳光和夜晚的星月……

所幸

我走了很久，回头发现，世界于我依旧讳莫如深！

夜幕降临的时候，我给陌生人读诗。

跟他说，我这一生一事无成，所幸有诗念给风听！

选自"王的花园"微信公众号（2018年10月9日）

作者 —— 阿毛，做过宣传干事、文学编辑，2013年转为专业创作。主要作品有诗集《我的时光俪歌》《变奏》《阿毛诗选》（汉英对照），散文集《影像的火车》《石头的激情》《苹果的法则》，中短篇小说集《杯上的苹果》，长篇小说《谁带我回家》《在爱中永生》《阿毛文集》（四卷本）等。作品入选多种文集、年鉴及读本。部分作品被译介到国外。曾获多项诗歌奖。

评鉴与感悟 —— 一个字可以是诗，"生活/网"，用一个字说了全部。一句感叹也行，如"松岛啊！啊啊松岛啊！松岛啊！"（松尾芭蕉）十一个音，只用三个汉字，可谁敢说不是诗。阿毛的短章，同样省略一切枝叶，只有躯干。第一章写时间中的人，第二章写情感中的我，第三章写余生的悟。追赶公交、地铁、火车，是因为我们总被时间追赶着，许多城里人一生的真相。无论生命如何花瓣一般芳香，一旦被匆忙的汗水浸泡，就连香水的诱惑也枉然。回过神来，自己只剩下老电影里在街头奔跑的身影。也许曾经有过一切的念想与夜晚，但过往的一切什么也留不下，现在只有"见与不见我都在那里"的豁然。曾向往江海的奔腾激越，如今已无法再次释放潮水。激情不再，生命的溪流越来越浅，仅够用来辉映天窗，接纳阳光与星月的垂幸。人到中年，还有残剩的青春，还能再次赴汤蹈火点燃二度梅香，然而阿毛已看清真相，"世界于我依然讳莫如深"，她选择"我不见你"，选择"夜幕降临的时候，我给陌生人读诗"。三章作品笼罩着一种生命日益衰败的无奈，也表明了面对无奈的态度。"我这一生一事无成，所幸有诗念给风听！"这是释然？阿毛曾对花语的《访谈录》告白："我只是更留恋这些正在远去的美好，喜欢一些古旧的、慢拙的……正是这些留恋与喜欢，成就了我诗歌中的某些品质。"她决定选择"慢"，既是经历者，也是旁观者，她说："我力图在慢中做它们最后的一个欣赏者，并记录和预示它们全部的成长！"（灵焚）

2

绣牡丹

/阿坡

如果一天可以从一根光亮的丝线说起，那么被打磨出的一滴血，也会发出轻声的鸣叫。

日头冉冉升起——

炊烟缭绕，大河上下的小麦黄了，茶马古道翻滚的烟尘，现已成为盖碗茶上的缕缕清香。

一半的枝叶开始绿了——

三甲集市的喧闹，运走了皮毛、茶叶和牲畜，过了这个下午，它们就会说起山东、江苏和浙江等地的方言，或是不久更远会说起流利的蒙语和俄语。

最初的花瓣多么伤情——

蝴蝶楼外，山野空寂，来自莫泥沟的马五哥和尕豆妹，那是指甲连肉分不开的青梅和竹马，流传民间的故事至今钻心的疼。

硕大的牡丹依次绽放——

一枝是私藏的绸缎，两枝是对唱的花儿，三枝是陶瓷上栽下的酒香，四枝是今夜俄丽娅穿在身上的嫁衣……

灯下飞针走线，城外马蹄急促。

江山如画——在河之洲，又多了锦上的添花。

选自《诗潮》2018年第9期

作者

阿垅，现居甘肃甘南。参加第十五届全国散文诗笔会。中诗网第二届签约作家。中国作协会员。作品散见《诗刊》《上海文学》《中国诗歌》等文学刊物，入选各种年度诗歌选本。曾获首届"美丽遂宁"华语诗歌大奖赛一等奖、"吉祥甘南"全国散文诗大赛银奖、《星星·诗刊》"大鲁艺"杯全国散文诗大赛一等奖、诗刊社"我为三沙写首诗"全国诗赛征集一等奖等奖项。

评鉴与感悟

阿垅这章散文诗的妙处在于构思奇特，写法上的精巧令人称赞。从全篇可以看出，诗人以两条线串联意象，一条是绣牡丹，一条是绣河山。"绣牡丹"，通过开篇"一根光亮的丝线""日头冉冉升起"与结尾"灯下飞针走线"牵连起动作和时间的整条线索，中间再以"一半的枝叶开始绿了""最初的花瓣多么伤情""硕大的牡丹依次绽放"，叙写"绣牡丹"的整个过程，构建起诗篇的时空框架。

而诗篇的落脚点是"江山如画"，其实诗人就是借绣牡丹，绣出一片最美河山和风俗人情。因此，诗呈现的内容是炊烟、黄了的小麦、茶香、集市的喧闹、方言土语、绸缎、花儿、酒香、嫁衣等，并融入民间传说、童年经历、乡村故事、社会风貌等，扩展了书写内容的空间，给人更多想象和阅读体验。

该诗采用引类譬喻的方法连缀材料，并通过联想和暗示建构两个诗性空间，信息容量较大。同时，语言上注重陌生化处理，也讲究跳荡开阖的立体效果。如"丝线""一滴血""鸣叫"这组意象，跨度大，构成空间也大，自然就有较强的诗性张力。散文诗忌平铺直叙，也忌直白无味，而阿垅的《绣牡丹》显得奇崛多姿、内涵丰富、个性突出，不正是一种启示吗？（喻子涵）

新 生

/爱斐儿

时间将证明这个夏天将区别于任何一个，我将在此季获得新生。

许多事物来了又去，而我一直在找寻你，尽管你更换了许多名字出入于人间，在月下、在花丛、在密林之中，我从树木的年轮和花开花谢中认出你；每次相认，都看到你眉眼含笑、泪水晶莹。

作为一次旅程，我出发于诞生，大磨难或小欢喜，它们汇成我生命之海的波浪。我只是一个冲浪的人，怀揣朝圣般的心情，在起伏中练习静定，在静定中臣服于神。而天意自有安排，我只选择顺应。

一路之上， 我在苦咖啡中加糖、在每一张处方处加入红枣或甘草，在巨大的空虚中加入微量的意义，有时我耽溺于万籁俱寂中品味小小的满足，再陷入深深的感动。

我的身上一会儿落满阳光，一会儿落满阴影，彷徨是偶然的，就像醉过的人，醉的其实不是酒香；爱过的人，最深的体会可能是心疼。然而，拥有巨大勇气和力量的人，是因为已被你格外恩宠。

此刻，一个获得了新生的人，不知怎样对你说出内心的幸福和感动，为什么总是那么快乐，那么满。

选自"王的花园"微信公众号（2018年7月3日）

作者

爱斐儿，本名王慧琴，中国作协会员。祖籍河南许昌，曾用笔名王小雪，从医多年，现居北京。部分作品先后被翻译成英、日、法等文字。出版散文诗集《非处方用药》《废墟上的抒情》《倒影》。曾获"中国首届屈原诗歌奖银奖""第八届散文诗大奖""《诗选刊》年度优秀诗人奖""《诗潮》年度优秀诗人奖"等多种奖项。

评鉴与感悟

这章作品，揭示着探寻与幸福的关系。苏格拉底曾经提醒人们："没有思考的人是不值得活的人生。"人的一生或长或短，但无论长短都在寻求幸福，没有一个人愿意不幸。而探寻正是通向幸福的必经路途。爱斐儿告诉我们："许多事物来了又去，而我一直在找寻你，尽管你更换了许多名字出入于人间。"是的，探寻的路上，也许那个"你"若有若无、若隐若现，然而，探寻的意义不在于是否最终相认相知。正如西西弗与那块石头，吴刚与那棵桂花树。执着让周遭的一切变得简单，让意义在关系中油然而生。而这种执着，才是通往永恒拥有的关键。尽管每一天都是过往，却也伴随新生的感动。所以她毫不掩饰地说："一个获得了新生的人，不知怎样对你说出内心的幸福和感动，为什么总是那么快乐，那么满。"爱斐儿能够如此通透，在于她对于"爱"的信念。"爱斐儿"用名字宣言自己生的主题，虽然似乎只是诠释作为母亲最根本的姿态。但正如孟子的差等之爱，既符合人之常情，又能超越血缘、种属，抵达万物。记得她的名句："等不来被爱，那我就去爱你。"这种豁达本来属于常理，但现实中有几人能够说出、践行？其实，人生在世，给予比获取更容易与幸福相遇。活着，肉身需要的柴米油盐，心灵面对的爱恨情仇，价值观决定了此生的境遇。作者已然通透此理，当然会抵达"天意自有安排，我只选择顺应"的觉悟。（灵焚）

图 腾

/爱松

我的妹妹一生都在寻找。她是怎么出生，又是怎么消失？

乐曲有意隐藏，这个令她自己也感觉到困惑的答案。

在家族有限的记忆中，妹妹似乎并不是一个真实存在过的成员。但是，我目睹过她在旋律中，浮动的笑，那是家族中，唯一让我有过愉悦的一个瞬间。尽管我的这份亲历，常常被家族史诟病，我也仍然希望，能够从大乐队的演奏中，获得一丁点儿蛛丝马迹，关于妹妹，关于忧郁和悲怆的旋律，关于我几乎被泯灭的记忆。

我得从低沉的第一声管乐开始，帮助她找寻，我的妹妹。

家族迁徙，最后一次返回晋虚城的途中，音符在夕阳下引领着。我的妹妹并不知道，她蜷曲着身子，横躺在石碑村十里铺长坡的伞亭下。闪闪发光的身体，差点让牵着我走的父亲，误认为是一串闪亮的黑金项链。他小心翼翼靠近，并把你捡拾起来。这时我才看清楚，你是一条蛇，一条早已经镌刻在家堂贮贝器上，供奉的图腾。

你在乐曲中的游离令我吃惊，我的妹妹。弦乐和管乐之间穿梭的，仿佛不是你的身体，而是你的意志，但是却是极其悲凉的声调。这让我大惑不解。从我的父亲把你带进家族的那一刻起，我自认为，你回到了无上光荣的王国。旋律中宏大的和声背景，也为你打开了贮贝器上一道道隐形之门。

你却像是误入地狱，而非理想的天国一样，扭动着黑亮的音阶，想挣脱与你的使命违逆的现实。就连我们，你也丝毫都不认识似的。

你究竟来自哪里？为什么又回到这间一再被诅咒的老屋来？

乐曲中，细碎的切割之音，在大乐队的催动下，趋于密集，又进入缓和，像是你急不可耐的焦躁寻找，和几近绝望的蠕动退缩。你碰到了什么？我的妹妹。

乐曲中重击而下的大鼓，是不是让你胆战心惊？紧接着，急速而前的旋律行进，是不是更把你，逼向某个罪恶深渊？

我的妹妹，你在黑暗中发光的身体，掩饰不了你对白天的恐惧。你吐出嫩红的蛇信子，在几千年前，就闪现在那个即将死亡的父亲的口里。那时他是王，你知道的，我的妹妹，你是不是为此而来？

旋律急剧变化的节拍，预示着什么？这间破败的老屋里，是不是藏有着通往过去的金光大道？抑或隐秘小径？我的妹妹，你在黑暗中的自由自在，让我以为，你来自更为深厚的地下世界，是这样的吗？

大乐队纵深的演奏风格，几乎都让我把持不住了，更何况你这条小小的、未经变化过来的蛇，我的妹妹。就让我来测试一下吧，通过这场越来越悲戚的演奏风格，我想测出你的来意。但你得先告诉我们，褪去这身古老装束之后，你该佩戴哪一种，作为现代人的面具。

选自《散文诗》2018年第10期

作者 —— 爱松，本名段爱松，云南昆明晋宁人，中国作家协会会员，鲁迅文学院第二十四届高研班学员。入选过《诗刊》第三十届青春诗会，《人民文学》首届新浪潮诗歌笔会，《散文诗》第十七届全国散文诗笔会，《中华诗词》第七届青春诗会。出版诗集《巫辞》《弦上月光》《在漫长的旅途中》《天上元阳》等。曾获《安徽文学》年度文学奖、云南省优秀作品奖等。

写图腾的作品有很多，爱松的这首散文诗是别致的。这首散文诗吸引人的地方主要有两点：第一点是用妹妹来比喻蛇、比喻图腾。在散文诗中，爱松用妹妹来比喻图腾、比喻蛇，新颖而又别致，将冰冷而又遥远的图腾拉到眼前，图腾变得具体起来，变得有温度，连蛇这一冷血动物也不再令人生畏。第二点是其饱满的情绪。散文诗前一部分营造的氛围虽然带着疑惑，但却十分温馨，父亲于迁徙途中救了一条蛇，也就是妹妹，我一直在帮妹妹寻找她怎么出生的，大致营造了一个三口之家的故事。但后一部分情绪发生了变化，妹妹成了被镌刻的图腾，在礼乐声中受人朝拜，但是面对这一情景妹妹是惊慌失措的，是害怕的。作为哥哥的我非常心疼与体贴妹妹，这种焦急、关心与迫切的情绪在诗人笔下都得到了淋漓尽致的呈现。最后，爱松以亲人身份为图腾进行的思考很感人，同时他也表达了对现代社会图腾该怎样存在的思考。（宋云静）

茑萝和我的选择

/安琪

　　茑萝有自己的选择，它沿着铁纱窗不断攀爬，看见小网眼就钻了出去，起初只是一根细如牙签的枝干，慢慢就发育成火柴棒一样粗壮，当然，粗壮只是相对于茑萝自身的体质而言。有火柴棒一样的身子就很了不得了。现在，火柴棒一样粗壮的枝干有能力继续旁逸斜出嫩绿的枝条，很快，便有针尖形状细长细长的叶子爬上这枝条。我注意到有叶子的枝条不长花苞：茑萝的花苞很独立，需有自己的枝条，一根枝条便是一个花苞。茑萝的花苞也是细长细长的，花苞什么时候开放我不知道，我知道的是，清晨起来，花瓣张开五角星形的笑脸，温和地笑着，我和这五角星形的花瓣面对面，为它完美的构造所打动，如果我来画五角星，一定画不出这么规整的比例、这么匀称柔顺的线条，造物主造人亦造物，造人或许有差池，造物可是分毫不差。看我家这些陆续开放的茑萝，每一朵都那么精致，竟无一朵有些许残缺。

　　一株茑萝就这样被铁纱窗分成了两个部分。钻出窗外的茑萝颤抖着躯体，它最先感知到风刀霜剑，亦最先领受到阳光的抚爱。它成长的速度比窗内的茑萝快，看到的世界比窗内的茑萝高远，十五层楼啊，我的茑萝没有恐高症，我的探出窗外的茑萝真了不起！窗内的茑萝呢，安安静静，日日对着我家客厅不悲亦不喜。它看着主人在房里读书、写作、听音乐，仿佛也跟着接受了艺术的熏陶。它的成长比窗外的慢了一拍，当窗外的茑萝花开败时，它便开始了它的绽放。轻悄悄的，一样露出了五角星形的笑。它把后脑勺对着窗外，窗外的世界就与它无关。既然当初没有选择钻出铁丝网，那就安于自己的小天地吧。我的茑萝真聪明！

我既想当窗内的茑萝也想当窗外的茑萝，这是我比茑萝贪心的地方。人类的愿望大抵如此。

2018年9月19日

作者——

安琪，本名黄江嫔，1969年2月出生，福建漳州人。现居北京。中国作家协会会员。新世纪十佳青年女诗人。诗作入选《中国当代文学专题教程》《中国新诗百年大典》《百年中国长诗经典》《亚洲当代诗人11家》（韩国）及各种年度选本等。合作主编有《第三说》《中间代诗全集》《北漂诗篇》。出版有诗集《你无法模仿我的生活》《极地之境》等。2015年8月开始尝试钢笔画，有作品被文学刊物选作插图。先后获得第四届柔刚诗歌奖、首届阮章竞诗歌奖和中国首届长诗奖。

评鉴与感悟——

对生命状态的关注和对自我内心的观照是安琪诗歌的内在特质。区别于安琪早期魅惑、绚烂的诗歌语言风格，这章散文诗从容、恬淡而明朗。全文采用明显的类比手法，将茑萝、我、人类三者贯连融为一体，以茑萝的选择烛照现代人对生存境遇的困惑和思索。

除了茑萝之外，全诗有一个非常重要的意象值得注意——铁纱窗，它将茑萝的世界和"我"的世界很好地联系在一起。全文逻辑很清晰，铁纱窗是分段的重要标志，也是茑萝做出选择的重要外因：首段的茑萝自由生长，无忧无虑；第二段的茑萝被铁纱窗分成两部分，一部分选择外面的世界，一部分选择室内的小天地。在没有铁纱窗介入时，

"我"可以和茑萝一样自由；而当人生出现了选择，"我"开始了徘徊、犹豫、羁绊和困惑，不甘心只选择一种人生，渴望片刻的宁静，梦想远离世俗的纷扰，但也希望融入外面的世界中去，这是"我"的贪念，也是人类的愿望。

现代生活有很多无形的铁纱窗，窗里窗外都是不完美的生存境地。作者看似做出了选择，其实并没有结果，依然处于困惑和摇摆中，作者把因选择而产生的隐隐的焦虑诉诸文字，字里行间见自我，最终原谅自己的贪心，与自己和解，并通过创作寻找最完美的平衡点。这是诗歌给作者的馈赠，亦是作者给我们的馈赠。（喻子涵）

折 叠

/白炳安

天空有无形的手，把阳光垒起万丈高，把白云折叠成万里飘带，任意进入时间，擦拭白天的一片蓝。

一个看风景的人，看见一只鹰在树上折叠好翅膀，在枝丫之间雀跃，像一个词语在诗里弹跳，打开一声接一声的低鸣。

这个看风景的人，是我，拨开历史的记忆，看到阳光下的阴影；

那些真实的事物依次被不择的手段折叠起来，收藏黑暗中，任由发霉。

想想自己，想想走过的一生，有时小心翼翼地把我的一切都折叠好，但还是露出一些错误的皱褶；

露出的缺口，被风乘虚而入，引起窃窃之声。

在某些场合，某个时期，我觉得自己是别人手里的伞子。

雨天，被拿来挡雨；晴天，被折叠起，冷落一隅。

大千世界，不缺折叠者，被折叠者更多。

一些人把另一些人当纸一样折叠至残，而一个人又把另一个人当皮箱一样折叠，密封一辈子。

世间风云变幻。

折叠与被折叠的戏剧每日在上演。

谁也不会说出每日折叠什么，但许多秘密被折叠成红包送来送去。

时光的针尖正刺破现实的蛋壳：

一代人的轻浮与势利被折叠成糖果，摆放在生活里，尝一口，才知其中味。

在冬天，把自己当棉被盖着别人，暖心；

到夏天，把自己折叠一边，独自忍受寂寞。

对这种人，我心里默默念着感恩。

2018年1月1日

作者 —— 白炳安，男，系中外散文诗学会理事、中国电力作家协会会员、广东作家协会会员，肇庆市作协副秘书长。已在《诗选刊》《诗潮》《散文诗》《诗歌月刊》《星星·散文诗》等发表作品。有作品入选《中国年度散文诗》《中国散文诗精选》《中国散文诗年选》《大诗歌》《中国散文诗一百年大系》。著有散文诗集与诗集多部。散文诗集《诗意肇庆》荣登2016年中国散文诗排行榜。获得首届"DCC杯"全球华文诗歌大奖赛三等奖、第四届曹植诗歌三等奖。

评鉴与感悟 —— 白炳安散文诗的现实主义精神，在这首《折叠》中表现得淋漓尽致。现实主义注重对现实生活的观察和体验，力求通过细节的真实表现生活的本质和规律。诗人化身看风景的人，将所看"风景"折叠了至少四层。第一层，折叠大自然。白云被折叠成飘带、鹰折叠好翅膀栖息雀跃，舒展、折叠都是大自然的状态，收放自如，不受外界干扰。第二层，折叠历史记忆。折叠代表被时光掩埋的秘密，历史的阴暗、记忆的创伤可以被折叠隐藏，随时间消散。第三层，折叠生活。时光的针尖总会刺破现实的蛋壳，人生无论怎么小心翼翼，依然会不被理解、不够完美和不能接受。第四层，折叠人性。人性中克制不了的欲望被折叠成红包，人性中的伟大却又被折叠成雨伞、冬被，默默等待着被需要，隐秘而伟大。

"大千世界，被折叠者比折叠者多"，这是"我"作为看风景之人对世界的认知。一层一层，作者将一切被折叠的东西铺展开来，理智对待记忆的阴暗，原谅生活中的不公，同时更加肯定了默默奉献的精神。白炳安以一种宽容的心态，欣赏和享受着自然界的美好馈赠，也接纳了生活的失意，并怀着一颗感恩的心，为被"折叠者"发声，感恩他们虽然容易被遗忘却依然坚持贡献社会。立意高远、构思新颖，从某种层面上彰显作者的人格力量，足见责任与担当。（喻子涵）

蒹　葭

/白麟

蒹葭苍苍，白露为霜；

所谓伊人，在水一方。

——《诗经·国风·秦风·蒹葭》

那些芦苇、蜗居在城市的芦苇——和瘦骨嶙峋的水一起，被挤在逼仄的河床；

蒹葭，只是她早年的官名，很像《诗经》里一位窈窕淑女的芳名……

曾经的渭水多么宽阔，国史上的第一条天然大运河，结成了秦晋之好，孕育了周秦汉唐；它更像一支羽箭，张弓东射，让秦所向披靡，一统天下！

蒹葭苍苍——河道里留下多少舟船的足印、白帆的水眸，送别的白帕、远征的遗言……

那雪白的芦花，不就是紧贴河面追魂的鸟群吗？不就是随干朝、船队一起远去的帆影吗？

只剩这些芦花、被遗落的凤冠霞帔，每每在深秋，倾吐对伊人的思念：

这些伊人呐、单薄的梦中佳人，只饮白露夕光，仿佛短促欢鸣的秋蝉，等待她的总是空空的壳蜕；

而河道外欲火中烧的城市，自然需要几枝蒹葭的道具装点浪漫，甚至借新建的亭台楼榭，营造古典水韵；

其实他们不需要如此诗意的植物，他们想避开蒹葭的掩映，挖空心思地寻找出路，以通向世俗的荣华！

蒹葭，亭亭玉立的——是风雅的遗存，是白衣飘飘的年代的怀恋；燕雀偶落枝头，似在喟叹往昔的舟车连营，还是啁啾残留的风花雪月……

千年古渡，不见船骸。
只剩洁白的芦花让我浮想联翩：
飘逝的爱情？沉沦的思想？朝圣的灵魂？
蒹葭苍苍，在这灯火都市，白露为霜……

选自《中国诗人》2018年第2期

作
者

白麟，本名周勇军，生于陕西太白，诗人、词作家、文化策划撰稿人。中国作家协会会员、中国音乐家协会会员，现为宝鸡日报社副刊部主任。出版《风中的独叶草》《慢下来》《眼里的海》《音画里的暗香》《在梦里飞翔》《附庸风雅——对话<诗经>》六部诗歌集，曾获第二十二届全国鲁藜诗歌奖、陕西省第三届柳青文学奖等。参加过《散文诗》第四届全国散文诗笔会。

蒹葭之思，悠且长矣。诗者以摇曳于《诗经》的"苍苍"为引，从"蜗居在城市的芦苇"起笔，切入渭水的历史纷纭映像、叠化"道具装点浪漫"的现实真实图景。诗意的植物"和瘦骨嶙峋的水一起，被挤在逼仄的河床"，实用主义的旗帜占据了生活的每一处现场，"其实他们不需要如此诗意的植物，他们想避开蒹葭的掩映，挖空心思地寻找出路，以通向世俗的荣华！""飘逝的爱情？沉沦的思想？朝圣的灵魂？"作者的追问与质疑，不仅带有一个迷失时代的沉重与怅惘，亦是一位从嘈杂追逐中清醒四顾者的奋呼与诚告。（范恪劼）

在黑夜里禅坐

/白土黑石

把世界安放于心，让万物安寂。

时间纷纷陷落，倒伏成一条河流，在我呼吸之间悄然流淌。

我禅坐于高凉丛山之巅，以一朵卓然于世的青莲之姿。

星星在黑夜里，醒着。

高凉大地，万物酣睡。

暗伏的苍茫在一盏青灯之外，在我的视野之外。

漫延。潜行。

主宰夜的黑暗。

世界读我于形而下，我读世界于形而上。

世界和我，互为敌人又互为朋友。

我变换禅坐的方式，双跏趺坐，单跏趺坐，交脚坐，跨鹤坐，正襟危坐。

修身。悟道。

姿势变换，业障难除。

我呼唤神明。

我期盼一只亘古的玄鸟无声降临，口吐神谕，予我一道光芒。

那时，青灯和黑夜，一起退隐。

世界走进晨曦。

我是一个愿意继续禅坐的人。

选自《星星·诗刊》2018年第6期

作者 —— 白土黑石，本名朱华棣，男，广东人，大学文化，中国散文诗学会会员、广东散文诗学会会员、地方作协会员。曾长期在宣传理论部门工作。作品散见《菲律宾商报》《星星·散文诗》《散文诗》《南方日报》等多家中外报刊及网络平台，有作品入选多种选集。出版过作品专集。

评鉴与感悟 —— 这是一章写坐禅体验的散文诗。坐禅属于中国传统文化，它通过坐禅"凝心息虑"，从而"明心见性"，然后达到"了悟自心"的目标和"本来清净"的境界。在中国传统文化的浸润下，历代不乏禅诗写作者，有的通过亲身坐禅体悟生命，有的是研修佛学和禅宗经典获得人生感悟，从而写出恬淡超然、空明澄净的诗，如古代谢灵运、王维，当代的许地山等。

当然，坐禅与禅境、禅诗是不同的概念。坐禅是一种行为，是禅境产生的过程。禅境是坐禅的结果。禅诗是禅境的诗意表达。禅境与禅诗与坐禅有关联，但也并非源于坐禅唯一渠道。关于禅诗，美学家李泽厚先生认为，它是"通过诗的审美情味来指向禅的神学领悟"；就读者而言，是通过对诗中禅的神秘憬悟，品味到一种言有尽而意无穷的韵味和境界。

这章散文诗，"把世界安放于心，让万物安寂"，是想通过坐禅达到禅境，接着是一系列坐禅过程的比喻和描写。但它不像传统诗歌那样致力于禅境、禅趣的营造和呈现，而在于对人与世界的观照和感悟。因此，"世界读我于形而下，我读世界于形而上"，"世界和我，互为敌人又互为朋友",就是其要旨,甚至产生"业障难除"的现实性审思。正因为如此,期盼"光芒",让"世界走进晨曦"是其达成的目标,并表示"愿意继续禅坐",表达了诗人的信仰追求。(喻子涵)

《幻想之物》(组章)

 卜寸丹

无题

羊群沉默。

草原沉默。

高天之上。苍鹰沉默。

牧羊人举起鞭子。"走吧，我的最后的羊。"

"走吧，你喜欢了你喜欢的部分，那部分早已成为你的。"

沸腾的生活沉默着。

就像母亲衣服上绣着的花朵。

疯狂的肉体

神抹去了最后的底线。

我的家园在哪里？

玫瑰的爱人被谁劫掠？

我写下碑文，就是铭刻仇恨。

用谷物将我喂养的娘，我不愿她走远。

牛羊，禽鸟，林野之兽，什么时候，我们已走到这终极之地？

"抱紧我吧！我的蓝色爱人。"

我们终是自己点燃自己，自己复活自己。

我们命该如此徒拥疯狂、自由的肉身。

金枝

他揭去她的纸面具，"你是我的诗篇"。

他拥她入怀，"你是我寂静的月色"。

他像魔术师一样变着戏法。绝处逢生。

"呵，爱人！"她将纸面具戴到他脸上。

她缠绕着他，像一条青藤。

"我在你怀中歌唱，也在你怀中安息。"

黑暗淹没了房间。

她用气血供养的一小朵玫瑰的刺青。

像影子一样清晰而又模糊。

我们将美酒埋在后山的橘园

端阳回老家，父亲与弟弟在后山挖出埋藏的美酒。

父亲与我们把盏，谈论桑麻、农事，变幻不定的气候，就是不说十数年里独自一人生活的孤凉。

"这酒真好，有十五六年了吧！"

"可能还不止！把酒埋起来的时候，你娘还在哩。"

此时，娘就睡在离家不远的墓园，被薄薄的黄土遮盖，被薄薄的雨水浇灌，被薄薄的星光照耀。

酒液流淌。我背过身。

不让眼泪从血红的脉管里漫溢出来。

我相信，这世界没有恶意？

他死死地扯着波动的绳子，那根粗壮绳子的一端系在房顶，从悬垂的高空铺泻而下。

很多的猫攀在上面。它们透明的尾巴交缠在一起，危在旦夕。

"孩子，叫他拉紧绳子，否则，全会丧命。"母亲惊恐的声音响起。

他松手，绳子从他手中猝然滑出。

她在惊惧中醒来，"是梦杀死了一切"，她说。

自始至终，我们都冷汗淋漓。

选自《诗刊》2018年第16期

作者 —— 卜寸丹，读书写字。相夫教子。永居家乡。已出版散文诗集《物事》。

评鉴与感悟 —— 卜寸丹的散文诗有些晦涩，初看让人摸不着头脑，但反复咀嚼，其字里行间有一股鲜活的力量，磁力般聚合诸多物事和意象，这种神奇效果得力于诗人对于"自我与他者"双重关系的独特展示。她并非一味地述说"自我与他者"在抽象主观性领域的交织演变，而是另辟蹊径地上升为存在者之间的领域，也就是说，"自我"与"他者"的关系，不再是主客观的认识论关系，而是共同在世的存在论关系。

在《无题》中，"自我"与"他者"的关系，表现为自我与自然生态间的存在论关系，"羊群""草原""苍鹰"等本来自然界"自由"的化身，而与"自我"之间横亘着的竟然是无情的"沉默"，这不禁让人反思人与自然之间的生态危机，警醒人们不要让自然界鲜活的生命沦为衣服上的"绣花"；《疯狂的肉体》更是极尽"疯狂地"连用三个问句"我的家园在哪里""玫瑰的爱人被谁劫掠""什么时候，我们已走到这终极之地"来拷问"自我"，由单个的"我"到群体的"我们"一层一层推进，不断增强诗歌的张力，最终在不断"点燃""复活"中实现"自我"与"整个人类"的交融；《金枝》原是英国文化人类学家弗雷泽所撰写的一部严肃的研究原始信仰和巫术活动的科学著作，这里想必卜寸丹也是有她的"寓意"在里面，那就是她想通过这样一个"绝处逢生"的爱情游戏，将所有的"纸面具"都撕

毁，将男女之间最不舍的爱与最不忍的恨展现得淋漓尽致，甚至不惜鲜血淋漓。（喻子涵）

老屋或影集

卜文雅

我有一本影集，初时崭新的封面，是爹娘青春的容颜，也是老屋年轻的装束。

二寸黑白照片的岁月，爹板寸，娘齐肩，姐麻花辫一甩，我羊角辫一竖，弟戴上有军徽的童帽，父母臂弯环抱着我们，老屋和影集里的全家福。

艰难岁月，爹娘粗布衫上汗碱的结晶，喂不饱四张鹅黄的小嘴，骨缝皲裂的老屋漏风漏雨，折线断裂的影集修修补补。

四只小鸟绕梁之后的高飞，伸展的臂膀泊下爹娘和老屋。白发皱纹斜刺看过来的瞳孔，彩照里沧桑的颜色如此瞩目。

爹老了，拄着儿孙的拐杖。娘老了，儿女递来搀扶。影集斑驳，老屋摇摇欲坠。暮年的爹娘笑容浑浊，却清晰浮出四世同堂的幸福。

老屋已随父母去了天堂，延展出三室一厅的爱。如今，沉甸甸的影集满是沉甸甸的情。

我是那么爱你，我的皇天，我的厚土，我的爹娘，我的老屋，满满的爱，满满的人间。

选自《诗选刊》2018年第1期

作者 ——

卜文雅，笔名诗鸽，天津市作家协会会员，中国诗歌学会会员，中国作家记者协会主办的《你我他》杂志等多家文学刊物签约作家，多首诗刊发在《诗选刊》《星星》《时代文学》《山东文学》《延河》《作家报》等几十种文学报刊，入选多种年选。著有诗集《诗鸽飞扬》。获"首届李清照文学奖"现代诗一等奖、中国、天津第三届诗歌节作品优秀奖等，有诗入编吉林省农业发展学院大学校本教材。

评鉴与感悟 ——

卜文雅是一个钟情于土地的散义诗人。时间，曾在无数诗人笔下得到深情的演绎，在《老屋或影集》中，时间的动感得以直观地展现，作者以一部"动感影集"的方式，把空间和时间的永恒与短暂陈列开来，从二维平面的影集到立体的老屋空间，在极其普通无关的两个意向组合中形成无限的张力。并且，作者通过对老屋和影集两个意向在时间的洗礼中逐渐陈旧的过程，记录了一代人到另一代人的无奈更迭，作者在沉吟时间流逝的无情中和对父母亲人的爱形成对比，就好像陈年的老酒，时间越长，韵味越深，而作者也正在这种时间的沉淀下，把对父母的爱浓缩成了一本沉甸甸的影集，那是不变的，越发沉重的爱，是时间带不走的。但作者没有停留在这种沉重的心情之下，反而笔锋一转，以"人间"一词扩大了情感的空间，不再受限于时间流逝的无奈，因为爱是永恒不变。（喻子涵）

幻影:和另一个自己的相遇

/曹雷

多年以后的某一天,我回到人烟蓬勃的世间,和另一个自己相遇。

我们交谈。就像一个故事的开头遇见了自己的结尾那样相互探询。来时的故乡和去过的远方,在我们问答声里,一一失去了原来的模样。

那件长满麦穗和小野菊的棉衫丢失了;也丢失了烟云一样没了踪迹的鲜衣怒马;以及扬起手臂唤归的炊烟,驱散寒夜的热茶;甚至欢宴时假笑的那盏浓酒……

中间的这段内容里,一场似有若无的大梦在云卷云舒。花开,花谢。满足,失落。也只有此时风轻云淡的叙述还会短暂收留。

还有多少说不出的隐痛,被轻风流水带走;还有多少欢愉后的惆怅,在一地鸡毛里发霉。当暮钟在耳边响起来,一种摸不着的空,早已侵蚀周身骨头。

那好,结束交谈,我们互道珍重——

燃亮初心的灯盏,就像秋风中的黄叶,沿着时间画出的纹路,回到出发的季节去。

或许,下一次的相遇,天蓝,水也碧。

选自《星星·诗刊》2018年第21期

作者

曹雷，系中国作家协会会员，中外散文诗学会副主席。已出版散文诗集和诗集《山野的红桑果》《涉过忘川》《抚摸钟声》《溪踪》《纸上光辉》《时间的低语》《正在醒》等。曾获1983年《儿童文学》优秀作品奖、第二届四川文学奖、第七届冰心散文奖等。

评鉴与感悟

有句话说："写诗，就是与自己灵魂的对话。"曹雷的《幻想：和另一个自己的相遇》正是在一个穿越的时空中，展开了一场与自己的心灵对话。在这里，诗人大胆地想象，设置了两个自己：一个是处于当下现实生活中或许还些许无奈与迷茫的自己，一个则是多年后白发苍苍，早已看遍了人间悲欢离合的自己。他们在诗人苦心建构的空间中，以对话来审视人生，完成自我重塑。在这章散文诗中，诗人并不是简单的抒情，他重视反观自我、反观人生，物象的建构让诗人的情感有了寄托：麦穗、野菊、炊烟、热茶、暮钟、花儿、黄叶，这些物象组合在一起，勾勒出孤清旷远、云淡风轻的境界氛围。以花为例，岁月轮回，花开花落，正如人的生命从开始到结束，在这短暂而又美好的花期中，那些在生命中的快乐与痛苦，也会渐渐游移至时光深处，积满尘埃。与其感叹，不如莫忘初心，一句"下一次的相遇，天蓝，水也碧"，表达出了诗人乐观豁达的人生态度。时空跨度大，情感饱满，是这张散文诗的主要特点。诗意的跳跃和接续，像清泉流淌一样随散文诗的内容与诗人的情感起伏而变化，在形式的绝对自由中，自然而然地形成一种韵味节奏之美。总而言之，诗人从直接的生命体验出发，经过情感和心灵的加工、净化，营造出一片纯粹的诗意空间，既有对人生的思考，也是对灵魂与自我的倾诉。（喻子涵）

杨树林后

被雪搂在怀里的田野，酣睡的嘴角有橙红色的阳光，上翘。

田鼠，跑在北风前面的小脚印，逗号般写满土地的白纸上。没有抒情，生存需要在没有路的地方，蹚出路。

阳光的背影印在厚厚的雪上，清冷的叹息有不规则的齿痕。

都收获了，都空了。

视野之内，蒿草萧瑟，风干后的玉米秆抽搐着身子。

不能再往里走了，雪已经灌进裤腿，脚掌已经触摸到日子的冰凉。

作者 —— 曹立光，笔名荒原狼。中国作家协会会员，鲁迅文学院二十九届高研班学员，黑龙江省作协签约作家。曾参加《诗刊》三十二届青春诗会，第七届全国青创会，第十五届全国散文诗笔会。著有诗集《北纬47°》《山葡萄熟了》。

从古到今，中国人对于故乡都有一种特殊的、难以忘却的情感，这种集体无意识的"原乡情结"常常投射在文人的创作之中。曹立光的散文诗立足于小兴安岭深处的某个山村，那里的田野、土地、河流、森林，在诗中柔化为一个个意向，成为其情感的载体。在《杨树林后》这章散文诗中，诗人试图以熟悉的记忆来还原故乡的场景：积满雪花的田野、橙红色的太阳仿佛在微笑，调皮的田鼠在雪地里奔跑。诗人以色彩化、生活化的语言赋予这些普通的自然之物以灵动的美感，充满了田园化的诗意。读者不难想象，这个北方小村庄必然曾给予了诗人满满的快乐。

可是，美好的东西往往是留不住的，它终究要离去。当经历了成长的阵痛、经历了人世间的悲欢离合，彼时，再回到故乡，温暖的记忆与冰冷的现实不断交汇碰撞，诗人不免又夹带着陌生化的视角对故乡进行了重新的审视："抽搐着身子的玉米秆"和萧瑟的蒿草充满着无以言说的痛苦；原来，那只雪地里奔跑的田鼠不是在游戏，而是在艰难的境况中"蹚出路"；冬天的日子是冰冷的，而那一声"清冷的叹息"更是表达出现诗人对时代的无力感，也夹杂着一丝悲悯情怀。

曹立光的原乡情结，不是像沈从文那样以湘西世界供奉着心中的"希腊小庙"，他穿梭于故乡与现实之中，试图在来回中寻找到拯救心灵的力量。也许，现实并不尽如人意，然而，他的内心深处，对那片生他养他的土地始终洋溢着一种心灵的激荡。（喻子涵）

为活着又即将消亡的化石写祭

/草原灵儿

　　马，这个龙活着的化石，也即将消失，被钢铁架构的智能器械克隆或取代。英雄与草原连着的血脉将成为侏罗纪断层般的绝地碑身，接骨无处。

　　盗开岁月这座墓，为那些殉葬的马，补一场葬礼，为马死去的灵魂超度。曾经，跃马扬鞭是号角，为推陈时代，驰骋是使命，吃草是宿命。那些看似粗野的一切，却有着无限蓬勃的原生力量。

　　马，从没有因为吃草而停滞或降低奔跑的频率。蛮音呐喊时，是扬尘而起的英雄史。无论是在战火、驿道、农田、围猎中。

　　马，不能跟鸟那样飞上天空，也不能如船那样颠簸于浪屿。但是它们能绕过海，跑比鸟还远的路。无论草原还是沼泽，它成就了无数英雄和美人，而今风沙烈烈，早已经抹去它的影子。好在历代王权始终把它与英雄名字合二为一。

　　而今，磁悬浮在钢铁架上走梅花桩，飘闪腾挪。拴马石被连根刨起。人翻身落马时，和孙猴子一样，可以直接翻上云头，跑得更高更远，瞬间从双脚沾满泥巴地沿线行走变成点与点之间的时空。世界也浓缩到一尾鱼爱上另一尾鱼的距离。马却翻到历史另一岸，影子拖着肉身，记忆切成片断，践行着自己。马不敢回头，怕最后一滴泪变成血，染红脚下的锦绣江山。

选自《散文诗》2018年第5期

作者 —— 项南（项桂颖），原籍内蒙古人，笔名草原灵儿。辽宁省作家协会会员，《西部作家》常务副主编，辽宁省文学院新锐作家班学员。出版个人散文集《草原上的格桑花》，作品偶有发表或被收入选本。

评鉴与感悟 —— 草原灵儿是位业已形成独特诗风的作者。这篇以"写祭"命名的诗章，开题即自出胸怀地指认马是"龙活着的化石"，继之从马的原生力量、马的英雄史、马的赫赫功业而多维状写奋蹄飞扬的精神和纵横无忌的血性，然后笔锋一转，指陈钢铁机械与科学智能统治时代里马的落拓无奈乃至无用武之地的尴尬，在前后比衬中凸显"活着又即将消亡的化石"的"灼痛"。诗章语言叙说鲜活、状物写神生动、生命元气淋漓，能够唤起读者的深长之思。（范恪劼）

秋风辞

/朝颜

1

——"喓喓草虫，趯趯阜螽；未见君子，忧心忡忡。"

秋风吹落的秘密，从来都被低处的耳朵掌握。

靠着一个季节的支撑，你降低自己，在黑夜，在泥土的高度，在草虫和阜螽的高度。

隐伏者，需要用反复吟唱、反复徘徊的方式道出爱。而他在离你遥远的光明处奔跑，他有他的漩涡和浪花。

晚风微凉，草籽簌簌落地，拍打着翅膀的候鸟，停歇在月光下。沉溺于执念的人，自甘躲在秋天的树荫下，成为黑暗的一部分。

不必告诉他你的忧伤，不必拿眼泪当作秋天的修辞。再热烈的相遇，燃烧过后，都是一地灰烬。

一滴露珠落下来，打湿的不止是睫毛。秋天都来了，那个让你忧心忡忡的人，他不会来。一整个季节，你的光阴都是虚设。

事实上，没有一个秋天是用来憧憬的。剩下的残局，该由谁来收拾？

2

——"蓁兮蓁兮，风其吹女。叔兮伯兮，倡予和女。"

在秋天，一枚叶子用光了它的深情，世界的寂静和辽阔被风声说出。

风翻动着枯萎的一切，仿佛要把生趣从大地上掏空。时间并没有因此而走得更快，但你仍旧感到了难以言说的忧伤。那些沁入骨髓的凉意，那些触目可见的衰老和死亡，加深了你的彷徨。

更多的忧郁和寂寞无从排遣也无从说出。此刻，你多么需要唱一首秋天的歌，需要有人和着你的节拍一同唱出心中的感伤。"叔兮伯兮"，你呼唤的人，会不会像影子一样停留在你身旁？

风起叶落的时候，有谁懂得你的留恋和渴望，有谁将你内心的病症唱成了他终生的顽疾？

秋水苍茫，从一颗心进入另一颗心，其实并没有那么容易。像香消在风起雨后，无人来嗅。多少花红柳绿在轮回里交出了全部，只有秋风会用心埋葬它们的骨殖。

有时候，拆除一道樊篱，会用尽人一生的力气。悲凉是浸在命里的箴言。

3

——"蒹葭苍苍，白露为霜。所谓伊人，在水一方。"

站进深秋的事物，难免自带寒凉。

天已破晓，意义落空。那芦苇的苍青和霜露的白，俱成为挂在心上的苍茫。

仍然有一条河横亘在追寻的路途上。秋水漫漫，那遥遥飘忽的美丽景象依稀可见。你伸出双手，想要捉住些什么：爱人、友谊、福地，还是一个总也不愿忘记的梦？

秋天很快就要用完了，致命的诱惑还在远处若隐若现。从黑夜到白天，环绕着一条河流的来处和去处，你反复举步，来回奔忙，像一只在秋风中飘荡的风筝。

离不开，也走不近。徘徊是你一生的宿命。

美到极致的念想，总是长着一张可望而不可即的脸孔。你听啊，虫声寂寂，偌大的世界只有你还在且行且歌。

即便前方只有镜中月、水中花、海市蜃楼，只有永不能企及的幻象……

明天，你还将头顶星辰，穿过冰冷的霜花，足尖朝着伊人所在的方向。

选自《伊犁河》2018年第1期

作者

朝颜，原名钟秀华，中国作协会员，鲁迅文学院第二十九届高研班学员，参加第十六届全国散文诗笔会。作品见《人民文学》《诗刊》《散文》《青年文学》《文艺报》等刊，入选《中国诗歌排行榜》《中国随笔精选》《中国年度散文》等多种选本。出版有散文集《天空下的麦菜岭》。获《民族文学》年度散文奖、井冈山文学奖等多种奖项。

评鉴与感悟

朝颜是一位将情感能演绎得如此深邃而彻底的诗人。她跨越千年时空，颇具新意地将《诗经·国风》中的《召南·草虫》《秦风·蒹葭》《郑风·萚兮》用现代散文诗的形式重新演绎且生发出与原作相媲美的新古典意蕴。

《秋风辞》这组散文诗是诗人千百年后的唱和，从诗歌审美角度来看，诗人善于借助感性对应物不论是"秋风""秋叶""秋水"抑或是"秋梦"，均是通过暗示与象征，实现自身细微的情感体验与外界万物刹那间的碰撞交织，其中浸染着诗人独特的人格追求。这样形成的"象征意象"便具有了突破表象、引导读者去追寻和体验更深层次的本体美的能动功能。

从诗歌内容上看，诗人完美地实现了文学向内转的创作风格，力图凸显的是内在的情感世界，而非外在的现实世界，完美地演绎了人生的两种最深的情结：一是对岁月流逝的感慨，二是孤独中的守望。这个与她所引用的《诗经》是遥相呼应的。

再从诗歌技巧上来说，这组散文诗并非是对西方象征主义诗歌意象的一味照搬，而是有一种中西合璧之美，用沾染了深秋露水的灵性表达方式以及细腻多情的叙述口吻，层层浸染读者的心灵，轻渺不失空灵，使整组诗都氤氲着古典之美。（喻子涵）

孤独:虎

/陈劲松

太阳静静燃烧，万物忍住灼痛，咬紧牙关。

这样的时刻，我愿意腾空身体，在体内养虎为患。

让它在我肋骨的栅栏内踱步，步履雍容，它就是我高贵的王！我则如一棵听风的小草，按下心中的雷霆，沉默不语。

它低吼，我拨响骨节应和它。

它撕咬我的皮肉，我安然享受那份独属于我的疼痛。

它在我体内奔突如地火，我愿意成为它的灰烬。

它的条纹如此醒目，如此惊心，我也愿意披上那斑斓的鞭痕。

我拒绝那只虎走出我的身体！

如果它走出，我就只是一副空空的皮囊。

我敢肯定，我绝不是唯一的一个以身饲虎的人。

选自《岁月》2018年第9期

作者

陈劲松，1977年6月生于安徽省砀山县。1996年公开发表诗歌。作品散见《诗刊》《散文》《青年文学》《星星》《诗选刊》《诗歌月刊》《花城》《作品》《绿风》《诗潮》《扬子江诗刊》《文学报》等刊。有作品收入全国幼儿师范学校语文课本及多部选本。著有诗集《白纸上的风景》《风总吹向远方》《藏地短札》《纸上涟漪》等五部。获青海省青年文学奖、第三届"中国·散文诗大奖"、2014年《诗潮》年度诗歌奖等各类奖项五十余次。

评鉴与感悟

孤独是诗人的特性，不然古今中外怎会有那么多书写孤独的诗。诗人天生锐敏，最能感知自己的处境；诗人特立独行，常常悖于世俗而遭孤立；诗人内心丰富，有着"独与天地往来"的精神世界而疏于人际交往。因此，诗人既怕孤独又爱孤独，孤独体验与诗人追求诗艺独创有着紧密关联。

劲松这章散文诗表达了不堪孤独又甘愿孤独、享受孤独、坚守孤独的深沉心理与复杂情感。孤独如虎，这个比喻准确而贴切。"太阳静静燃烧，万物忍住灼痛，咬紧牙关"这是不堪孤独的体验与喻指。但即便如此，"我愿意腾空身体，在体内养虎为患"，甘愿接受孤独。接着以虎作喻展开享受孤独的系列描写，"它就是我高贵的王"，只能"沉默不语""应和它"，同时"安然享受那份独属于我的疼痛"，"愿意成为它的灰烬"，"愿意披上那斑斓的鞭痕"。最后，即使孤独如虎，而我也"拒绝那只虎走出我的身体"，并担心"如果它走出，我就只是一副空空的皮囊"。如此一来，作者把诗人与孤独的神秘关联揭示得淋漓尽致。因此，诗人要做一个"以身饲虎的人"，为诗歌坚守这份孤独的生活，维护诗人的独立人格和个性自由。

劲松善于把抽象的事物形象化，联想丰富宽广，意象奇特多变，表达流畅精准，语言生动优美，诗意浓郁有质感，读后韵味十足，回味无穷，是一章成功的意象型散文诗作品。（喻子涵）

行走与雕冰

/陈俊

1

大雪漫天。这真是一个悖论，越是刻骨的，越是浅白的。

有一个痴心，用脚印在大地上写碑。

越是有个性的，越走荒径，越容易被忽视和掩埋。

2

我把自己内心的蝴蝶赶出去，它们缤纷。我就忘了它们流落民间草泽，或者假装不知，我学着想用脚印去踩出不朽之痕。蝴蝶或飞走，或被踏死。

我深陷自己的柔软和纯洁。

3

只要有雕刻之心，暗影一定为了衬托，眉毛也有表情，胡子挂出时间器具。

冰在刀锋之下圆润，那些通透之思都是从表面深入内部。

最后刻一双眼睛，那是一生杰作。

眼睛拘留了生命的魂。那扇窗户通向春天。

眼神里看出水和光芒。

4

一生要做两件重要的事：行走和读书。

留在行走中一定是自己的模样。

只经历纸上的风雪，一定让自己变得惶惑、模糊。在行走中强化自己，一一了然于胸。唯如此，纸上塑下的自己才是按自己的模样雕刻的。

然后有了生命。活在纸上的是热血和惊慌。

5

抚摸都有冰凉的肌肤。内心的热收得越紧越结实。

6

把路雕成许多模样。脸模子很重要。枯叶也有完整的脸。

7

一个人走在孤独的野地，我听到雪被踩得咯吱咯吱疼痛的声音。因为有这声音我没有滑倒。

而许多人走的路是听不到雪的呻吟声的，许多人走后，脚印模糊不清。雪矮下去，失去了顿挫的节奏，反而容易结冰，让人稍不留神便被自身的重心不稳滑倒。

8

一走进那间屋子，我就换了一副脸孔，豪气干云。

一离开那间屋子，我就被冰镇，后悔得瑟瑟发抖。

到后来，那间纸上的屋子神秘莫测。

自己给自己火焰，又给自己冰雪。

9

不断把自己内心的水分挤干，把自己挤成毫无杂质的蒸气，才打开上升通道。

　　飘然而至自由自在之境。天空深邃，壮阔。

　　即使再遭变故，遇冷。心灵更加通透。

　　飘舞如蝶，一场雪的行走，修成正果。

　　万千的冰雕是你的骨头和血肉。

2018年4月3日

作者

陈俊，男，笔名梅蕾、少屏、零一。安徽省作家协会会员，安徽散文诗创作委员会委员，桐城市广播电视台副台长。曾在《散文诗》《青春诗歌》《作家》《散文诗世界》《中国诗人》《诗潮》《星星》等刊物上发表过组诗、散文诗、散文。已出版诗集《无岸的帆》，散文集《静穆的焚烧》《风吹乌桕》，散文诗集《行吟与雕冰》。作品曾入选《中国散文诗》（2013年、2014年卷），《中国年度优秀散文诗》（2016年、2017年卷），《2017年散文诗选粹》等选集。曾获《青年月刊》1993年全国青年短诗大赛二等奖、第四届"中国曹植诗歌奖"三等奖。

评鉴与感悟

一边坦承"我深陷自己的柔软和纯洁"，一边自励"一生要做两件重要的事：行走和读书"；一边在"大地铺开"中坚持"内心行走"并在"在行走中强化自己"，一边在"自己给自己火焰，又给自己冰雪"的自我均衡中高歌着"万千的冰雕是你的骨头和血肉"。用脚印在地上写碑，以骨血冰雕灵魂，是陈俊诗情出发点和诗意抵达地。在土地的延展中触摸精神根脉，在心田的耕牧中绽放灵性原音，在生命的律动中完成灵魂的淬炼，作者侧重在灵魂刻度的抬升中细致镂刻日常经验之外的敏思妙想与豁然心启，在设譬取喻的语言推进中和巧借物象的行文构思中，把瞬间与永恒、宏大与细微、遥远与当下等复杂

多变的事理化合其中，在生命意义的探寻中镂刻真我，并由此成为具有灵魂原色的精神刻本。（范恪劼）

火车,或者昵称

/陈茂慧

像你呼唤我,或者我呼唤你。昵称,是专有名词。

前世,我一定紧紧追随着火车,想让自己成为火车的一部分。或者仅仅是一个小小的零件。

往事,在一首歌曲中,一部电影里。火车是最为浪漫而又温馨的道具,模糊的风景,模糊的青春岁月。汽笛声却依然嘹亮,回荡在梦境里。

也回荡在现实中。

实在不肯回头,再一次次让泪眸沾上忧伤的尘埃。

车头喷火的车就叫火车?那火怎样深入一个少女的记忆,让那些奔跑的事物有了新的意义。转动的车轮,震颤的铁轨,喘着粗气而向前冲的车头。

齐鲁大地,孔孟之乡。车轴带动气流,向远方传递温情,而将冰冷的雪花紧紧收藏。

收藏在黄河两岸。

飞鸟盘旋,欲与火车试比快。

动车、高铁,是火车的昵称。动情处,闪动着银样的光辉。

一部历史正在写就,从百年前、千年前,从类人猿时代,从黄河写到

45

长江，从大海写到滩涂，从朝代兴衰写到个人成败。啊，历史，被谁写就？被谁旁观？

火车，穿越时代。带着它的昵称，深情的、幽怨的、委屈的、欣悦的、自信的、自豪的……

转身，便完成了华丽的蜕变。

它已长成了巨大的翅膀。它驮日月星辰，也承载人间烟火。俗世的碌碌无为，神灵的风云际会。被一个昵称含在嘴中。

昵称，掩过众声喧哗。以更快速的丽影进驻人心。

选自《诗潮》2018年第7期

作者 ——

陈茂慧，女，20世纪70年代出生于天府之国。现居济南。中国作协会员、鲁迅文学院第二十四届高研班学员，中国报告文学学会青创委委员、中国诗歌学会、散文学会会员、济南市作协全委会委员。作品入选多种年度选本及其他选本。已出版作品集《匍匐在城市胸口》，散文诗集《荼蘼到彼岸》，诗集《向月葵》等。获第一届"中国梦·劳动美"全国职工诗词创作大赛一等奖、山东省作协举办的"山东作家铁路行"采风创作活动一等奖等奖项，山东省第二届"十佳青年散文家"。曾参加第二届、第十届全国散文诗笔会。

评鉴与感悟 ——

当火车以现代科学技术的物质形态已穿行于百年时光隧道之时，陈茂慧再一次回到少女时代的记忆源头，从嘹亮的汽笛声中一再凝思这个汉字语义系统中特定的昵称。速度跨越了千山万水，承载容纳了人间浮沉，岁月的递升中多少风景与兴灭都退移身后，唯有火车"带着它的昵称，深情的、幽怨的、委屈的、欣悦的、自信的、自豪的……""以更快速的丽影进驻人心"。变换中的事物聚焦什么，流逝中的消隐铭刻什么，浩大的人间里光从哪种角度烛照记忆？陈茂慧交出了自己关于时间与流变、倾注与热爱的深度思考。

作者赋予一个词以具象的同时，又以温情变格词意的中性，以明亮镀光时代的走向，以热爱定性拥有的时光，从而让诗章获得了明快的审美意境以及丰盈心灵与辽阔世界的对接合一。（范恪劼）

嚼

/陈志泽

牙齿在嚼，嚼，

那一队士兵以一阵阵密集的子弹消灭入侵的美丽。

那一排峭壁，触碰着坚硬的风，粗粝的沙粒，酸甜苦辣的风风雨雨。

农家的石磨，一圈一圈地磨，竞渡的龙舟锐利的桨劈斩着突起的江浪……

家常便饭抑或美味佳肴，都以一种平常的姿态，嚼。

嚼，才有我的生存。

面对与我的生命攸关的战争，我喜欢嚼口香糖。

口香糖是狮子耍弄的小球，掌心里把玩的珍珠，是稳定航船的压舱石，是牵系着风浪的锚……

嚼，嚼，嚼着观看炎凉世相。

战争的炮火山摇地动，俨然要摧毁我神经的罗网，我只是嚼得快些，连同弹片和硝烟一起细嚼慢咽。

你方唱罢我登场，我的队伍显然在走向胜利，在龙腾虎跃，在饮敌之血，在啃敌之肉。我毫无表情，只是嚼得慢了，我不能流露半点喜形于色，让人笑话我的浅薄。

嚼，才有我的生存。

选自《散文诗世界》2018年第7期

作者 —— 陈志泽，男，泉州人。1984年加入中国作家协会。曾长期担任福建省文联委员、泉州市文联专职副主席、泉州市作家协会主席、《泉州文学》执行主编。现为中国散文诗研究会副会长、中国散文诗作家协会副主席、福建省作家协会主席团成员、国立华侨大学文学院兼职教授。2007年被评选为"中国当代（十佳）优秀散文诗作家"。出版个人散文诗集、散文集、诗集、文学评论集等24部。

评鉴与感悟 —— 当一个人能够将生活铺展在生存之上时，生命才会有泰然处之的从容与谈笑自若的诙谐。此章扣紧一个"嚼"字，将生理生存的"牙齿在嚼"与生活生命的"都以一种平常的姿态，嚼"交合混融，在吻合事理逻辑的基础上又着重凸显"面对与我的生命攸关的战争""我毫无表情，只是嚼得慢了"的沉稳、坚韧和乐观、自信。适度调侃的基调更增强了写作主体精神抒写的淋漓呈现。苏辙《洞山文长老语录》有论："古之达人，推而通之，大而天地山河，细而秋毫微尘，此心无所不在，无所不见。是以小中见大，大中见小，一为千万，千万为一，皆心法尔。"可视为陈志泽此作注看。（范恪劼）

白　鸦

白鸦与黑鸦，只是颜色不同吗？

我不知道，白鸦是否还在轻描淡写，皎洁的月亮？

但它的身上，的确有着月亮的反光。

可能是一个深夜，更深的梦吧？

冥冥之中，竟没有看清，它翅膀上的表象，以及斑驳的荒树枝上，被遮蔽的阴影。

黑夜的黑，让白鸦一直不沉默，也不发声。

它有时一闪而过，如入无人之境。

它飞过的地方，一朵白骨的火焰，蓦然闪烁。

生或者死，存在抑或虚无，都不过是命。

不问世事。

错过了时间的星星，东躲西藏，

它总是迷失或眩惑于自己的梦想，它也从来不愿意侧耳倾听：

市声喧闹，似乎一刻不曾消停；

只是那一只白鸦，它浑然不觉——

一片槐树叶的背后，仍旧隐藏着的，一种乌有的寂静……

作者

崔国发，1964 年生于安徽。现在铜陵学院工作。中国作家协会会员。曾在《诗刊》《散文》《青春》《清明》《飞天》《延河》《莽原》《绿洲》《草原》《芒种》《西湖》《奔流》《鹿鸣》等刊发表作品。主要著作有：散文诗集《黎明的铜镜》《鲲鹏的逍遥游》《黑马或白蝶》《水底的火焰》《红尘绿影》，诗论集《审美定性与精神镜像》《中国散文诗学散论》《散文诗创作探微》《诗苑徜徉录》《香港诗魂》，散文集《铜都溢彩》（合著）等。

评鉴与感悟

这首诗语言流畅自然而富有节奏美，以不断推进的镜头，为读者描绘了一只飞翔于沉沉暗夜中的白色的鸦，丰沛的感情，灵动的景物，深邃的思想都包蕴在诗人为我们呈现的这个寂寂的深夜。这里的白鸦不只是那种与黑鸦相对立而存在的鸟类，还象征着一种超脱于喧嚣尘世的脱俗精神。黑与白的对比本身就是很有画面感的，诗人想象在黑暗夜幕下的白鸦身上有皎洁月光的投影，月光的意象就赋予了白鸦以高洁的气质。它迅速划过黑色的夜幕，那个身影像是闪烁着的白骨火焰。以"白骨火焰"作为喻体，充分显示了那速度之快，姿态之美。对于生死，存在虚无的思考，则体现了诗人的超脱精神。"寂静的槐树叶"显示了回归本初的生命意识，这种意识与白鸦超脱世间相汇合，达到了审美意蕴和思想意蕴的统一，有着宁静的东方美。可以说，这是一首具有深刻东方意蕴的现代诗篇，体现了散文诗突破"小我"通向"大我"的艺术向度，不再沉溺于自我感情的风花雪月之中，而是进入了哲学与美学交融的广阔艺术空间，是散文诗"小"篇幅展现的"大"世界的有力实践。（岳亚莉）

一条抹去青涩的河流

/朵而

初秋，为白鹭鸣过笛的这条河流，除了涌现银白，淡蓝，还有无尽的黑。

这个时间点，具象离我们最近，所有声音正在关闭自己。

靠近水岸的木槿，三两朵花，开着。

我开始怀疑此刻有人在多彩的世界里，抹去了一个人的青涩，我甚至确定昨夜之所以如此苍白，是为了吸引更多蜗牛涌入黎明这个疼痛的渡口。

在我不知如何安放蹉跎时，木槿花硬生生喊出一条鱼的名字。

我听见了。

选自《延河》2018年第6期

作者 —— 朵而（吴雅弟），70后，上海作家协会会员，上海华亭诗社核心成员。作品散见于各重要报纸杂志，多次入选各类年度选本，有诗歌被译成英文，著有诗集《黑琴键》，获上海国际诗歌节大赛奖。

写河流的诗人如恒河沙数，数不胜数，但朵而的这一章《一条抹去青涩的河流》却写得自然随意，有声有色——白鹭鸣笛，可谓"有声"；银白、淡蓝和无尽的黑，是为"有色"。而我所说的"自然随意"则是指诗人在书写"河流"时，做到了内心与自然的相互印证，因为除了"靠近水岸的木槿，三两朵花，开着"之外，在这初秋的夜晚，声音的关闭与木槿花的开放、多彩的世界与"一个人青涩""夜的苍白"形成了鲜明的对比，有我之境与无我之境相互交织，内心与外物沟通对流，将自我内在的丰富而充沛的情感生动地展示出来。"在我不知如何安放蹉跎时，木槿花硬生生喊出一条鱼的名字。/我听见了。""我"听见的不只是"物"（喊一条鱼的名字之木槿花），更是得物趣、通物情、能友化、叶契物的灵性与慧心。诗人在此运用了视觉转化为听觉的"通感"与"移情"手法，妙悟自然，物我两忘，抒怀言志的独特表达，让我们的心灵沉潜体悟，不亦快哉！（崔国发）

背 负

/耿林莽

当黄昏进入茫茫的草原，每一片叶子感知瑟瑟的寒。阴影随风，完成了快速的占领，

世界正一点点暗了下去。

背负：蓬松松的草篓，背负在你瘦瘦的肩，草原上的弱女子，风吹你额前的短发，一如草羽。

夕阳依依，为你披一袭浅红的薄衫。

（似还有点冉冉未熄的余温）

穿越：野树林子为你铺下幽深的长廊，叶子们窸窸窣窣，谁也不敢大声说话。

当你进入，浅红色薄衫已褪成贫血的苍白，随即被幽深的树影染黑。

然后是小巷的残墙断壁，然后是石板缝的荒草萋萋，当你推开低矮的木栅栏门，黄昏已布满了你的小院。

卸下草篓，像是卸下了沉重的草原，这时候，黄昏已被浓浓的夜色吞噬，沉入深渊。

背负，你只能背负，你无可逃脱。

点起灯来吗？
哦，不！
拨通手机，声音穿越黑暗，流向地球彼端。
密西西比河岸，此刻正是晨曦，浅绿色草坪上，一个蓝眼小男孩，迎着拂晓的风，在放牧他的白鹅。

选自《散文诗》2018年第1期

作者

耿林莽，1926年生，笔名余思，江苏如皋人，中国作协会员。1945年开始发表作品。著有《醒来的鱼》《五月的丁香》《飞鸟的高度》《草鞋抒情》《耿林莽散文诗精品选》等散文诗集7部，《耿林莽随笔》《人间有青鸟》等散文集多部。

评鉴与感悟

当黄昏进入茫茫的草原，一个巨大的场景一下在眼前展开。一个女子背着草篓走在回家的途中，而背负这一具象，成为诗中的一个核心情节，她走过草原，也带动草原，这一过程成为一首诗的主线，即草篓的背负延伸开来，由具象到抽象，统御全诗，贯串全诗。读者跟随这条主线，看见黄昏之时，每一棵草所背负的阴冷和暗淡。"而背负草篓的女子，穿越树林、街巷，一直到进入自家小院，她背负着黄昏直至黑夜的降落：'背负，你只能背负，你无可逃脱。'"此句话是耿老附在这首散文诗的后面的一段创作谈，用诗人的眼又为我们解读和述原了一首诗的全部内涵："这是诗的'最高点'，成为其主题思想的概括，人，尤其是像草原弱女子这样的普通劳动者，小小老百姓，她一生的命运，只能背负。人世的冷暖、病痛、饥饿、战乱，以至种种的磨难、压

迫、祸灾，'你只能背负，你无可逃脱'。这是一种无奈，甚至是必然。'背负黑夜'，不过是一种象征而已。"（爱斐儿）

挪威的森林

/宫白云

"每个人都有属于自己的一片森林，也许我们从来不曾去过，但它一直在那里，总会在那里。迷失的人迷失了，相逢的人会再相逢。"（村上春树《挪威的森林》）

书已经很旧了，还有这段抄在笔记本上的话。送你书的人已去了天堂。书中的流水已把他载走……

载走的还有直子的绝望。绿子的灿烂。渡边忧伤的眼神。

什么时候，它们都回来了？绝美的夜晚依然新鲜，还有那条花边长裙。

十七岁的梦飞过天空呈现隔世的苍凉。那么多涌动的白云白成山顶的积雪。

你怅望着……

青春像早晨的小鸟来了又去。而炎凉无处不在。你一直驱赶，忘记了时间也会老去。

厄洛斯永生，却无法不老。阿喀琉斯也有软肋，神水并未浸到他的脚踵。你看，上帝多么喜欢缺陷。

你凭借着缺陷维系着缺失，晓色里，那片森林具有形而上的美，而贫瘠的土壤不会滋生猛虎和豹子。高声诵经也没有用。

它是你无力去走的数步。

你被抛在井底。那不是你所爱的世界。你却无从选择。

你看见结果，却无法看见尽头。无限的尽头死亡也不会让它结束。

如果注定要毁灭，请回到那片森林。在那罕见的时刻：

无形的雷电撞击无形的身体，火焰之中是更深的火焰……

选自"世界华文散文诗年选"微信公号（2018年6月15日）

作者

宫白云，女，出生辽宁省丹东市，写诗、评论、小说等。中国散文诗作家协会副主席，辽宁省作家协会会员，中国诗歌流派网副总编辑。诗歌、评论、小说等作品散见于各种报刊与选本。著有诗集《黑白纪》，评论集《宫白云诗歌评论选》《归仓三卷》。获首届金迪诗歌奖年度最佳诗人奖、2013年《诗选刊》中国年度先锋诗歌奖、第四届中国当代诗歌奖（2015—2016）批评奖、第三届《山东诗人》（2017年）杰出诗人奖、第二届长河文学奖学术著作奖。

评鉴与感悟

村上春树《挪威的森林》写的是关于青春，关于伤痛，关于迷茫的故事，小说中主人公通过"性"更好地理解了世界，每个人都有、也需要有自己理解世界的方式；宫白云的《挪威的森林》在理解世界之外，讲述的更多是有关人在世生存的信念问题。

时间和空间自古以来就是诗歌中的永恒话题，韶华易逝，厄洛斯也无法不老，神也无法避免缺陷，更何况人？我们带着缺陷在这个世界上行走，有一片森林，一直在守候着我们，我们在外面的世界碰壁、伤痛、毁灭，那么正如诗人所说，"如果注定要毁灭，请回到那片森林"，纵有雷电撞击，纵有火焰之中是更深的火焰，我们却可以心火不灭。（张留哲）

总有些莅临，像鸟儿飞过天空（组章选一）

/海默

比起那些忙碌、奔波的人，我随时都可以拥有这逶迤的河滩，盛大的夕阳、树影和一群起起落落的鸥鸟，拥有和灵魂一样深沉的河流。

没有人注意到，半个落入河心的月亮，随着流水欢度的场景——通透，优雅，遗世。隐于喧哗之外的精灵，多么坦然被掠夺了光芒，在百转千回之后，隆重地活给自己……只怜恤，不祭祀。

久久立于栈桥上，仿佛踏在河流宽阔的脊背，"把双手伸过去吧，或者向他微笑"。

流水啊，你能把我带到哪里呢？越过忘川，就是永恒的时光，不倦，不恋；不老，更不死……

因为这一河的静水，我涌出如山的幸福、荣耀和自豪，自岸边的芦苇、青草、鸟鸣以及远处的稻田；自天边的云朵、远方的大海；自正向我走来的明亮的爱人。

我把一腔的热血，流成一条河，流向不说谎的尘世。

我不急，就这么空着，落日般慢慢隐形于一场下沉。其实，枯萎或者重生，都是生命赐予的一种形式，默默沉浸，从第一声雷鸣到第一场大雪，这么长的爱，该在哪一种果实里呈现？

一个人走着，小径狭隘，草木葳蕤，两边的河水和时光一样辽阔，已经等了好久，等身体穿过不朽的黄昏，我的灵魂布满星星的泪滴。

　　站在河心的栈桥上，我准备，卸掉欲念、虚荣和一切的伪饰给流水，风吹来，我的轻让整个春天飘在河上，一只蝴蝶只是想一想远处的大海，便义无反顾地飞进风里……

选自《散文诗》2018年第1期

作者

海默，原名王丽，女，满族，辽宁盘锦人，辽宁省作协会员。出版诗集《等风来》。散文、诗歌等散见《海燕》《鸭绿江》《诗刊》《星星》《诗选刊》《散文诗》《诗潮》《芒种》《山东文学》等多种报刊。入选多种年选，多次获得征文奖；获得2017年中国作协少数民族作品出版扶持专项。

评鉴与感悟

于忙碌的生活中，诗人能拥有一份自适的闲暇，且其能在安闲的同时拥有一份体察自然的心性，真的非常难得。这首诗的线索十分明晰，大致记录了诗人傍晚到晚上看夕阳落下、月亮升起及河水流动的过程，并记录了此间的所思所想。诗人的观察十分细致，半个落入河心的月亮，这如画般的景象被她捕捉到了。她站在栈桥上看流动的河水，觉得像踏在河流的背上，经她这样一说，河水突然变"活"了，变得生动起来。读到这里的时候总能让人联想到清代诗人黄仲则"悄立市桥人不识，一星如月看多时"的句子，虽然时代变迁，但不变的是那一份诗心，古人的闲暇在诗人身上复现。自然是亲切的，它拥有净化的能力，亲近自然能够洗净久处尘世的尘埃，增加幸福感。或许我们该向诗人学习，在闲暇的时候多和自然亲近。（宋云静）

弦月割草

/韩墨

　　我赖着不走，坐在篱笆旁，看牵牛花和爬山虎哪一个先上瓦。

　　房前七步远的田里，装满了月光和蛙鸣，门外槐花青白，落下来时，那只山羊翘首以待，黄昏先于槐花落了下来。

　　溪水洗过水牛后，再清洗月亮，月光便有些浑浊，泥黄暗亮。

　　我割草的时候，一捆一捆的青草，天很蓝，山坳坳里的石屋子白天晒熟了，炊烟吹出了零星火星，不一会，就吹满了星空。

　　天蓝的想做梦，西葫芦和美人蕉在风中，被夜色打湿了，无人光顾的小溪，溪水随意西东，水磨着石头。

　　有一种说不清道不明的暧昧，水草和鱼彼此靠近。

　　什么都不种，让地荒着。随处有坟，裸露出细小的骨头，幽兰磷火蛇游，月光在黑暗的坟头上滚动。

　　鸟入山，找青色的鸟鸣。

　　每当黄昏临近，垂柳和我，只顾着低头，想心事。

　　一只蚂蚁背着草垛，草垛不动，它动。

选自《上海诗人》2018年第3期

作者 —— 韩墨，男，本名韩重涛。江苏省作家协会会员，野马渡诗歌雅集成员。现供职于昆山市文联。发表诗歌三百余首，出版诗集《江南不远》，作品获省级以上奖项十余项，入选多种诗歌选本，部分作品译介国外。

评鉴与感悟 —— 天地有大美而不言，在韩墨眼中，弦月割草便是顺物之性，美与事物的自然本性相通，堪可保持内心的虚静，使人不知何者为月，何者为草，弦月虽割青草，不仅诗人想象奇崛，而且因为明月的朗照，人与自然交融浑化，体悟玄机，似乎"有一种说不清道不明的暧昧"。当其时也，随着篱笆旁的牵牛花和爬山虎、月光和蛙鸣、山羊、槐花、溪水、炊烟、西葫芦、美人蕉、水草和鱼、垂柳、背着草垛的蚂蚁等乡间大地上的事物纷纷抵达诗的现场，以及诗人本真之性的率然流露，我们不禁感叹，自然是富有情感的生命体，人的情感可以在大地上找到"客观对应物"，进而以物之心度人之情，始得虚静。"鸟入山，找青色的鸟鸣"，或可使人心志虚一清静，精神上与天地玄同，与月亮、青草、鸟鸣为一。（崔国发）

叫住一列火车

/贺林蝉

古人以秋雨为引子，煮酒、赋诗，弹落灯花。润笔、研磨，勾兑乡愁，写下胸中丘壑。

在拈断胡须之前，任由雨脚在诗词歌赋里惊扰空山、涨满秋池，绕过回廊轩榭，闲打芭蕉。

今夜雨过西窗，我执意让诗行空白，作为北雁南归的途径。墙角瘦竹是些一贫如洗的隐士，守不住身世里晴朗的一页。

如果这场秋雨在子时的绝壁前悬崖勒马，白杨树过于耿直，拴不住春华秋实。

红叶脱缰而去，败给黑雪、流霜，越过神灵的高墙，被木鱼击中要害。

叫住一列火车，就挽留了所有的漂泊。

借青灯黄卷为它洗心革面，运输花香和节奏。叫住站台上掩面不语的人们，让他们微笑，抬头、侧身，让故事从容路过。

我回到窗前，回到夕阳浓稠的金黄里。这时，暮色的拼图中多出了一只飞鸟，几缕寒烟。

选自《扬子江诗刊》2018年第4期

作者

贺林蝉，1985年8月生，陕北人。偶有文字发表于《星星》《诗刊》等刊物。

评鉴与感悟

贺林蝉的《叫住一列火车》以守正出新、清丽别致的笔触，营造了清新典雅、抱朴归真的意蕴。她的散文诗深受中国传统诗词的熏陶和浸染——"古人以秋雨为引子，煮酒、赋诗，弹落灯花。润笔、研磨，勾兑乡愁，写下胸中丘壑。/在拈断胡须之前，任由雨脚在诗词歌赋里惊扰空山、涨满秋池，绕过回廊轩榭，闲打芭蕉。"诗人从古代诗词歌赋缥缈幽美的意境中娴熟地汲取了丰富的营养，不仅加深了散文诗的文化韵味，而且很好地做到了古意新翻，亲切自然，情思与意趣共生，诗心与画境并存。大抵诗人于秋雨萧疏、黑雪流霜之中都想守住内心的一隅晴朗，贺林蝉也不例外："雨过西窗，我执意让诗行空白，作为北雁南归的途径。墙角瘦竹是些一贫如洗的隐士，守不住身世里晴朗的一页。"诗人视通古今，细腻中含着委婉，滴洒中孕着温煦，明朗率真地流露着热情明朗的心绪。"叫住一列火车，就挽留了所有的漂泊。"诗者于青灯黄卷之中漫游或漂泊，不是无依无靠，而是在诗人的全部心血、灵魂、情感之中，紧紧系着中华文化浓浓的情结。（崔国发）

仓央嘉措心史：一个人的西藏（节选）

/洪烛

额外的一个等身长头

从喝着乳汁到喝着勒布河的清水，我磕了一千个等身长头，额外的一个，留给走不动了的母亲次旦阿姆。从门隅的乌金凌寺到浪卡子的桑顶寺，我磕了一万个等身长头，额外的一个，留给为我剃发受沙弥戒的五世班禅罗桑益喜。从泥泞的藏南到金砖铺地的拉萨，我磕了十万个等身长头，额外的一个，留给大昭寺的等身金佛。从座上宾到阶下囚，我磕了百万个等身长头，额外的一个，留给洗清我满身冤屈的青海湖。从前世到今生，我磕了千万个等身长头，额外的一个，留给千变万化的玛吉阿米和万变不离其宗的月亮。额外的等身长头，好像有许多个，又好像只有 个。好像只有一个，又好像是我磕过等身长头的总和。

玛吉阿米的酥油花

你送给我一朵格桑花，我送给你一朵酥油花。你的花还没有凋谢，我的花已化了。请谅我的短暂：要美就美在一刹那。你递给我一碗酥油茶，我递给你一朵酥油花。你的笑脸让人心里暖，我的表情依然冷若冰霜。请

65

谅我的冷：硬起心肠才不会受伤。你借给我一部金刚，我还给你一朵酥油花。金刚是无坚不摧的金刚钻，酥油花却比丝绸还要软。请谅我的羞怯：不是不想，而是不敢想。你指给我看九层的宝塔，我指给你看九层的莲花。你围着宝塔转了一万圈，莲花还是纹丝不动。真没有办法请谅我的隐瞒：心已动了，一直在地打转。

八瓣的格桑花

蜜蜂啊，不知道哪朵花最香，却知道哪朵花最甜。蝴蝶啊，不知道哪朵花最甜，却知道哪朵花最鲜艳。佛祖啊，不关心哪朵花最鲜艳，却知道哪朵花法力无边。玛吉阿米，你就是八瓣的格桑花，生长在无人的山野。得道成仙。躲过了蜜蜂，躲过了蝴蝶，就是没躲过我渴望的双眼。看你一眼，能止渴吗？我有置身天堂的感觉。再看你一眼，能忘掉痛吗？旧病已远在天边，新伤又近在眼前。佛祖是瞒不住的：他不知道我最想忘掉哪一天，却知道我最想记住哪一天。喜庆与灾难都是躲不过的：以你命名的格桑花啊，究竟是福是祸？有时站在这一边，有时又站在那一边……

选自《星星·诗刊》2018 年第 9 期

作者

洪烛，原名王军，1967 年生于南京，1985 年保送武汉大学，现任中国文联出版社诗歌分社总监。出版有诗集《南方音乐》《你是一张旧照片》《我的西域》《仓央嘉措心史》《仓央嘉措情史》，长篇小说《两栖人》，散文集《我的灵魂穿着草鞋》《眉批天空》《浪漫的骑士》等四十多部。获中国散文学会冰心散文奖、中国诗歌学会徐志摩诗歌奖、老舍文学奖散文奖、央视电视诗歌散文大赛一等奖，及《中国青年》《人民文学》《诗刊》《星星》等诗歌奖项。

洪烛是一位有着超常的抒情天赋的诗人，他的这组散文诗既是超凡脱俗的，又是有血有肉的，我在阅读西班牙诗人洛尔卡的"谣曲"时也有这种感觉。说到"超凡脱尘"，是因为洪烛的这组散文诗《一个人的西藏》（节选）佛我合一，化于自然，写的是诗化的爱，发出的是一种圣地灵音。一个人的西藏，便是寄托着他自己的"一个人的朝圣"。诗人写"我磕了一千个等身长头"，额外的一个，分别留给了"走不动了的母亲次旦阿姆""为我剃发受沙弥戒的五世班禅罗桑益喜""大昭寺的等身金佛""洗清我满身冤屈的青海湖""千变万化的玛吉阿米和万变不离其宗的月亮"；"佛祖啊，不关心哪朵花最鲜艳，却知道哪朵花法力无边。玛吉阿米，你就是八瓣的格桑花，生长在无人的山野。得道成仙。"在这里，对灵魂的守护与证悟，便成为诗人虔心的追索。一个诗人的宗教，便是在勒布河水的清丽、青海湖的清澈、月亮的清灵中找到自己内心的宁静与和谐，或者在"比丝绸还要软"的酥油花以及八瓣的格桑花中绽开诗意的爱与美。说到"有血有肉"，是因为洪烛的散文诗虽超凡脱俗却并非是凌空蹈虚式的逃避现实，而是拥有对大地上的事物如湖水、花朵、蜜蜂、蝴蝶等的细致体察、对人生的深刻感悟，关于这一点，我们从"硬起心肠才不会受伤""旧病已远在天边，新伤又近在眼前""喜庆与灾难都是躲不过的：以你命名的格桑花啊，究竟是福是祸"等句子就可以见证。全诗情绪复沓婉转，富有音乐的美。（崔国发）

不可重返的故乡

/黄小培

不见王维的夜晚，月亮依旧出没于空山。王维困得睡着了，月亮还亮着。忙乱的凡俗小事不仅安排了眼前的苟且，还有未来的苟且，这绵延无尽的绝望像深重的雾霾笼在头顶。

这个世界上被我爱着的事物，和我有着一样奔跑的速度，小草也在奔跑，还有童年的雨滴。奔跑的树木掉光了浑身的绿叶，它们或年幼或衰老，都在奔赴远大的前程。在一条宽阔的河流里，它们的背影古旧而清凉，像不断幻化的波浪一样把我推送到今天。

我爱它们青春已逝的身躯，爱它们的白发像牛奶洗过的云朵，爱它们在这个世界上没有完成的使命。感谢它们让我在时间的长河里记住短暂的一瞬，给我针尖一般细小、尖锐的留恋。

这些年，生活在低处，烟尘在高处。人间的汹涌翻卷在身体之外，万物都有着各自的孤独。

每一个困顿的日常都像投身于时间的江湖。而时间并没有流动，停在各自的位置上，组成遥远的不可重返的故乡。

选自《扬子江诗刊》2018年6期

作者 —— 黄小培，生于1987年6月，河南省作协会员，诗歌发表于《人民文学》《星星》等。著有诗集《对称的狂澜》。曾参加第五届"《人民文学》新浪潮诗会"，获得第二届"诗探索·中国春泥诗歌奖"。

评鉴与感悟 —— 诗人的天职是还乡。黄小培的诗题却是《不可重返的故乡》，为何？这些年来，诗人投身于时间的江湖，生活在低处，有着日常生活的诸多"苟且""困顿""孤独"与"绵延无尽的绝望"。那么，诗人所憧憬的故乡又是什么样的呢？"这个世界上被我爱着的事物"——王维的月亮、奔跑的小草、童年的雨滴、树上的绿叶、宽阔的河流、幻化的波浪……或许诗人便是这样的人，"他早已而且许久以来一直在他乡流浪，备尝漫游的艰辛，现在又归根返本。"（海德格尔语），为此诗人这样写道："我爱它们青春已逝的身躯，爱它们的白发像牛奶洗过的云朵，爱它们在这个世界上没有完成的使命。感谢它们让我在时间的长河里记住短暂的一瞬，给我针尖一般细小、尖锐的留恋。"由此可见，诗人"不可重返的故乡"是因为所有这些风物的变幻与"忙乱的凡俗小事"都穿透日常的存在，他不是不想还乡，相反他对还乡仍充满着"留恋"，还乡可以帮助诗人从真正的困境中走出来，它使故土成为亲近本源之处，从这个意义上说，故乡，越是"不可重返"，诗人的心里越是"留恋"与萦怀。（崔国发）

雪的棉被

/霍楠楠

客车停下。我们轻轻地走进医院的大门，走进小院子。

没有尘土的味道，没有众声的喧哗。

医护人员的扩音器悦耳动听，我们静静地站立，聆听着，如同亲临它，每一个光线饱和的房间；亲历它，每一季紧张忙碌的时节；真切地感受它这里，每一张皱纹凝结等待舒缓与平复的面孔。

还有，每一幕关于拯救的，惊心动魄。

可以想象。它善于调动人间负载过重的烟火，调和为一方方妥帖适当的剂量。药丸与汤散，浸膏与锭丹，打发走身体里不请自来的阴沉与积郁，预防与停止某些顽固因子的膨胀与猖狂。

把不能祛除的渐渐调和，不能驱散的慢慢冰封，不能修复的，交给时间，一点点地去排解、融化于无形。

可以用雪来赞美。

轻灵的巧手就是飘盈的雪花，片片飞落，层层包裹。包裹住那么多的茫然凄凉，那么多的忧伤与悲怆。而一场雪的提笔书写，可以覆盖一座城池的尘嚣与喧哗。

许多被淹没的疼痛，被麻醉的绝望，与被强烈反射的真切呼喊，可以被还原为生活最本真与简洁的色彩。

一个正常的频率，能够被视觉发现到，被听觉感应到，被挥动着欢快的双手触摸到。

解开这尘世的顽疾，解开炽热过深嗜欲过重的流毒，解开一场浓重雾霾里的流离失所，与狂风暴雨下的晦暗丛生。

而寒冷的时间之外，温暖的记忆总在那里，等待一丝晨光的再次唤醒。

雪的棉被。多么厚实与暖和的味道。

此刻，我们静静地站立，默默地聆听，多像大地上，北风中，一棵棵翘立挺拔的麦子。

未刊

作者

霍楠楠，七〇年代末双鱼女一枚，喜诗嗜书，舞文弄墨。作品见于《诗刊》《散文诗》《星星》《诗潮》《诗选刊》《诗歌月刊》《扬子江诗刊》《伊犁晚报天马散文诗》《中国诗歌》《中国诗人》《莽原》《奔流》《诗探索》及《葡萄园诗刊》（台湾）、《诗天空》（美国）等文学期刊，入选国内多种新诗与散文诗年选读本，获第三届全国鲁藜诗歌奖，参加第十七届全国散文诗笔会。

评鉴与感悟

霍楠楠的散文诗，虽然短小，但却别具一格。这首《雪的棉被》带我们走进了安静的雪的世界，让长时间穿梭于喧嚣世间的、繁忙而奔波的心灵，获得了片刻的宁静。在霍楠楠的笔下，医院给人的感觉非常温馨，与此同时还带有一种神圣感与治愈力，这和我们平时想象的与接触到的医院很不一样。霍楠楠选用雪来赞美医院，意象的选取非常贴切，雪的"白"与医院的"白"是一样的白，但雪所具有的净化、温暖与灵动等特征又和人们印象中的医院有很大的反差，二者之间存在一种张力。这里用雪来赞美医院，不仅能消解日常印象中医院的冰冷与死亡气息，还能唤起医院的美感及人们对其的美好记忆。

最后，对于平凡的世间，或许我们真的需要发现琐屑与庸碌背后的美，这样生活才能开出美丽的花来，才能响起轻盈的旋律。（宋云静）

关于孤独

/金铃子

人的孤独是彻彻底底的孤独。

来源于两个方面。第一是时间上的孤独，我们的时间有限，我们只能够占有这广袤时空的几十年时间，不管你怎么样，百年过后你什么都没有了；第二个孤独感来源于空间上，就是我们有这么多人，但是从心灵上讲是各自封闭不相干的。

每当黑夜降临，千盏灯点亮。你会看到一个个孤独的剪影投射在这个世界如同落寞的囚徒；每当夜深人静总有人被梦魇惊醒，独坐床头喃喃自语，我是谁？当黎明的曙光洒满这座巨大的建筑，蚂蚁一样的人群挤满街道，看似一群移动的模糊的影子，实际是一个个孤独的毫不相干的个人。他们用成功充饥却永远饥饿；他们头顶上的天空不再是天空，仿佛是一个透明的井盖，将他们密封得如同腐败的罐头，心里有无声愤怒的拳头，击打得轰轰响。他们被自己囚禁却茫然无助。他们被征服所征服。

落日落下，祖先的脸庞会闪着泪眼，却如同死水微澜，激不起半点回音。由祖先创造的诸神，在黄昏遁入暮色，再也寻觅不见他们的身影。

他们。我们。祖先的儿子。最终是一个孤儿，不是一个整体。因为整体在无止境的创造欲望中发散。一个个个体，却比孤儿的结局更悲惨。他们获得了彻底的自由，却在自由中消散了自己。

神成了祖先遥不可及的祭祀，从当下到太古，祖先在孤立的游戏中自己给自己创造了完满，那么长的孤独岁月，这看不见的父亲母亲伴随着祖先长夜，安抚他们入眠。它们有一双虚拟的翅膀，飞过乌有之乡。

祖先是幸运的，万年的孤独因为有了神而得到安慰。滚滚红尘世界因为有了神，得以超脱和超越。空空荡荡的世界终于被神性填满。空空荡荡的心灵终于获得些许安慰。神对祖先来说就是一双翅膀，右边的翅膀意味着飞翔，托举他们划过时间的阻隔；左边的翅膀生长力量，给他们带去自然之力。作为回赠，祖先交出他们的自由，成为自然囚禁的奴隶。他们在这里不止生产粮食和美酒，还要生产史诗和雕像。这是不可思议的世界，在简单的大脑中，产生如此多的作品，在遍布荆棘的世界找到他们得以安慰的温床。

他们住进了囚牢一样的家里，却眺望着远方的花园。而花园早已腐烂。

祖先的儿子渐渐长大，与他们一起成长的还有理性、怀疑、展望。这些深刻的儿子，血液里不再流淌祖先的血，他们一拨拨出发，决绝而坚定。从离开家园的那一天起，就发誓不再回来。征服、欲望的种子在他们的脚下踩过一座座大山、一条条河流、荒漠、大海。他们自己创造技术，进而演化成科学。他们是彻底的物质主义者，他们以为他们自己就是上帝。成为一群机会主义、功利主义者、投机分子，只为满足自己。他们蔑视一切权威和秩序，最终成为野蛮的征服者。他们改变了所能改变的一切，在不断征服的土地上宣布自己为王。在迄今所有创造的伟业中，没有什么比他们更伟大，他们建筑起从奥林匹亚到阿尔卑斯到阿尔泰祁连山和平原；从地中海到波斯湾到大西洋印度洋太平洋；从欧亚到欧洲走廊到潘帕斯大草原再到印度平原黄河谷地，他们环绕地球，特定的性格，他们的建筑坚不可摧，越往下建筑，心中的欲火烧得更旺，越往下建筑一座座堡垒首尾相连，越往下建筑巨大的恐惧感莫名浮现。

他们绝望的发现不过是封造自己棺材的最后一张木板。

孤独感类似于黑洞一样。我们看黑洞不可知看不到底。

所有的孤独像黑洞，它又是接通广大世界的一个通道。借助爱孤独方可以激活，不然就是死去的孤独。

爱就是一种神性。

物质世界产生爱，它是多么神奇。

选自"无聊斋主金铃子"微信公众号（2018年5月3日）

作者

金铃子，本名蒋信琳，重庆人。中国作协会员，诗人，绘画者，80年代末期开始发表诗歌。中国国家画院曾来德工作室访问学者。铃子诗书画集七部。曾参加二十四届青春诗会，鲁迅文学院第十七届高研班学员，获2008中国年度先锋诗歌奖、第二届徐志摩诗歌奖、第七届台湾薛林青年诗歌奖、第四届中国散文诗天马奖、2010年《现代青年》年度十佳诗人奖、《诗刊》2012年度青年诗人奖等文学奖项。

评鉴与感悟

古代的歌者早已在萧萧秋风中倾尽一生的泪水，那么，今天的现代诗人还有没有必要朝秋天临风洒泪？回答是肯定的，人有着同样的悲欢离合，爱恨情仇，今日的诗人也无所逃于天地之间。注定是，永远是。不过是。必然是：反抗孤独。勇敢地面对每一天！

此刻，北方越来越阴冷的秋风中，读了诗人金铃子的《关于孤独》，深有同感。她言说了她自己对孤独全为深切的理解。它之所以永无止境无法战胜，乃是本体化的，绝对化的，它源于时间和空间！孤独。这确实是一个令所有人隐隐疼痛的词！多少年前，我也这样写下——关在一间屋子，从锁孔中窥探世界。不，从锁孔中窥探另一只锁孔——两个锁孔也像盲人的眼眶互相眺望泪水汪汪……"独自一人生活？"不，独自一人生活是生活的反面，是青蝇也不屑凭吊的死亡！从母亲肚子里呱呱坠地以来，人就生存于无从逃避的孤独之中。孤独就是阳光，黑夜与看不见摸不着的空气，是水，盐和日复一日的粮食，孤独就是你的影子。你必独自承担生老病死，你必独自用自己的言行书写伟大或渺小的历史。孤独可以被减轻、被削弱、被缩小，但它不可被灭绝。作为人类最本质、最原始、最普遍的存在境况，孤独决定着我们的命运。

孤独催生了伟大的文学，催生了所有的作家。只要静下心来翻阅古今中外的杰作，就会发现：孤独感扩散、笼罩、弥漫于每一篇诗的字里行间。有时它带着浓烈的情感喷射而出，有时它又隐匿在句子后冷冷无言窥视着我们。即使在那些纯粹吟诵欢乐与幸福的诗章背后，也能瞥见它的阴影，它的寒光，它死灰般苍凉的色泽。

那反抗孤独的人，依然是孤独的。那试图战胜孤独的人，只不过孤独无形吞噬无形损伤的牺牲品。因为孤独，我们写作。越写作，就越孤独。正如同里克尔所歌唱的秋天："谁这时孤独，就让他永远孤独。谁这时没有房屋，就永远不要建筑"。（金汝平）

撞 墙

/金汝平

　　左手写下的，右手来清除。被迫遗忘的，必定被铭记。秋风挥刀四处斩杀鬼花枯草。你把秃头伸进鸟笼。你把双脚夹进门缝。但不会把手机扔进哗哗作响的洗衣机里。如果有才华，把它废弃。如果有智慧，请让它逃离。在俄罗斯谁能过好日子？秋日。阳光从黄昏卧室的玻璃上一闪而过。或许正为了捕捉这光。你迷乱狂奔。撞到墙上。一个污点。一个黑斑。钉子钉在墙里。

　　右手清除的，左手再度写下。必须铭记的，用血与火来铭记。偶尔迷途的，是无家的鸟。每天撞墙的，除了苦笑就是狂笑。但不必追寻他笑什么。一只钉子，会被烧红的铁锤重重砸进大地巨石的心脏。但你敢把它砸进你日日夜夜昏沉晕眩的大脑深处并连根拔起吗？天朝里。到处阳光灿烂。俄罗斯，七个被绞死的人，终于过上红花一样的好日子！

选自"王的花园"微信公众号（2018年10月16日）

作者 —— 金汝平,诗人,评论家。80年代南开大学毕业。现任教于山西财经大学文化传播学院。出版有《乌鸦们宣称》等三部诗集,著有长篇散文诗《死魂灵之歌》,箴言体随想录《荒唐言》,评论《诗及诗人的随想》《写作的秘密》等多篇。

评鉴与感悟 —— 金汝平的散文诗《撞墙》篇幅虽短,却蕴含着"不一样"的深长的意味。他的文字像被钉在哲学与诗的墙上一般,预设着多重矛盾与悖论式的言说:"左手写下的,右手来清除。被迫遗忘的,必定被铭记。"左手写下与右手清除、遗忘与铭记之间,相克相生,否定之否定,秩序与纲常不断地建构,且又不断地消解。一些事情虽合乎自然,如"秋风挥刀四处斩杀鬼花枯草",但若有人"把手机扔进哗哗作响的洗衣机里"则有悖生活的常道。"偶尔迷途的,是无家的鸟。每天撞墙的,除了苦笑就是狂笑。"包括作者所作的"一只钉子被烧红的铁锤重重砸进大地巨石的心脏"等灵魂叙事,都能做到发人深省,启人心智。诗人在这章散文诗中,揭橥的或许就是人类生存的悲戚、悖逆与荒谬的窘态,并带有后现代"异质变构"的色彩。而当我们读到"在俄罗斯谁能过好日子"和"一个污点。一个黑斑。钉子钉在墙里"这样的表达时,不禁令人想起俄罗斯杰出的诗人涅克拉索夫的长诗《谁在俄罗斯能过好日子》和英国现代著名的女作家弗吉尼亚·沃尔夫的意识流小说《墙上的斑点》。金汝平这章散文诗也是运用了意识流手法进行尝试的力作,他的才情与智慧,他的文化位移与审美转场,以及主题发掘、表现手法和话语方式均给我们耳目一新的感觉,同时也为散文诗如何进行跨体写作与艺术突围提供了一条有益的路径。(崔国发)

手札启示录

/敬笃

第一手札

从七月出发，阅尽人间事，风雨无阻。

南方恰是梅雨时节，可采撷一颗梅子，煮一碗黄酒，于琐碎的生活中，觅得片刻安宁。

寓居在外，喜欢给故乡做一个笔记，每天回忆一点点，只是为了抹去外省青年的愁绪。

独自守在窗前，听雨中蛙鸣蝉躁，才想到昨日已逝，无忧无虑地童年，早就跟着流水东去了。

一只为躲雨而飞的喜鹊，双翅对折地空白，掩盖不住我内心的恐慌。我害怕，我会像他一样，孤独。

草木有春秋，细雨有情怀。

生命的光影，着绿色的咏叹调，叩开时间的隧道。变形的天空，迎着水珠，战栗。

幼稚与衰老，不仅仅是词语的转换，更是蹉跎岁月里，我们浪费的时间粒子。

我触摸大地，独行的灵魂在风中留下预言，完成了对命运的回答。

素描山水，素描平原，执着于色彩的我们，更愿意看到埋藏在人间的枯萎。

从七月返回，逆流而上，看到自己未来的模样儿。

第二手札

面对天空，行注目礼，庄严肃穆，心里装着一份神圣。

诡异的云，流动的身体，诉说着夏天的寓言，或阴雨，或晴岚，或郁郁寡欢。

手指着前方的路，拒绝迷茫，一片未知的落叶，宣告一个时令的开始。

借着温柔的光，寄一封信笺，给远方的你，倾吐一段异乡人的情愫。

我们活在最真实的世界里，也许在别人看来那是天堂。可是，这空荡荡的街道，哪里还有家。

我回想起童年，追云的岁月，无论黑夜还是白昼，都跟着风一起远走高飞。

被遮蔽的苦难与艰涩，会在某日化为乌有。而我这个外省青年，何时才能在虚无中醒来。

我向着天空敬礼，笔直的躯干，只为校正并不规整的人生。

第三手札

清晨，喜鹊在枝头嬉闹，这大概是一天之中最舒服的时刻了。它们不用因为躲避这燥热的夏天而拔光羽毛。

它们可以舞动着翅膀，告别月亮的悲哀。蓝色而巨大的天幕，它们的身影并不显得孤独。

高亢、激昂、婉转，喜悦，似乎在它们心中，从没有忧伤的概念。词语堆积的幸福，只有盘旋在群体之外的鸟儿知晓。

生活没有节奏感，而命运的无名，终会在毫无准备的天气中，消失殆尽。

世界静止，喜鹊盘旋在树梢，它们用精致的语言，描述一个晨曦，寻找生命的节奏。

也许，我们永远看不到是哪只鸟儿在唱歌。但我们，可以听到静止的空间里，时间在流淌。

第四手札

我为命运做过预言，只是潘多拉的盒子，被魔鬼抛入深海，隐藏于某个洞穴之内。

我们都是生命的仆人，从出生那一刻起，就注定操劳一生。我们无法抗拒，来自异端的诱惑。

肉体与灵魂，交汇在缪斯的语言衣帛之上，欲望的气味，让悬置的心开始坠落。

一切尚不明确，而我们从何处来，去往何处？耶路撒冷，抑或者其他。

未来之火，焚烧不知名的经书与文字，只是为了更好地记录值得记录的时刻。

启示录与应许之地，似乎都是注定的结语。

沙漠、河流，救命的稻草，何时能对预言做出回答。

选自《湛江科技报·南国散文诗》2018年第5期

作者

敬笃，外国哲学硕士。青年诗人、作家、诗评人，曾主编、参与编辑民刊多种，现主编《吉林诗聚》。散文、小说、诗歌、评论作品曾在《诗刊》《扬子江诗刊》《山东文学》《星星》《诗潮》《诗歌月刊》《中国诗歌》《中国诗人》《延河》《湖州晚报》等刊物发表，入选各类年选若干。著有长篇小说《青春过往的流放》，诗集《夜半听雨》。现专事于诗与哲学的研究。曾获第二十九届、第三十一届全国大学生樱花诗歌奖，全国大学生小说大赛优秀奖。

敬笃的手札能于生活中发现诗意并进行思考，大概是源于那一份诗心。短短的四则小札，记录了诗人旅居时的生活及心绪，借以排遣寓居生活的无聊与孤寂，表达苦涩的乡愁。小札虽小，读起来却很有味道，看的时候总想去喝一碗梅子酒，去看一眼那躲雨的喜鹊，去跟着诗人一起，向天空行注目礼。在诗人敬笃的笔下，夏天是清爽的，像雨后空气一样清新，这和我们熟知的夏的燥热有很大的不同。诗人对于生活的观察十分细致，其认真生活的态度值得我们借鉴，于平凡的生活中能认真观察一场雨、一阵风、一只鸟，都会把生活过得不同。哲理化的玄思更让小札充满了张力，诗人虽然从日常生活写起，但最后却以对生命的思考结束，读起来余味无穷。（宋云静）

空旷（组章节选）

/雷霆

谭家窑

低矮的院墙来自河里的石头。什么重了，什么又突然轻了？忧郁、空旷，枣树上悬挂几颗干瘪的枣。安静的瓦楞，衰草似有似无。窗棂上的阳光一格一格的，像时光的点名册。田间地头，羊群浮在玉米叶上，像清点一年来的账簿。空旷！许多这样的秋天，被记录在案。河岸上的落叶，已分不清哪一片是杨树的，哪一片又是残柳的？

可以肯定的是，它们都没有了雄心。向阳的山坡，由牛羊守着。土墙根，由老人们守着。阳光充盈，高原上旱烟的味道持久而绵长。都经历过沧桑，有一张松弛的脸。这烙印也太深了，请求岁月认领。从山岗往下看，和从沟底往上看，退缩的村庄都获得了旧时代的褒奖。我看见，那些悄悄挪动的事物心安理得，沾染了慵懒的陋习，传递着新一轮的寂寥。

告别总是安静的。一座老宅闲置于枣林，青石垒砌的墙，散发着河流的气味。街巷太窄，许多人侧身走过，走在异乡的路上。他们不回头，我也能看见他们浮在岁月里的背影和苍茫的尘埃。

止于蓝花布的寂寞

纯棉缝补的日子需要镂空。需要动用来到身边的闪电，催开黏土里的

83

白浆，需要以草复命。采石灰于暮春，种豌豆于芒种。当采矿遇见种植，流水做媒。比棉线更粗糙的手，去刻版，青筋凸起去刮浆。在飘香的染房，铁锅开花之时，豆香忍住沸腾。

从花草到鸟兽，从风景到仕女。一路走来，风尘已告别酒肆。蜡染过后，蓝花布在晒场上，随风舞动。古镇阳光充足，蓝花布闪闪发亮，这气息，让草木张狂，让山川执迷。好像那些旧时光又回到身边。

心中还得装满山水和雾霭，保留万物与生俱来的神性。唢呐吹响之前，灯笼高挂，街道上寒风追逐着寒风，炮屑从村东头刮到村西头。仿佛幸福止于一条蓝花布，寂寞的石灰，豆香里的花朵。浆水浩瀚，擦拭植物的锈迹，刻板上的花朵，以白为美。铁锅微凉时，蓝花布就不会凋谢。

选自《诗潮》2018年第8期

作者

雷霆，当代诗人。中国作家协会会员、山西省作协全委会委员、山西省作协诗歌委员会副主任。现居山西原平。20世纪80年代开始诗歌写作。参加《诗刊》社第12届"青春诗会"。先后在各大文学期刊发表诗歌、散文诗多首（篇）。出版诗集《雷霆诗歌》《大地歌谣》《官道梁诗篇》《我的官道梁》等。作品入选十几种选集。并获得"新诗百年·我最喜欢的田园诗人""郭沫若诗歌奖""赵树理文学奖""黄河文学奖""山西文学奖""第二届中国红高粱诗歌奖""首届刘章诗歌奖"等奖项。

评鉴与感悟

谭家窑地处山西省原平市大牛店镇西南方向，地处丘陵，位于市区西18公里处。谭家窑村仿佛被定格在了旧时光里，建造低矮的院墙所用的石头是来源于河里，田间地头有羊群"浮在玉米叶上"，土墙根"由老人们守着"，青石垒砌的墙散发着的是河流的气味……谭家窑如此安静、古朴，远远有别于现代化大都市的喧闹、繁华。然而，大的时代洪流之下，没有谁能够置身事外，古朴的谭家窑难免被现代化的浪潮所裹挟，它是留不住人的，它默默承担着不知多少告别。离开谭家窑的乡人怎么样了呢？走在异乡的路上，他们背负着生活的重担，经受着岁月的打磨；他们"不回头，我也能看见他们浮在岁月里的背影和苍茫的尘埃"。

从雷霆的诗中，你总是能看到乡村经验的彰显，《止于蓝花布的寂寞》一诗单从题目中的"蓝花布"这一字眼，乡土气息便已扑面而来。

整首诗或许我们可以说全由"蓝花布"这一意象发散所得，这不禁让我们想到意识流作品中的名篇——《墙上的斑点》，虽然二者的具体内容有所差别，然而其中体现出的人类思想的魅力大概是永恒的，在岁月中熠熠发光。蓝花布里承载着万物，随着诗人思绪的流转，我们的目光也随之流转。我们看到人类的生产、花草鸟兽、风景、仕女、古镇、乡村、一幕幕生活场景……诗人说"止于蓝花布的寂寞"，然而，我们所体会到的远不止于蓝花布的寂寞。（张留哲）

大地之女·女娲之手

/黎子

01

孕于古老的旨意。一群女人，自黄土高原的暮霭中升起。

她们有一个共同的名字，黄土女女。春天在黎明诞生于粉色桃花，蓬勃如初。

白昼崛起无数光芒。

马莲河畔，女娲摔掷绳索，缩泥作无数状如月亮的女人。

赤裸，灵动，与男人各自为一半，拯救人世间的寂寞幸免于难。

女人的胴体是土做的，在人类的童年。麦子的颜色一遍遍呐喊，手指伸向苍穹。

只是后来，女人的身体进化成塑料与硅胶，她们进城，招摇过市。

只有一部分透明的母亲，固守河畔。受命于人类的祖先。

02

如果给你黑暗的颜色，春天不会在子宫里培育出万物。

黄土地上的女人，收拢起围裙，在明媚的灶火旁生儿育女。

天是黄的，地是黄的，太阳是黄的，男人的脸庞接近风霜。

与高原虎狼战斗，花光力气之后。

黑夜便属于女人。

黑夜给予她们更明亮的瞳孔，以便她们如狼似虎进入男人的梦境。

在梦境里斩锄乱草，撑除虚妄，种下十二颗新鲜的太阳。

03

童麋触犀，红蚕缫丝。

黄河之岸，山丹花如仙胎垂临，遍地烈焰灼烧天空。

参罗万象的不止伏羲的妻子，引日月之针的女娲。

周先祖将第一粒麦粒的种子交于黄皮肤的女人，从此麦田里诞生婴孩，生长诗人的黑色翅膀。

岐伯教会第一个女人辨认出山谷里的柴胡、丹参、鹿茸和苍耳草。

从此河岸左岸篝火燃到天明，疾病与魔鬼躲到鸣沙山之外。

芦笙竽瑟，鹿皮高悬。火焰中雌雄合一。

赤裸脚踝新戴骨链，跳起最原始的舞蹈。

04

春天吐露蓝色火舌，河流浩荡如溟渤。

给神灵最好的祭品，是处女光晕。

年轻的女子临河而立，河水倒影成一只凤凰玄鸟。梳理羽毛，嫁作人妻。

那是神的旨意，在春天的第二十二个夜晚，与太阳之子交合。

洞房设在高原之上，凿山洞而居，拢日月之光。

一双蛟螭缠绕成一根灯芯，向日葵野兔一样在山野奔跑。

来年春天，高原上最勇敢的年轻男子，会被冠之以父亲，收获一个洁净的婴孩。

05

黄土女女的秘密。

像无人能够打听一场春雨的降临。春天是生的季节，一只寄居在蚕茧的蝴蝶不能从镜中走来。

普天下所有的生命都应该在春天受孕，在太阳下成熟。

可是。人类忘记了驻守河畔的透明的母亲，忘记了缂泥造人的女神。

后来，在山野里长成的许许多多女子，褪去泥身，化妆成妖精。

潜入城中，重新做人。

选自《散文诗》2018 年第 9 期

作者 —— 黎子，女，1993 年生，本名吴霞霞，甘肃庆阳人。作品散见《作品》《西部》《厦门文学》《中国诗歌》《南方日报》等报刊。曾获《人民文学》第五届"包商银行杯"全国高校征文大赛一等奖、广东省有为文学奖——第二届广东省"大沥杯"小说奖、第三届东荡子诗歌奖高校诗歌奖等奖项。

评鉴与感悟 —— 女娲，作为东方文明的母性始祖，其实是人类生命的编码者，每一个生长在东方的女人，都携带着她的基因：朴拙天真又有点懵懂、勇敢无畏而又脆弱易受伤害，豁达而又保守，开放而又包容。女性，其实就是矛盾的集合体，世世代代重复着挣扎与解脱的悖论。特别是到了今天的时代，当全人类都处于一个加速度的行程中的时候，人们（尤其是女人）需要从缠缚了几千年的旧观念中解脱出来是一件非常艰难的事情。这组《女娲之手》节选自诗人的长诗《大地之女》，作为一个 90 后女诗人，她的人生轨迹决定了在脱离了故土旧环境后，势必会在由此带来的地理式震荡中重新寻找平衡，这些动荡和平衡来自身体心灵的各个层面。这是一个人必经历程，也是一个女性群体的缩影，与生俱来的生命力，如果固有的观念是积习千年的茧，受到现代文明吸引而要突破重围的冲动就是生命最原始的冲动，无非有两种结局，要么破茧成蝶，要么蝶死茧中。诗人的文字，就在于想告诉每一个挣扎中的人，灿烂的生命，一定要有自由，要有梦。（爱斐儿）

旧　址

/李松璋

逝水无踪。渡轮深陷于河床里。晚秋的风呼啸，犹如沉船之前乘客们浑然无觉的笑声。鱼骨在空气里游。枯叶，它们适应了死亡。歌声也适应了黑暗。说到黑暗，那并非乌鸦的翅膀。一个人在挥手，袖口掀起风暴，破旧的渡轮倾覆于小小的漩涡。当然不是意外。此时江山袒裸，私处也毫不遮蔽。它认领了那些在笑声里沉入河水的人。

选自《诗潮》2018年第3期

作者——

李松璋，中国作家协会会员。现居深圳。出版有散文诗集《冷石》《寓言的核心》《愤怒的蝴蝶》《羽毛飞过青铜》《在时间深处相遇》及文集《珍藏伟大的面孔》等，策划并参与主编"中外散文诗精品文库"（三卷）。作品被收入多种选集、选本。《愤怒的蝴蝶》于2001年由台湾上游出版社出版。部分作品被译成俄文、日文、塞尔维亚文、英文。曾获深圳市第四届青年文学奖、天马散文诗奖、中国新归来诗人奖等奖项。

李松璋的作品善于创造一个片段情境，并在这些匠心的铺陈中融入自己对于人生的智性思考。《旧址》就是这样的作品。诗人在开篇便描绘了寒冷萧索的晚秋时快要干涸的河床，目之所及，只有沉船的遗骸，腐朽的鱼骨和苍白的枯叶。这样的景色让作者联想到这艘沉船上曾经欢歌笑语的游客，秋风凄凄的呼号让他想到游客欣赏美景时的欢笑声。但灾难来临，人类又是不堪一击的，当大自然展现出他的威力时，也许仅仅是挥手间的袖口小小的风，就会引起吞噬游船的漩涡。一方面，诗人看到了在自然面前，人们的脆弱与渺小。另一方面，在最后一句，诗人又描述了一个充满戏剧张力的悲剧画面。所谓悲剧是把美好的东西毁灭给人看。"欢笑中沉入河流的人们。"不能不说是在美好中被毁灭的。这种在欢愉中走向不可预知的灭亡便体现了诗人对于人生种种悖论，生存困境的一种思考与表达。让诗文本更为真切地传达出了人生的某种仓促感。与他的《所见绝非偶然》有着异曲同工的深意。对于通过阅读这样充满哲理的"寓言文本"，读者不仅在陌生的审美经验中得到了愉悦的文学体验，也在阅读后的思考过程中拥有可以纵向开掘思维天地。（岳亚莉）

身体经

/李啸洋

有时，身体是要扶起的角色。礼佛，叩拜。彼岸的尽头有清水。灵在路上，脚也在路上。梦从灵魂里出走，身体倒进浓稠的夜晚。在身体里种一株树，用绿色庆祝，用风雨庆祝。

所有的身体都长在春天松动的梦里。所有的身体从子宫里来。所有的身体都泛起柔波。所有的身体都将化成灰土。身体是男人的药引，女人的簪子。胡须，情丝。一个身体纠缠另一个身体。河流在身体里熬成苦药，簪子用目光竖起一堵墙。镜子隐藏了一张脸。时间用皱纹缉捕一张脸。询问时间，询问眼睛。大多数时候，眼睛轻易闭上，耳朵充当了阴暗的器官。

李白和酒葫芦在水上练习平衡。手掌暗中传递力量，英雄一声叹息。都护府的脉搏随着马蹄呐喊：沙场、铁戈、楼兰。身体荣升、贬谪，牙齿跟舌头争辩，耳朵却在装聋。不过是摆设，不过是这副皮囊。睡眠伐倒了身体。一株树用根抓紧自己苍老的身影。

选自《星星》2018年第27期

作 者

李啸洋，笔名从安，北京师范大学电影学博士研究生。曾获第三十四届全国大学生"樱花诗赛"奖（2017年）、《星星》诗刊年度大学生诗人奖（2018年）。

评鉴与感悟

对于偶尔存在于苍茫时空中来去匆匆的人，身体无疑具有至高无人的重要性与唯一性。身体的"在"，证实是人的生命存在，身体的"缺席"，则显示强力的死亡已统治了你自己。近年来。成群结队的写作者。把写作的重心转移到对人的肉体的极端关注上。这自有其时代的支配和现代性的影响。确实，离开身体，精神又是什么？它以什么形式飞翔？以什么力量激荡？对肉身的凝视。只能强化而绝不减弱对精神的深入开掘和尽情书写。这一篇《身体经》也是如此。它出于一个年轻的博士笔下，因而带有一种哲理的、沉思的、品味的、玄想的特征。或许散文诗这种文本的内在元素就要求自己简洁、空灵与轻盈，如飞鸟掠过长空。变为隐约的黑点。让人怀想，但如果能以充沛的激情和具象的铺展，甚至戏剧化的情节加入其中，散文诗的力量将骤然扩张并四处膨胀。一个沉甸甸的本文，会给读者以心灵的震撼，正如一具赤裸的鲜活的舞蹈的身体，宣告有关生死及爱恨情仇的奥义！

（金汝平）

河流,越走越辽阔

/林水文

1

河流上的天空是养育异乡人的晨昏，风在顶部丈量河流的粗鄙或崇高。他的走向关乎众生的命运。

天空的云层和河流相遥望，高一些是奔走的风和神祇。它们在卷动着，万物都在飞翔。

低一些是我们平凡人的梦，通过河流的涛声诵读人间书，往生者在河流和天空中走动。

河流也如一面镜子照出万物高度和宽度，它有时比时间走得快，有时比时间走得慢，山川易容。

而深度仅是一滴水，风雨雷电，星辰的泪眼，这些过往的事物，它们以坠落的方式，留下它们的尸体。

2

河流越向前走越辽阔，先是小溪，走着走着是小河……石头和水草是阻止不了它的成长和辽阔。

他一路走过来，路过村庄，带走几个溺水的灵魂和呐喊的树根。路过旷野，旷野把天空还给他了。

枯水期的命运只是短暂的，奄奄一息，披上明亮的月光，河流空空荡荡，鱼子长成爱人，把自己洗干净，更加无畏。

盛水期的咆哮，那些浮起的头颅，只是想和天空对话。他的力量，却不能随心控制。

而他奔到大海，晦暗不明的汇合，因为辽阔，却丧失了自己的本性，他在徘徊，深深地忏悔……

3

河流是有磁性，那些月亮，星星落下来，粘在他的胃里。

灯火在远处亮着。消逝又重现的星辰，两个星空，哪个星空是属于心灵的？

流水指挥泥沙，骑着高头大马，在力量的法则下，一浪高过一浪。大多数事物只能随波逐流。

裹挟鱼虾们的梦想，自然的力量是无法平均弱小的梦想，只有在水里微微闪耀。

河流越走越辽阔，裂开岁月，洗涤着众生的悲与喜，过滤岁月的石头。他知道他的力量，却不知道如何保存经验……

选自《星星·散文诗》2017年第12期

作者 —— 林水文，男，广东廉江人，"湛江诗群"重要成员之一。有诗作发于《作品》《诗选刊》《诗潮》《绿风》《星星》《诗林》《中国诗歌》《中国诗人》《延河》《散文诗》《汉诗》《中西诗歌》《天津诗人》《山东文学》《诗歌周刊》等报刊及网络平台。

诗人自小听着水流声长大，越走越辽阔的河流不仅丰富了他的精神世界，也滋养了他的人生品格。于是，独特的生命体验和感受就在分行的艺术文字中演绎了出来，体现出不俗的审美品质。"河流也如一面镜子照出万物高度和宽度，它有时比时间走得快，有时比时间走得慢，山川易容"，寥寥几句，诗人将河流与时间联系在一起，但他并没有唱着时光如水一去不复返的老调子，而是有了自己的独特体验"有时比时间走得慢，有时比时间走得快"，这样的句子在诗里比比皆是，例如"盛水期的咆哮，那些浮起的头颅，只是想和天空对话"，一下子就赋予了波涛人格化的魅力；又如"而他奔到大海，晦暗不明的汇合，因为辽阔，却丧失了自己的本性，他在徘徊，深深的忏悔……"则充分显示出诗人的内心世界；再如最后一句"河流越走越辽阔，裂开岁月，洗涤着众生的悲与喜，过滤岁月的石头。他知道他的力量，却不知道如何保存经验"，在这里河流就是个经历过风霜的老者，有着岁月的痕迹却不懂得如何保存经验。整首诗通读下来，我们不仅能够体会到诗歌语言的张力性，而且能触摸到诗人的一点情感世界，正如彝族诗人普驰达岭所言"诗歌最重要的品质是有灵魂的根骨"，这首诗做到了。（孙婧）

月　光

/灵焚

我不要破碎的。

不要水面上的那些，那些颤抖不是真的。

不要指尖上奔跑的；不要弦上如歌如泣的……这些都不要。

即使悲伤，也要完整的、冷的、表面上若无其事的。

所以我只用大地接受你来过，接受你花瓣里的远，而呼唤却在深一脚浅一脚走近。

你让山有陵，你让夏雨雪。

这不，誓言只有半句，即使大地上月光临幸。

即使你是王，任意何处停留，你的颤抖是幽深的；小旋涡是宁静的；在皮肤上划出的一道细长的伤口，那月光下的河流是安详的……

天亮了，梦里的一夜都是月光。

被带走的，都是完整的；属于记忆的，只有破碎。

大地上，河，始终在流。一道鞭痕，月光般饱满，在碧海青天，抽打夜夜心。

选自"王的花园"微信公众号（2018年10月16日）

作者 —— 灵焚，男，福建人，本名林美茂，现居北京。日本归国哲学博士，大学教师。代表作：《飘移》《房子》《异乡人》《第一个女人》《女神》《生命》《返源》《剧场》等。

评鉴与感悟 —— 《月光》体现了灵焚一贯的多思品质和超越意识。在他独具美感的语言的呈现下，我们见识到他对现实的把握和超升：穿越表象和空幻，击毁虚假与破碎，叩问存在之本真。在散文诗开首，诗人即表达出对那破碎的、虚伪的生存现实的反感。诗人宁愿要那"完整的，冷的，表面上若无其事的"悲伤，也不希望在虚幻假拟的情绪中耽溺沉迷。作为有着哲学专业背景的诗人，灵焚在写就这些优美的篇章时，自律地以智慧之眼洞悉人的生存处境与命运，在诗人看来，日常之现实和回忆都是破碎的，虚假的表象远离存在的本质，唯有刺透那在梦境般的月光笼罩下的深渊才能触及真相，实现本体的升华与救赎。海德格尔曾说，"诗人的天职是还乡"，而"故乡处于大地的中央"。灵焚执着地感悟着存在的哲学，诗句"只用大地接受你来过"正显示了他"精神还乡"的信念。在他舒卷自如、富有音乐美感的诗句中，诗人简洁而意味深长地营造出一种对话诗学：通过"我"对"你"的倾诉与表白，行进着那追索生命意义和本真存在的脚步。显然，"你"指向的是存在和灵魂的安居之所，而这正是诗人还乡的目的地。还乡即意味对存在的持续叩问，意味着去除遮蔽使澄明朗照，而叩问是深刻而坚决的，一如那美丽而饱满的鞭子，"在碧海青天，抽打夜夜心"。（邹检清）

雪,或者青海男子

/刘大伟

纷纷扬扬。

这是一次绝地孤旅,还是一场盛大的绽放?

道路无言,大河早已交出了自己,群山成为隐约的背景。

一匹马小心试探着前方,看它挂霜的睫毛,栗色的鬃发,瑟缩的尾巴,比远行的过客更为孤独。

院落或如方印,大雪逐渐封门。

寡言的青海男子准备挑水煮茶。雪落在他宽厚的臂膀上,如细密的幸福无声叠加;雪落在他空空的桶里,如琐碎的往事慢慢消融。谁会否认,他注水入缸的姿势不是一个故事精彩的开头?

雪,仍将沟壑填充;水,一直在壶中翻滚。

前世的寂静和清凉呵,终成今世的慌乱与沸腾。

青海男子围炉而坐,仿佛习惯了这样的寂静与从容。他不断拨亮炭火,让沸腾加速,似乎要把雪和水的骨头煮出来。

而大雪愈加厚重,远村了无印痕,白茫茫大地真是干净!

选自《诗潮》2018年第6期

作者 —— 刘大伟，青海互助人。中国作家协会会员，青海省作家协会委员，青海师范大学人文学院副教授。有诗歌、散文、小说及文学评论发表于《诗刊》《读诗》《星星》《绿风》《滇池》等刊物，出版诗集《雪落林川》《低翔》，文化散文集《凝眸青海道》。曾获第六届青海青年文学奖、第七届青海省政府文学艺术奖。

评鉴与感悟 —— 刘大伟的这篇散文诗将情趣与意象契合融化，将一幅大雪山村图景呈现在读者眼前。诗人由远及近，从远处的群山、公路、马儿到近处的院落；由外到内，从大雪纷飞的山野到沸腾翻滚的室内。层次鲜明，具有强烈的画面感，画只宜于描写静物，然诗人借助语言叙述动作，使静态的画面具有动态的美感。大雪纷纷扬扬，马儿试探的脚步，注水入缸的姿势，沸腾的雪水将萧瑟的冬季带活了。除此之外，化静为动的手法，以时间上的承续暗示了广阔空间中的延绵，让诗歌的画面更有阐释的空间。

"雪落在他宽厚的肩膀上，如细密的幸福无声叠加；雪落在他空空的桶里，如琐碎的往事慢慢消融"是这篇散文诗最耀眼的诗句，通感的采用让语言韵味无穷，它使我心头痒痒，却怎么也挠不到痒处。诗歌走向说理与哲思，走向现代与后现代，于我而言只有如此优美的语言才能使我长久地感动。诗歌语言需要拉开与读者的距离，需要"陌生化"，需要有言在此而意在彼的寄托，诗人将雪比喻成前世，将水比喻成今世，他将隐含的双关赋予全新的含义，前世清凉成就今世的慌乱，带有浓厚的宗教色彩。（杨仁达）

我在晋东的煤城(组章节选)

/陋岩

我的矿工父亲

上班，父亲是一颗星星。下班，父亲就是俺家的太阳，从地球深处，冉冉升起。

父亲是一根会走动的煤柱，父亲是一块会说话的煤炭，父亲把自己的力气，种在井下，换来全家衣食住行的平安。

如今父亲卧病在床，做梦还喜欢返回矿井，冷不丁就吼一声，井下的专业术语，醒来还以为是在井下，拧亮台灯四周看看。

满口阳泉方言的煤

一页页打开石质的线装书，一行行读到800米深处，你会看到一层层黑色的煤炭，说着满口阳泉方言。

这里还有一群黑色的汉子，他们是2100万矿工兄弟中的一部分。灯光下，他们雪白的牙齿，正和煤炭交谈。

说上网说偷菜说QQ聊天，说妻子说孩子说物价嗖嗖上蹿，说股票说基金说彩票中奖真难，说房子说汽车说麻将太费时间。

这些黑色的汉子和黑色的煤炭，黑色的语言在黑色的氛围中，挖掘着黑色的营养制造着黑色的甘甜。

也许你从来没有听到过阳泉方言，但你肯定感受过阳泉方言递来的光明，感受过阳泉方言送来的温暖。你家的灯泡你家的彩电，你家的电脑你家的汽暖或水暖，都能听懂阳泉方言。

如果听不懂阳泉方言，就拿一块煤放在耳边吧，用心听你就会泪流满面。

头灯房女工

基本上是夏天和秋天的年龄，基本上是四季开花的笑脸，基本上是姐姐或妹妹的角色，基本上是个别矿工心中的鲜花。

这群月亮每天把喂饱的头灯，交到矿工的手里，听他们几句偶尔粗俗的话语，看他们把头灯戴到头上深入井下。

再送矿工几缕干净的目光，一直延伸到井下。直到矿工安全升井后，再把头灯和目光同时还回来。

工闲时间她们喜欢叽叽喳喳，相互揭点隐私嘻嘻哈哈。她们的欢乐也是一种能源，能点亮矿工心中的牵挂。

选自《星星·诗刊》2018年第21期

作者 —— 陋岩，1969年出生，本名荆升文，中国民间文艺家协会会员，山西省作家协会全委会委员、阳泉市作协副主席、《阳泉矿区文艺》杂志常务副主编、阳泉市矿区诗词曲学会主席。先后在《诗刊》《星星》《小说月刊》《延河》《黄河》《边疆文学》《青海湖》《飞天》《北京文学》《雨花》等国内省级纯文学刊物发表诗歌、小说、散文等文学作品若干。

诗歌应调整诗与现实的审美关系，主张回到生活本身，侧重再现人的外在行为与现实生存状态，把握社会现实，呈现个体的日常生活经验，正如诗人非亚所说的那样："不要轻易地去抒情，尤其是自我感动、自我麻醉的那种抒情。那种情感往往带有很大的欺骗性，看上去似乎美丽，但却使你失去理智，它表现出来的做作、虚假，是诗歌写作的毒药之一。"陌岩的《我在晋东煤城》（组章）就从日常生活的所见所感中出发，弱化抒情突出叙事性，凸显诗歌的在场感与非虚构性。作者选取几个矿工生活片段，描述了父亲无意识的矿工习惯、矿工兄弟们的矿下琐事、居住场景、与头灯女矿工的嬉戏打闹以及工作存在的危险等，没有写作技巧加饰，只用平实朴素的语言书写矿工们的淳朴、艰辛、满足与伟大。但作者避免了完全个人经验的直接反映，而是在这过程中捉摸矿工的内心隐秘和挖掘隐匿于日常事物背后的内在真理，"父亲是行走的煤柱""满口晋阳方言的煤"、自建房里的"天天发芽，天天生长，天天开花""井下结果，井上开花"的特殊植物等促成了生活流向上、向深转变，这也是作者的高明之处。

（韦容钊）

石级之上(节选)

/卢静

水袖

掀开门帘角的风，抛出一个眼神。

蜂鸟藏匿叶子里，春天的全部香草，伏下了身段。

风卷来四方的大雾，弥漫到镜面上的戏台下，白茫茫的雾，沿着今生走不完的石阶。

且听我唱这一曲。

天涯寄一舟明月，舞者的面影比水更深，开场锣鼓荡响，无法抗拒的释放悲欢的钟声。

谁将千年心事，卷一只水袖高飞入云，狂舞如蛇。

青蓝的火焰，跃上她的发簪。雾化的光点，飞旋的戏衣。

蝴蝶褪出暗纹。渐落的帷幕上。

烧出了一枝血红的桃花。

粉墨

我是苍老的戏子，独守陌生的后台。

像西风，拨弄墙头的菊丛，重重深院的门影，拖长一条虚拟的抛物线，掩去了我的油彩。

上了场，叹惜他人缝好嫁衣，抻一根胡琴的长弦。

下了场，西风又捂着嘴笑，扫过自家阶下的草色，从嫩绿复译到深碧的庭院。

经典的台词，从小听风诵唱。

师傅口授，一根钨丝穿透胸膛的声音，我传给年幼的弟子。

攒一朵菊花，指尖绽别人的生命。

火舌儿心跳，升扯大红幕布。当我卸了妆，重叠的镜子前。

镜中人背过脸，涂满无色的油彩。

主角中了满堂彩，龙套却奔跑个不停。我是苍老的戏子，独守一枝斜睨的后台。

选自《六盘山》2018年第3期

作者

卢静，女，中国作协会员，山西文学院第四届签约作家。作品曾发于《诗刊》《青年文学》《山西文学》《黄河》《散文选刊》《草》《星星·诗刊》等报刊，被收入《中国年度散文诗》等多家选本。散文集《谁谓河广》入选"晋军新方阵文丛"。曾获第七届中国散文诗天马奖、第27届天津东丽杯孙犁散文奖等奖项。

掀开青灰色的门帘，台前是水袖飞舞，一个旋转，一次回眸，惊堂满座。台后是粉墨掩去，独守深院，一声叹息，垂垂老矣。西风扫过草色，从嫩绿复译到深碧，人也一样，时光易逝，红颜易老。两首散文诗比照来读，一个正当是红角儿，如日中天，"烧出了一支血红的桃花"；一个确是戏子苍老，美人迟暮，"独守一枝斜眺的后台"。风华正茂时，石阶今生走不完；风烛残年时，"镜中人背过脸，涂满无色的油彩"。对比之间可见一斑。诗人用细腻的笔触将戏子的"盛"与"衰"和季节、花草、蜂鸟、风、深院等意象连结在一起，"一切景语皆情语"。盛极时，"蜂鸟藏匿叶子里，春天的全部香草，伏下了身段"，"烧出了一枝血红的桃花"。字里行间都流露出了对青春和旺盛生命力的赞美。衰老时，"像西风，拨弄墙头的菊丛，重重深院的门影，拖长一条虚拟的抛物线"，"摘一朵菊花，指尖绽别人的生命"，尤其在《粉墨》的结尾写到主角和龙套都在忙着，而"我"却在"独守一枝斜眺的后台"，对比之下，繁华的背面是落寞，是苍凉，更增添了"冷冷清清，凄凄惨惨戚戚"之感。流露出了近似于"风住尘香花已尽""物是人非事事休"的惆怅，表达出了诗人对于美人迟暮、年华易逝的惋惜。（孙婧）

眼睛慢慢抬

/鲁櫓

午后。独自来到楼下。

坐在楼房与楼房的空隙间，阳光扑面而来，阳光还处于直射的角度。

眼睛慢慢抬，不忍心一下子把眼前之物看过：柿子树不顶一片叶子，树干发黑，枝杈细弱，但极力靠近同伴，极力伸出空中弯曲的枝干。

花圃里的月季，还开着零散的几朵。泥土上掉落的花瓣，泛着白，有一丝刺眼的红，那么不甘心，那么竭尽全力地挣扎。

稍许繁茂的是银杏树了。它们粗壮、笔直，开枝散叶，虽黄绿相间，造访于地，但眉眼俊朗，黄，是明黄，绿，是青绿，凸出的筋脉，竟也雅致恬淡，一副完全不知冬之将至的模样。

生命的轮回之间，万物尊重着万物，万物成全着万物。

眼睛慢慢抬。抬。

天空没有任何着色：它一心一意的蓝着，一心一意呈现出这个干净又温暖的午后。

鸽子飞过楼宇。

鸽子飞回楼宇。

选自《诗潮》2018年第7期

作者

鲁橹，女，湖南华容人。本名鲁青华。现居北京，偶居湘北农村。80年代末学习诗歌写作，停笔十年，2008年重拾笔头。2013年触网投诗。先后在《飞天》《十月》《人民文学》《诗刊》《绿风》等刊物发表过作品，有诗偶尔入选年度诗选本。曾获《大风诗刊》《安徽文学》等刊年度诗人奖，实力诗人奖等，获绿风诗刊社和安徽文学杂志社联合主办的全国"鲤鱼溪杯"情诗大赛一等奖《散文诗》第五届散文诗大赛优秀奖、"海子诗歌奖提名"等。

评鉴与感悟

张玮曾说："城市真像是前线，是挣扎之地，苦斗之地，是随时都能遭遇什么的不测之地，人类的大多数恐惧都集中在城市里。"快节奏的都市环境下，写字楼里的白领、公司的领导甚至办公室里养着的芦荟都处在压抑的氛围中。日复一日的加班、成堆的文件夹、永远都赶不上的末班车、每一周的例会还有职场上无形的"剑影"都像无形的手紧紧扼住了上班族的咽喉，挣扎却又无力改变现状，只能"太息声降息叹息"，熬到天黑。可以说这系列的前五首串起来都给人一种沉闷之感，就好像在阴雨连绵的季节里弄湿了身边的唯一一双鞋。

但诗人并非一直这么消极，当她看到"极力靠近伙伴，极力伸出弯曲的枝干"的柿子树、看到"不甘心""竭尽全力挣扎"的月季，看到一副完全不知冬至模样的银杏树时，一切都变了。仿佛眼前的迷雾散去，空气不再像被谁捏在手掌，不再是憋屈惶恐的，而是清新的。天空也"一心一意的蓝着，一心一意呈现出这个干净又温暖的午后"。诗人从自然中汲取到了力量，探晓到了生命的真谛。朴实细腻的语言下蕴藏着的是对自然万物原始生命力的赞美和热爱。（孙婧）

雪把天空都搬空了

/鲁侠客

1. 茶花

深秋，隆冬到暮春、初夏，一把火烧了四个世纪。

花香寸短，花魂站立，枯燥的江山，因她们生出妩媚柔情。

一匹马的鬃鬃，拽紧西风。

开在枝头最高处的茶花，茶香更接近蓝天、白云。

挥鞭流浪的勇士，敌不过时间的追杀，怀揣体温的铠甲，卷刃的战刀、踏破疆土的铁蹄，散落荒冢、野草。

青山处处埋忠骨，真正的英雄，他的骨头从墓穴里挖出来，也不会生锈。

不用豪饮杜康，他的气概，也硬过钻石。

舞台折子戏里，一声轻诺，和勇士、窦娥一起凋零的茶花，命和运，都无关红、黄、白、粉的扮相。

备注：茶花花期从10月到次年5月不等。

2. 槐花

从高大的枝头，甩下一摞花香。

这些无形的白骨，自南宋颓败的朝廷，就撑起岌岌可危社稷的屋脊。

茂盛何需枝叶担当，在一棵槐树下，顾影自怜，往往是过气的乌鸦和

108

蜂鸟。

那些看不见的花香，被流水冲走，成全了江河入海口的壮阔。

槐香埋葬过王朝，浪花翻滚，谁曾问过，爱江山更爱美人，该当死罪？

只有那个亡国国君李煜，最终丢了江山又得了江山。

槐花开了又落了，人终究是江山的草木，一茬茬割不断。

屈子的香草美人，让他活过了千岁。

3. 梅花

在枯枝上，总是独辟蹊径。

它们借来雪花，点燃寒冷，换上火焰，释放一朵朵幽魂。

雪越大，梅花越有说不完的情话。

欧阳修写过，苏轼写过，唐伯虎写过，龚自珍写过廊前听雪，雪把天空都搬空了。

梅花香自苦寒来，千年后，断桥边的一枝枯梅，将自己当作插花，插进北方寒流的瓶口处。

选自《中国魂·2017散文诗选》2018年5月

作者

田勇，笔名鲁侠客。医学专业。爱好诗歌、声音艺术，曾在《诗潮》《星星》《草堂》《关东诗人》《作家周刊》《新民晚报》《雨时诗刊》等发表诗歌和评论作品。

评鉴与感悟

鲁侠客的这组散文诗，以习见的茶花、槐花和梅花为书写对象，却并不是一般意义上的咏物以及借咏物言志之作。诗人将这些花放置在中国历史的长河中，赋予其以意义承载的重量，增加了时间的纵深感。从这个角度讲，作者笔下的茶花、槐花与梅花早已经超出了花作为植物本身的价值，成为连通古今文学血脉、撬开历史大门、叩问人心与人性的关键之物，挖掘出老题材新的意义生长点。这些被赋予新意、委以重任的花儿，又因总标题《雪把天空都搬空了》。

这看似与内容无关，实则又颇具哲思的统领，而变得更加敦实与厚重。（范云晶）

在荞麦地看汉江

/鲁绪刚

汹涌着。我下意识地用手按住自己浪涛一样的胸脯。

这样的举动，这样的暗示，是自我安慰，还是危险逼近？

汉江的水一直都是好水，碧绿、清澈、透明，如我现在青春的年龄，如荞麦一样纯朴，如巴山高粱酒一样甘洌，在热情似火的七月，荞麦长势良好，香气浸透了时间和身体，汉江要去哪里……

去了长江，还是更远处的海？

对岸的两只摆渡船依然还在岸边等人。

用得着这样执着吗？

起风了。江面上落满了零碎的记忆。荞麦以自己的方式应对失落、灾难。

我仍然不肯说出孤独二字。

两岸伸出的桥梁像两只手臂，谁还在为距离翘首哀叹？

选自《散文诗世界》2018年第9期

作者

鲁绪刚，陕西省作家协会会员，安康市作家协会理事。参加第13届全国散文诗笔会。在《星星·散文诗》《散文诗》《散文诗世界》《星星》《诗刊》《文学报》《青年文学》《北京文学》《山花》《飞天》《北方文学》《广西文学》《滇池》《山东文学》《诗选刊》《秋水》（台湾）诗刊等国内外四百余家报刊发表作品。作品入选《中外散文诗60家》《中国当代诗歌选本》《2009年中国年度散文诗》《2009、2010年中国散文诗精选》《2014中国年度散文诗》《中国年度优秀散文诗（2014卷）》《中国散文诗2014选本》《2015现代诗经100首》《飞天60年典藏·诗歌卷》等几十种选集。著有诗集《岁月之重》。几十次获全国及国际大赛等级奖。

评鉴与感悟

"汉江的水一直都是好水"鲁绪刚在荞麦地看汉江："仍然不肯说出孤独二字"，作品自然地顺着"下意识地用手按住自己浪涛一样的胸脯"并由此展开，然后沿着"香气浸透了时间和身体"找回与生命交谈的方式。

这无限热爱的汉江，以及汉江上无限热爱的所有风物，作品中无热爱一词，我们偏偏觉得爱之极深："两岸伸出的桥梁像两只手臂，谁还在为距离翘首哀叹？"手臂一样的桥梁，拉近了地理学上的距离，更拉近了精神层面的距离。自然物与个人情感于一体，谁不会为汉江点赞？谁不会爱上汉江？

让读者触动、沉思，我想，这就是诗的终极意义。（司舜）

人格论

/陆承

他走在黎明的道路上，并未走远。
他是好人？他谴责坏人，却干着他憎恶的事情。

他厌恶黑夜，却在夜生活里找寻最后的颂词。
他眷顾茶水，却无法轻盈柔和。
他是我们身边的每一个人。

你徘徊于物质的选择。爱或虚无，昂贵或者廉价，皆在一瞬之间。
我感念万物，成就虚空。

你倾心琐屑，筑就经典之言。你错失晨曦，却不得不在暮色下声嘶。
哦，这就是生活。

你我他的叙述，并不能改变什么。
我迷惑于选择的后缀，在无边际的悖论里沉溺。
在近似假酒的窒息里，我流不出泪，说不出声。

他们代替我表述，赞美或者平庸。

哦，巨大的隐匿啊，将我抛掷荒野，无从归去，无从妥协。

选自《扬子江诗刊》2018年第2期

作者 ——
陆承，1984年11月生于甘肃榆中宛川河畔。现居甘肃兰州。诗文先后见诸《散文诗》《黄河文学》《甘肃日报》《星星》《人民文学》等报刊，有作品入选《21世纪年度散文选》等选本，获第五届马鞍山李白诗歌奖二等奖等奖项，参加过第七届及第十届全国散文诗笔会、《人民文学》第五届"新浪潮"诗会。

评鉴与感悟 ——
诗是哲学的近邻，诗与哲学相遇，就会大大加深作品的深度。读了陆承的《人格论》，真的说不清作者究竟是一位进行哲学思考的诗人，还是一个作诗的哲人。他的这章散文诗让我想起了德国诗人席勒，席勒根据美的观念把人性区分为"人格"和"状态"，即"感性冲动"和"形式冲动"，感性冲动产生于人的自然存在或他的感性本性，形式冲动产生于人的绝对存在或理性本性，致力于使人处于自由，使人的表现的多样性处于和谐中，在状态的变化中保持其人格的不变。要使感性的人成为理性的人，除了首先使他成为审美的人，没有其他途径。陆承的作品写的首先便是"感性的人"，如"厌恶黑夜""眷顾茶水""倾心琐屑""错失晨曦""徘徊于物质的选择"等等，都是人的自然存在或他的感性本性，但因为人有时又"迷惑于选择的后缀，在无边际的悖论里沉溺。/在近似假酒的窒息里，我流不出泪，说不出声"，故也只是喟叹"爱或虚无，昂贵或者廉价，皆在一瞬之间"，甚至"感念万物，成就虚空""错失晨曦，却不得不在暮色下声嘶"，可以说，是生活的本相、现实的本相使"感性的人"成为"理性的人"，作者深知人的叙述，无非是"赞美或者平庸"，人只有

114

在状态的变化中保持人格的不变，才能使自己臻于审美的自由，即使是巨大的隐匿"将我抛掷荒野"，也无从归去，无从妥协。陆承诗哲学的书写方式，为席勒的论语做了生动的注脚。（崔国发）

失语者

/吕历

1

这个世界，风吹起它的长发，落在地上，便成了道路。我不知道行走在什么样的头发上。两个人，两束漂流的光，照见彼此的黑暗。一张嘴，一只杯子，始终对峙着。紧闭的门后，不幸的消息，像拍不死的苍蝇，在杯与唇间盘旋。太自由了，风，找不到栖身的地方。

2

每个人都是一面旗帜，寻找旗杆。每个人都是一支旗杆，升起旗帜。

有人躺在果实的表面，查找雨水的来路。有人站在一颗针的高度教授飞翔。有人把血和盐，放在火中，提炼稀世的思想。有人端着金钱和女人，攻打日子。有人提着古老的罗盘，兜售天堂。有人磨着一把小刀，企图修改世界。

有谁懂得生命是一口多么柔软的气息，甚至会被花朵灼伤。

3

泪水磨亮的眼睛，看得见白发中流淌的黑暗。囚禁谎言的耳朵，听得见行列中出错的脚步。面对岁月那张永不过时的脸，人，该不该睁开眼睛。

4

小小的地球，已盛不下人类的心事。宇宙的心太空了，人是它唯一的想法。问题是心灵的山峰，不通过血脉抵达高处，再美的风景，也会死于盲目的舌根。忍受自上而下的压迫，人是天空下的天空。那双托起你又将你抛弃的手，是领导你的手。拯救你的手。做一块站立的石头，帮助盲人行走。有些石头，因为渴望，变成了婴儿。

5

黑暗来临。城市上升成一片天空。对于更多的人，城市仅仅是偶尔乘坐的车辆。一个人背过身去，另一个人裁剪他的背影，远走高飞。鸟儿在枪膛里飞翔。人在自己的内心走动。诵读盟约的人，做着毁约的决定。再深的爱，也是隔着玻璃的亲吻。每个人都是一宗时间的悬案。敢在日常的餐桌上举起酒杯，发布不醉的宣言？说起生活，你永远是一个外行。

选自《星星·诗刊》2018年第18期

作者

吕历（1964—），四川蓬溪人。青年诗人，中国作家协会会员。代表作有《不眠的钟点》《飞翔与独白》《隐约的花朵》等。

评鉴与感悟

以空洞而迷离的眼睛。凝视着这黄昏一点一点地变黑。人，必在这变黑的黄昏中丧失什么。那丧失的到底是什么？草地上，野猫对野猫眉目传情。电线杆下，哑巴对着哑巴吱吱呀呀。全神贯注凝视着这黄昏一点点变黑。人，到底在这绝对之必黑必然之黑中丧失了什么。那丧失的到底是什么？

问号之后，总是排列着更多更大的问号。问得那些智者也愚蠢了。问得那些猛士也软弱了。问得那些鬼头鬼脑的人也牛头马面了。夹进捕鼠器的冷风。也呻吟着叹息着。但你不必问它为什么呻吟。为什么叹息。孤悬黑漆漆夜里的问号。一把明晃晃的镰刀。那丧失的到底是什么？如此不停地问下去，彻底地问下去，会把每个人问成哑巴。是的，在永恒流逝的昼夜之间，有谁不是失语者。正如鲁迅所言："当我沉默着的时候，我觉得充实；我将开口，问时感到空虚。"失语必是我们的宿命，夫复何言！（金汝平）

在黑暗中生还

/马端刚

看到一颗星星，珍稀又纯净；看到一颗星星，在幽深昏暗的夜晚。

不说疼痛，不说忧伤，年轻的修辞，黄昏中醒来，黎明前死去。你说的站台、酒吧，钢铁铸造的城市，鸟在天空囚禁，鱼在湖水窒息，每一个词语的秘密，在黑暗中生还。丢失的梦境，守住灯火，信仰，眺望你的孤帆远影。

秋风编织草图，留白过多，想象乏力，改变了之前的容貌，你疲惫，影子去了草原。

看一次达尔罕的落日，喝一回茂明安的烈酒，和你一样，我只属于一条艾布盖河，默默流淌。

在最美的夕阳下，唯有敖包，归家的羊群，你娇羞的暗许，是唯美，是冬季最后的一只大雁，是苍老胸腔里的心跳，是不可触摸的马头琴声。

身置黑暗，草原悲伤孤立，渴望是将我带回黎明的微风，那里遍地青草，有初生的婴儿，有最后的一朵马莲。

在夜晚想念白昼，在荒芜里想念绿树。想念远方的小镇，想念湖边眺望的女子。

站在小桥，用渔火描画你的长发，和之后的烟雨朦胧。

熟悉的街巷，盛开的玉兰，翩翩起舞的温暖，一端在晨曦，一端在黄昏，少年般奔跑。

谷雨，夏至，霜降，长出了翅膀。

笑声，表白，亲吻，回忆里发酵。

黑与白之间，一个名字的线索，是麦子，是芒刺，是闪电，是彼此紧握的手，每字每句照亮了十八岁的泪水。

你找到宿命的火柴，在凛冽的夜里咬紧牙关，等待春的枝头，返青，发芽，绽放。

我知道你的牢笼漆黑一片，我的微火照不亮你的古代，穿旗袍的女子期盼破茧成蝶的一刻。

歌唱吧，一起将寂静淹没，宣纸上会看到千般色彩，从一扇门到另一扇门，你的微笑蘸着一抹胭脂。

在黑暗中生还，月光又返回人间，有你低首的清白，有我抬头的寂寥。

选自《散文诗世界》2018年第2期

作者 ——

马端刚，现为某刊物编辑。中国作家协会会员，曾参加全国第六次青年作家创作会议，鲁迅文学院第八届青年作家高级研讨班学员。内蒙古作家协会首届签约作家。在《诗刊》《星星》《绿风》《诗歌月刊》《诗选刊》《中华文学选刊》等百家文学刊物发表作品三百多万字，著有中短篇小说集《午后阳光》《像鱼一样自由》，长篇儿童小说《别把我当病猫》《迷失在玩偶城堡》《谁我说还未长大》，诗歌集《纸上唱》《时光书》等。

评鉴与感悟 ——

现代化过度的物质生活让人产生一种强烈的疏离感，个体的精神早已失去庇护，灵魂游离于站台、酒吧，失去自然灵性的钢筋水泥林，过着日夜颠倒的生活，"黄昏时醒来，黎明时死去"。在城市与乡村的对峙中，作者有感于城市生存时灵魂深处的疲惫与疼痛，现代意义的乡愁便油然而生，而审美实际上就成为抵抗现代性的最后一道防线，于是作者预设乡愁范式，不断建构生命存在的多种形态，阻挡精神永无止境的流浪，呼吁灵魂回归自然，回归自我。作者使用"落日、草原、烈酒、羊群、河流、马头琴、冬日大雁，小镇、街巷、小湖、流水、街巷、女子、少年、烟雨朦胧"等旧的、有着熟悉感觉的符号资源，重新组织和把握世界。想象与现实交替的蒙太奇式幻象闪现其中，叠加而跳跃的意象，诗意之下充满情感张力，将文本意蕴推向纵深。回忆或者幻象或许是让乡愁者痛苦的过程，但却可以帮助摆脱现代精神困扰，它的目的不是怀旧，而是为了穿越历史，跨越"黑与白之间"，"从一扇门到另一扇门"，在道德和精神维度的想象中"在黑暗中生还"。（韦谷钊）

老 子

/马仕安

西风萧萧，蓁野莽莽。

啼血的歌声，呜咽着历史悲壮的走向。

你伫立于巍巍的城垛之上，凝眸那满腹经纶的诸子，沉浸在趾高气扬的轻狂中，横眉冷对，毕露锋芒。

你回转身板，捋着儒气超然的飘飘龙须，抖落一身刺骨的寒霜，虔虔地将一个"道"字捧在温暖的掌心，独辟蹊径，吐露衷肠。

寂寥萧瑟的夜。凄清的影，飘过滚滚红尘的缠绕，走出阳春白雪的意象。独自卧进心灵最皎结的境界，听太阳瑟瑟的暮语，嚼清晖流溢的幽幽醇香。

尽管身影过处，风也潇潇、雨也潇潇；路也迢迢、道也迢迢，你仍狂飙于苍厉的猿啸之中。用生命的血胆，喂养你那飘逸和邈远的性灵之道。

月朗风清的日子，寻着清脆的更声，吟咏着道可道非常道的大道无常。你避开世俗的纷争、权势的斫丧，独自优哉游哉地蹁跹于清心寡欲的殿堂，合十趺坐、维楫焚香，尽情地在袅袅腾升的香雾中，啜饮道与经释散的月光水意、淡泊清香。

痴痴迷迷间，你摇着皤然的白发，挥起纤纤香火之手臂，将一阴一阳的哲理播进泱泱国壤。让盈满欲望的生命，在风沙浩渺的天地间，纵情歌谣道与德的大爱无疆。

跌宕的余音，萦绕郁结的寒星，吻湿悲戚的秋霜，灌满荒凉的古道，使唯物和辩证的花蕊，在你寂静而鲜活的心壁上，纷扬成古东方的思想。

苍天在上，你恢宏的歌韵，永远在华夏子民真善和忠爱的天空久久回荡……

选自《当代教育》2018年第2期

作者 ——

马仕安，回族，自由撰稿人，中国报告文学学会会员、中国少数民族作家学会会员、中国散文诗学会会员、中外散文诗学会会员、中国散文家协会会员、中国当代诗歌协会会员，贵州省作家协会会员、贵州省现当代文学学会会员、贵州省散文学会会员。出版有散文诗集《涨潮的相思河》、诗集《岁月之恋》、报告文学《龙城风韵》等八部专著，先后获全国散文诗"新生代奖""三个代表的忠实实践者"《人民文学》优秀报告文学奖、贵州"新长征"文学创作一等奖等全国、省各类文学奖项六十余次，有作品收入四十余种文学选本。曾参加《中国作家》西北坡文学笔会，全国第三次、第十次、第十一次散文诗笔会。其传略被收入《中国散文家大辞典》《中外散文诗作家大辞典》《中国回族文学史·当代卷》等。

评鉴与感悟 ——

在这首散文诗中，马仕安以饱满而富有激情的笔触，生动地描绘出中国古代大哲老子的形象。诗人在勾画老子的形象时，注重意境氛围的营造与细节场景的描摹，这就使得诗人笔下的老子颇具立体感且不显呆板。同时，还会给阅读者带来一种既实又虚，似近实远的变化莫测的阅读效果。这种阅读效果在暗合了老子对于阴阳、虚实以及"道"的高论的同时，也使得该散文诗更具神秘感，给予读者更多遐想空间。（范云晶）

风花雪月(组章)

/麦子

风

最初，是一缕不经意的风掠过，满坡的荒芜，陡生出一片绿意。

循风的脚步探寻，十一月的天空，幽蓝而又柔软，像你的眸子，洞穿我，有淙淙的流水，穿过十一月的麦田。

一株草开始从秋季折返，昆虫的翅翼上，风的影子在不停颤动。

田野上到处都是风的足迹，风，把一个人的眼神温热地传递过来，一朵休眠的花朵在季节的深处慢慢打开。

那么柔软而执着的风，在田野上，麦田里不停地、低低地吹。

我在等待一场更大的风，将我带走。

花

纵使只是一枝残荷，也请你珍惜她垂落时的芬芳。你不来，花不开。一朵花蕊，细细密密，都是化不开的心思。临水照影，照到的更多的是离愁，一忽的幽香，留不住离人的行踪。江南的烟雨，更多的莲花落，瓣瓣红尘心，谁人懂？几人知？

125

雪

一场邂逅，如初雪的盛开。

喧嚣在身后隐去。二月的雪花，簌簌落在你的双肩。

仿佛走过漫长的冬季，走过一地寂静的长廊，不经意推开一扇门楣，你就站在门后，不发一言，就那样静静地笑着。雪花不停地开放，像白色的火焰，像二月一个人的内心。

红雨伞在雪地上兀自艳丽。

道路是唯一的，它指向两朵雪花的内心。

所有的阳光都扑向了雪。

月

市声从听觉里渐隐，青砖灰瓦的江南，如一首淡雅的小令，被月色吟哦。你踱步而来，一泓浅笑，如水波漾开。十一月的江南，谁打马经过，惹得千树花开今夜，水光潋滟，尘世的烟尘遁尽，一朵枯荷返回最初的清芬。高楼之上，一管洞箫，柔肠百转，等一个懂箫的人。或在来途，或在世外。

选自《诗潮》2018年第8期

作者 —— 麦子，江苏盐城人，本名刘艳。江苏省作家协会会员。《盐》诗刊主编。参加全国第17届散文诗笔会。诗作散见于《诗刊》《绿风》《散文诗》《青年文学》《散文诗世界》《诗潮》《星星·诗刊》《草原》《鸭绿江》《山东文学》等刊物，作品连续多年入选《中国年度散文诗》《诗探索年度诗选》《大诗歌》等选本。

"风花雪月"这四种自然之物通常被强制性地放到一起，用以指称与人类爱情有关的故事，这似乎已经变成作家的一种写作惯性。麦子的这组散文诗《风花雪月》却并没有任由这种写作惯性恣意滑动。这首诗的题目虽然同样叫作"风花雪月"，但是诗人打破了"风花雪月"的固定隐喻模式，以"去蔽"的方式，将四种自然之物还原为其自身——这种还原包括卸载强制与呆板的隐喻意义以及四个自然植物独立品质的赋予。因此，才有了散文诗中的"风""花""雪"以及"月"四个部分。诗人对每种物的描写都紧抓个性，却又不落俗套。更重要的是，诗人将这些物赋予人之情、之性、之心，从而使得它们充满了灵气与灵性。（范云晶）

孟氏族谱

/孟甲龙

族谱，把贫苦日子封存在木匣子。

给流浪者馒头，用指甲凿出光的身影，凿出写实派画家的成名图，把蚊子捕捉归案。

用母亲的碗盛下人间悲伤，重新启动乡愁，舌头太疲惫，无法叙述出裸体女人和挑水汉子。

在一片雪花掷地之前，我要埋下光的种子。

苦难在电闪雷鸣后，昭然若揭，被驯服的风声，在黎明逃遁。

一句谶语，预言了死亡轨迹。

从窗口偷窥虚构派画家的意淫图，失眠者说：我在夜里看见父亲，和发出的瘦弱气息，每一分贝都充满敌意。

在凌晨两点，回忆染指过的女人和芳草，回忆属于众生的清晨和露珠。

爷爷葬在群山之间，遍地枯草，虚构出一部关于饥饿的成名史，以黄土命名。

选自《散文诗》2018年第1期

作者

孟甲龙，1993年2月出生，甘肃会宁人，就读于兰州财经大学，作品散见《诗选刊》《读者》《散文诗》《星星》《中国诗人》《扬子江诗刊》《兰州日报》等报刊，出版诗集《秦淮河女人》。作品曾入选《2015中国高校文学作品排行榜》《中国诗人生日大典》等，获中国·大别山"十佳新锐"诗人奖、第六届中国校园"双十佳"诗歌奖等。

评鉴与感悟

族谱，记录了一个家族的历史与发展史，是冰冷、毫无温度的客观记载与呈现。在散文诗《孟氏族谱》中，诗人孟甲龙功地赋予了族谱以温度，并让沉睡在族谱中的人物变得鲜活生动。在"复活"的族人群像中，诗人再次感受饥饿与苦难，体味难以言尽的乡愁。族谱就像一根无法扯断与割裂的无形之线或者说枷锁，将诗人与自己的族人紧密联系在一起。诗人用颇具隐喻性的语言和陌生化的笔触，通过虚构、想象与写实相结合的方式，对孟氏族谱中与自己具有直接血缘关系的母亲、父亲以及爷爷加以追忆、想象与审视，并借此完成了诗人对于家族血脉的确证和精神之根的指认。（范云晶）

大雾与枯树

/梦桐疏影

田野，一片荒芜。青春早已远去。悲剧的风含着泪水走近。后面拖着幻影似的水墨。

一棵枯树站在大雾里。它翅膀上的羽毛被时间拔得精光，只剩嶙峋瘦骨。

"飞吧，神的女儿。"她望着远方，不语。

大地上，雾浪涌荡。无数的秘密成为静心的黑白胶片，哗啦闪过。

曾经，她激情满怀，踌躇满志，春风妖娆，锦绣万千。曾经，她冷静地注视着村野山峦。内心希望又迷茫。

当自由被束缚，富贵在她门前铺开绿色地毯，她不再吟诗作画。只想在诗人轻浮的目光中躲得老远。盗贼窃取了光明的宝库。昏昏欲睡。

她从前呼后拥的招摇中黯然离席。任虚幻给她披上外衣。她就这样被遗忘，被黑夜越扬越远。而人类，还在继续往前飞翔。

选自《散文诗》2018年第15期

作者

梦桐疏影，重庆璧山人，本名张鉴。重庆市作协会员。重庆市璧山区作协副主席。教师，心理师。主要从事诗歌、散文创作。参加过第十七届散文诗笔会。作品散见《诗刊》《诗选刊》《星星》《红岩》《诗潮》《中国诗歌》《扬子江诗刊》《延河》《现代青年》《西北军事文学》《美文》《女人坊》等。诗文入选多种选本，出版诗集《如果有一个地方》（入选重庆市都市作家丛书系列）、《慈悲若云》（入选重庆市文艺创作项目资助作品），诗歌合集《北纬29度的芳华》，散文集《背着花园去散步》，传记文学《庄奴传》等多部。获第三届银河之星诗歌奖、第五届巫山国际红叶节征文大赛新诗一等奖等多项奖项。

评鉴与感悟

梦桐疏影的这首散文诗看似在写自然界之物、之景，实则是借写自然而思量人的自由问题。重在描写诗人受到自然的感染，借助想象而渴望获得自由；具备"飞翔"的能力是获得自由的方式，这在两首散文诗中都有所提及。透过自然之景的深度思考，使得这首散文诗在蕴含上增加了分量。（范云晶）

幸　福

/弥唱

　　风在唱它的序曲，蚂蚁在搬它们的家，一场预约的雨就要到来。暮晚低回，初秋之后会有第一片转身的树叶。一切都是秩序中的样子，一切都恰到好处。

　　像这条深蓝色的裙子，纯棉的部分藏在黄昏里。如果雨水落下来，它会完全沉浸于潮湿之中，夕阳的残红和楼顶的炊烟并不能加速它缓解的速度。而它的蓝色会越来越纯正，那是白露之后第一支布鲁斯。

　　像这节奏里回旋的切分音。车窗外，所有的道路都通往家的方向，路旁所有的绿色都保持着微笑。后视镜里，白色的银色的黑色的车辆追逐着、分享着我快乐的奔跑——这奔跑中重复的、停不下来的汁液饱满的九月的音节。

　　一天的工作结束了。明天还将走进身后二十公里外的那座办公楼。我还会将那件白衬衫穿出香水的味道，让清晨沉湎，使正午安溺，然后把傍晚的词语都蓄满柔软的笔画。我还会亲近办公楼里每一束迎向我的光，那些白纸黑字里完成过春夏的单人旁。

　　一路向北，黄昏昏黄得过于认真。父母都在，他们缓慢的步态总结着整个白昼。我坐在他们身边，时光就真的停了下来。

　　之后会是夜晚。一本书等在床头。我可以在一些句子里舞蹈、停顿，继续忧伤。可以抬头看到晚星欲言又止的眼神。

喜欢的人在远处依然不说话。远处唯有风声。

在夜晚，黑色是安全的。除了流水，没有什么可以将我伤害。一切都是幸福的样子。一切都恍如隔世。

选自《星星》2018年第24期

作者

弥唱，女，祖籍上海，毕业于杭州师范大学音乐系。现居新疆乌鲁木齐，供职于政府机关教育部门。著诗集《无词歌》、散文诗集《复调》。第六届台湾"叶红女性诗奖"佳作奖获得者，第六届中国散文诗"天马奖"获得者。

评鉴与感悟

我曾说过弥唱是"在虚构的现实中抵达远方"，而这章作品，她显然放弃了"虚构"而选择写实。当然"远方"还在心底，尽管"远处唯有风声"。弥唱是一位驾驭叙事的高手，寥寥数笔，就能把现实与心灵的事件诗意呈现。这章作品亦然，像一组水彩画，又如一支布鲁斯，把一位城市白领平淡的日常勾勒得祥和而唯美。对于弥唱，这种情绪是难得的，她多数作品总是浸泡着感伤。而这章不同，"一切都是秩序中的样子，一切都恰到好处"。这为全诗确定了"幸福"的基调。一个下班回家的城市白领，开着车，"车窗外，所有的道路都通往家的方向，路旁所有的绿色都保持着微笑。"此时作者的心情不言而喻，相信读者也会被这种惬意所感染。但是接下来的心情就因人而异了。可她告诉我们，虽然明天还要上班，"我还会亲近办公楼里每一束迎向我的光"，但"我还会将那件白衬衫穿出香水的味道"。能够如此，那是因为"父母都在，他们缓慢的步态总结着整个白昼。我坐在他们身边，时光就真的停了下来"。当然此时她还在路上，守着父母坐下来只是记忆的一种回放。但这种天伦回味，父母越年老就越显真切、珍贵。所以她说："除了流水，没有什么可以将我伤害。一切都是幸福的样子。""流水"是什么？当然是时光，不希望父母过快衰老，自己也一样。所以才会构成"伤害"。然而，夜读的床头，仰望星空的眼神，让一切不快都能忘却。"家"让生活即使平常也能过得"恍如隔世"，让忙碌的日常得到报偿。（灵焚）

竖起时光的耳朵(组章节选)

/牧风

这是大鸟驮来的风景。

在青藏的腹地，我常常聆听到鹰族和羚群把首曲的神韵踩动。

可爱的甘南，用游牧的声音弹奏雪域的恋歌，迎着寺院的钟鸣和阳光下的经幡把生命的琴弦拨响。

一个游牧的民族，偎依着篝火把根系在逐水草而居的地方。牧歌随飓风拔地而起，我美丽的尕海湖，可亲的阿万仓，毡帽飞动的六月，牦牛的骨魂敲响西部奋进的号角。

我万年敬仰的神骏，在这绿色的生命垒成的诗歌粮仓，我们永恒地相逢，在甘南的家园，我们默默地厮守。

竖起时光的耳朵，我谛听狂飙般席卷而来的是青藏颤动的心跳。

草原永远是游牧之魂的归宿。

坐落在阿尼玛卿的心脏，独自倾听鹰隼的呼吸和格桑爆绽的妙音。

牛粪的灰烬独独飘来，恰似喃喃低语草原的空旷和苍茫。

今夜雪封古道，我留恋的草原依水而寒。

牛角琴狂放的流水之音，弥漫着玛曲的古朴和沧桑。

牧人达娃吉的歌声是我精神的月光，秀美的帐篷和迎风玉立的马帮，在我流泪的模糊里迢迢远去了。

盐巴和酥油换来的是青藏春天的温暖。面对热泪盈眶的阿爸，我打马驰过望眼欲穿的故乡……

选自《星星·诗刊》2018年第6期

作者 ——

牧风，藏族，甘肃甘南人，原名赵凌宏。中国作家协会会员、中国少数民族作家学会会员，中国散文诗作家协会副主席，中外散文诗学会理事。著有散文诗集《记忆深处的甘南》（内蒙古人民出版社）、《六个人的青藏》（长江文艺出版社）。曾获甘肃省第六届黄河文学奖、甘肃省第五届少数民族文学奖、首届玉龙艺术奖。参加第十五届、十八届全国散文诗笔会，鲁迅文学院第22期中国少数民族作家创研班学员。

评鉴与感悟 ——

人类感受自然的方式有多种，可以看，可以听，甚至可以闻。藏族诗人牧风选择以聆听的方式感受来自青藏高原的生命律动。因为选择了"聆听"这一方式，所以诗人笔下的故乡西藏充满了动感与动态美。诗人把一切悄无声息的静态之物赋予动感：风景不是静止不动，而是被"大鸟驮来的"；鹰与羚羊的脚步具有神韵；牦牛的骨魂可以敲响奋进的号角……诗人笔下的青藏高原处处充满灵性。在诗歌的结尾处青藏高原的动态与诗人"在路上"的过客和旅人身份形成了对照——诗人脚步的移动同样具有动感，增强了诗人的思乡之痛。（范云晶）

在冬天的门口细数(节选)

/那女

这个冬天是渐渐推入的。

我向来敬畏柳树的叶子。萧索已从一个词语裂变成无数个汪洋，森森的冷，广织密网，该影遁的影遁，该逃亡的逃亡。它却还半衰地绿着，谦和地垂着发线，在失去看客的寂寥的舞台上，抒写最真诚生动的演绎。泊在地上的，集体旋转，鲥鱼般地游走，泠泠地越过沟壑，联奏简洁又骨气凛凛的乐章，完成生命的非虚构吟诵。

善于贬低的牙齿，无非是含着嫉妒的，因为刀子是从来不肯劈向石头的。

看吧，来年：

二月授芽，三月结絮，四月凝翠，五月冠盖遍天涯。

我站在叶子里思考叶子，我变成叶子思考自己。

众鸟远飞。

白的草，白的霜，白的河，白的雪纷纷扬扬。

喜鹊决定留下来，收服远征辽阔的构想，鄙弃瓦楞间随遇而安的放浪，选择精筑毛线团样的舒适家园。

庞硕的笼，庞硕的风，还有高处不胜寒的举杯酹江的冲动。众多的枯枝身不由己，折骨坠地，像猎捕者无情绞杀的鹿茸。天使潜伏在伤口犹豫，不知谁是起死回生的上帝。

温暖的喙衔住瘦硬的残骸，轻轻飞升，去完成一个盛典，一次涅槃，一场紧密咬合后的坚不可摧。智慧需要艺术的呈现，需要思想的灯火，需要柔和的爱推波助澜。

当黑色的巢以高迪的疯狂手笔，悬于危崖般的枝干间。所有无限延长的荒白、逃离、落寞都绣上了生动的标点，共同围成圆，享受家的现世安稳和繁衍里不必遭受的弹雨枪林。

枯枝有更光耀的回归，喜鹊有更具体的价值。拯救出自于被拯救，类似于赠予玫瑰的手拈余香。

不一定跋涉千山万水，不一定跳出万丈红尘。当喜鹊有了想法，冬天完美无瑕。

选自《绿风》2018第5期

作者 ——　那女，本名孙玉荣，1976年出生，河北沧州海兴人，中学教师。作品见于《绿风》《星星》《散文诗》《诗选刊》《诗潮》《中国诗歌》《中国诗人》《中国校园文学》《散文选刊》《北方作家》《散文诗世界》等杂志。

评鉴与感悟 ——　那女的这首散文诗用开放与未完成式的题目引出了诗人所言。"在冬天的门口细数"一句宾语的缺席，既引出读者的阅读欲望，又为诗人提供了更多可供言说的内容。而正文开头"渐渐推入"一词与题目所带来的"悬念"恰当呼应，加大了留白空间。诗人由"萧索"一词开始对冬天"细数"，"裂变"使得冬之"萧索"由抽象变得具体。在用多个意象完成对"萧索"的诠释之后，诗人笔锋抖转，冬天由溢满苍凉的"萧索"变成生机的孕育，引发诗人对于新的生命轮回的翘首祈盼以及对自我之生命的沉思，亦完成了对冬之感受的反转。在散文诗结尾，诗人遂有了"冬天完美无瑕"之慨叹。（范云晶）

无 我

/纳兰

香樟树是我，三叶草非我。蓝色的鸢尾花是我，蓝色非我。

石楠是我，荼蘼非我。

大海是我，海水非我。炊烟是我，烟囱非我。麦芒是我，麦穗非我。

寂静是我，躁动非我。蝉鸣是我，蝶舞非我。山涧是我，月出非我。

泉声非我，危石是我。日色是我，青松非我。

杜鹃花非我，杜鹃鸟是我。无语是我，无雨非我。

在大地上，行吟者非我，卧者是我。

在原野上，稻子是我，稗子非我。

清净是我，污秽非我。琉璃非我，光明是我。

众生是我，众生里无我。

选自《星星·散文诗》2018年第7期

作者

纳兰,男,本名周金平,1985年生,现居开封。中国作家协会会员。著有诗集《水带恩光》《执念》。2016年获第25届"东丽杯"全国鲁藜诗歌奖优秀奖、2018年获第三届"延安文学奖·诗歌奖"。参加第18届全国散文诗笔会。

评鉴与感悟

这是一首充满禅意与辩证意味的散文诗作。诗人抽取了诸多自然之物,将"物"与"我"并置,用"物"来度量"我"的"在(是)"与"不在(不是)",实现了对"物"与"我"双重思考。"我"可以只是"我",又可以不只是"我",而是很多物的变形。"我"与"我"之间既相同又相异,"我"与"物"同样是既相同又相异。诗人时而认定"我"与"物"合一,时而指出"我"与"物"不同。在这种颇为饶舌的辨认中,获得了对"我"在俗世的位置与所扮演角色,以及"我"作为"个"与"类"矛盾统一体的理性认知。这种认识与史铁生在《我与地坛》中对自我的看似矛盾,实则颇具辩证意味的认知方式有异曲同工之妙:"当然,那不是我。但是,那不是我吗?"(范云晶)

西藏(外一章)

/南小燕

虔诚，贴着胸腔。

每一步挪动都与内心的鼓点合拍，我带着自己的脚，圣地的光芒带着我的心。

一尘不染的空气和蓝天，早已备好。这是一片心无杂念的土地，随因缘流转。做这里的一株庄稼，随风舞动，做这里的一片落叶，随雨飘摇……

我想无限深入到内心，笑可笑的事，流悲伤的泪，把自己完完全全地交给真实。

浅浅的微风里，经幡比想象中还美丽。

我忘记了在脑海中群飞的生生死死，只想在当下做一个有爱的人，欢喜的人，将毕生的骄傲褪色到佛陀的脚下，随顺手掌的纹路，筛选正义和坚持。这一生都难以企及的一颗心啊！ 此时，我是如此紧握它，原来它本是一朵爱憎分明的花，小小的肉身里装满坚韧与博大。

在西藏，原生态的藏歌随时在唱响，朝圣的人一步一叩首，他们磨破了自己的手，却擦亮了别人的心。婆娑与梦幻，纯净与真实……高原上奔走的是宿命，更是风骨。

在西藏，每一个日子都饱含让心灵起飞的力量，你不再狂喜于拥有，不再悲愤于失去，爱就爱过了，恨就恨过了，爱恨之间，便是真实的人生！

选自《绿风》2018年第1期

作者 —— 南小燕，陕西兴平市人，现从事企业管理工作，居西安。中外散文诗学会会员。诗作发表于《诗歌月刊》《散文诗》《星星·散文诗》《散文诗世界》《山东文学》《延河》《诗歌风赏》《伊犁河》等多种报刊。作品入选多种年度选本，参加第十七届全国散文诗笔会，获第六届中国散文诗天马奖、九寨沟国际散文诗征文大赛三等奖、《大河诗歌》第二届"陈贞杯"全国新诗大赛三等奖。出版散文诗集《一滴水的修行》。

评鉴与感悟 —— 南小燕抛弃了空洞、陈旧的词语，舍弃了对西藏书写的神秘氛围，长于运用含蓄的象征，调遣空灵的意象，伸展翩翩的幻想，表达出了丰富的寄寓，发散出了复杂的意蕴。风景带给人的收获不只是风景本身，虽没有明说直言，却分外招惹人心。此景如何？此情何如？诗人的身体如此渴望表达，你可以听她娓娓道来，她对人生的思考。诗人仅用一句"万缘眼前过，当下即人生！"就将千言万语一下道尽了。作品篇幅虽然不长，但荡起的涟漪却是层层叠叠、缭绕无限。（司舜）

大漠孤烟

/倪俊宁

1

这可是摩诘先生点燃的那一缕吗？

落日，在千年胡杨的虬枝上，发出一声泣血的惊叹。

朔风横吹。谁在瀚海长天，狂草一段段传奇……

2

闪烁着一路燧台烽火的长鞭，将重重关山甩在尘烟后面……

画角，吹断最后一行雁声。

风暗沙尘。云压天低。唯有烟火一缕，与吻冷将军铁衣的半轮冰唇，噫嘻交谈……

3

战事，在缺损的剑光上，冷却。

铁马腾起的前蹄，悬着霜月的泪滴。呼唤柳色的羌笛，早隐在时光之外。

飘散的灰烬，能在哪一页史册里寻觅？

4

追赶季节的脚步，叩问河川丘壑的密语。

狂暴的风沙，没有折断跋涉在骆驼刺尖上的倔强目光。大漠深处的苍茫，湮没了蹒跚的背影……

孤烟，一柱。那是留给身后岁月的叮嘱。

5

一锤晨风暮雪，一袋石语碛色。沉重的足音，仍在回应远方那一声声呼唤。

飘动的篝火渐熄，烘不暖几个昼夜的疲乏与饥寒。

终于，双眼阖灭星光。却分明看到，滚滚沙尘背面，有钻塔灯光，在闪烁……

6

一行竖排的诗句，沿着汉风唐韵的节律，将慨叹与豪啸，写上沙海穹天。

一柱烟，一炷香。祭奠剑气与雄风。

选自《散文诗》2018年第7期

作者 ——

倪俊宇，中国散文诗学会理事、中国散文诗研究会常务理事、海南省作家协会四届理事。作品在《诗刊》《星星》等报刊发表，被收入《中国散文诗百年经典》《中国散文诗100年大系》等书，并连续多年入选多种散文诗年选。出版了数部作品集。获评"海南省文学探索者三十强"、《星火》《散文百家》《星星》等杂志大赛奖、中国散文诗天马奖等。

倪俊宇的这首《大漠孤烟》凝练雅致，古意盎然。诗人化用唐代诗人王维"大漠孤烟直，长河落日圆"的诗句，并提取出"孤烟"与"落日"两个核心意象破题，自然将思路延伸至古中国的历史长河中。诗人一边试图重临古代战争现场，一边凭借自己的理解对于王维诗歌的既有意境给予细节化填充，在对古代战争场景的描绘、再现中，完成了对《使至塞上》的现代重写。（范云晶）

雪域录

/诺布朗杰

1

群山喑哑。那口落日的棺材，它似乎要埋葬一切。

智者早已双目失明，也只能用盲人的眼睛探测探测这摇摇晃晃的雪域。一条河能承载多少文明的激流？终日以泪洗面，妄想把自己的命运哭醒。

词语为鹰，又能在哪片天空飞翔？

2

每一条路都要伐光行者的脚步。

白雪皑皑的雪域，饥饿的青稞正在追问自己的血统。

缰绳拴着一匹马的孤独。英雄们站在众人的尸体上吆喝成败，有什么真理可言？最好在离开的时候，把留在世上的阴影洗净，并带走。

弓已失去弹性，箭囊何用？

3

灵魂的骨头有着金属的心跳⋯⋯

雪在融化，这和花的凋落没什么两样。

花朵之上，朝拜者用额头磕出来一座座寺院，供红衣喇嘛采蜜。

雪域的屋顶，桑烟筑巢，风马讲经。

风摘抄了好多经幡上的真言，只是不知道该念给谁听？

4

又一夜，噩梦缠身。惊慌失措中，竟然找不到母亲。

试图走出夜晚，把星星的遗嘱打开。

羊群如雪，为众狼铺路。好多真相，令你无从下手。

有人逼你交出贞洁，你是否从命？

5

雪！它们好像不是雪，是未被点燃的火焰，拥有白色的血液。

有祸事发生。只管闭住嘴，咽下伤口，学着说一些好听的话。

世上还有一种懦夫，他们拥有站着的灵魂。

雪域的咽喉上，是谁的针，一下一下缝补沉重的叹息？

6

不容易！那些酒桌上鉴定出来的文物，它们在博物馆找到了归宿 。五官端正的讲解员斜着身子手舞足蹈地讲解，她的嘴里长着多根舌头。

裁判手里还缺一杆称。

清清嗓子，喘息几声所剩不多的方言吧！

直到咳出血，咳出灵魂的颜色。

还有什么值得我们欢呼雀跃？

7

经殿前，有位耄耋老人整整跪了一个上午。婴儿出生，等活佛摸顶赐名。

寺院主持无暇顾及。

寺里传出：夜有盗贼潜入寺，窃取唐卡三一幅、铜灯两盏、金佛一尊。

经卜算，盗贼朝北而逃。

僧侣慌乱，头顶的天空出现缝隙。

叼走的，该怎么觅来？

8

把溢美之词统统收起来，源头问水。

呷一口历史的甘露，再朗读朗读起雾的内心。

喊疼的人，伤口上撒把盐试试。

用一生的苦水，培育一生的雪莲。

雪崩之下，谁在病马当驴？

9

用额头问候神的子宫里产下的雪域。

岁月早就生锈。从时间绑架的一生中逃出来，做一名铁匠。

废铁打刀，高悬头顶。 在刀下奔跑。

暮色太深，怎能说清？

选自《扬子江诗刊》2018年第2期

作者 ——

诺布朗杰，藏族，1989年12月17日生，甘肃甘南人。文学作品刊于《扬子江诗刊》《湖南文学》《作家文摘》等报刊，有部分作品在全国征文中获奖，并入选多部选集。

评鉴与感悟 ——

诗歌更精彩的，应该在语言之外。诺布朗杰的雪域神秘而高远："每一条路都要伐光行者的脚步""缰绳拴着一匹马的孤独""灵魂的骨头有着金属的心跳"等等这些强烈主观色彩的诗意让读者感受到诗歌没有言说的一切，他"把溢美之词统统收起来，源头问水"。叩问源头之水，才可以找出流淌不息的理由。

读诺布朗杰的作品，可以感受到不能把诗歌固定地看作诗歌，在画家的手里它可能是美术作品，在歌手的手里它就是音乐作品。在天为鹰，落地是马，入海是鱼。所有的艺术是相通的，诗歌的魅力在于他的呐喊有时有一种失声的美妙和不断延伸的宏阔。（司舜）

大运河

/潘新日

我要你们敬仰它，卫水在诗经里流……

从黄河故道开始，可以看见曹操把宿胥故渎开挖成东汉最长的粮草通道，泌水南流，后世的花朵供奉着浅色的帆，月牙在天上弯了一千年。

一切都在变，四时畅行的三百万民船帆樯林立，繁华之后的喧嚣，如若我梦中的驿站，门口拴着马。

我要想象岸上拉纤的人群，他们前倾的躯体下绷紧的下肢以及逆水行走的号子，草鞋，或者蹬走的泥土，坚实的脚窝在我怜悯的慈爱里受罪，腿上的汗，滚落成琉璃，在草尖上舞蹈。

桅船是河里移动的词牌，水鸟在号子声里幻化成会飞的标点，它们的羽毛把运河所有的波纹，放进散开的担忧里，每个人的家和爱情以及涌动的暗流，饲养着外乡的云彩，这些年，大运河孕育着那么多好听的地名。

我不看柳树，不看水草，千年百年，大运河一直通往线装书里用旧的水路，用水洗过的清净和岸边的花为商船导航，为官船护驾，雨点是木槌敲碎的锣声……

不要说过客，大运河永恒不变的在朝代更换中变宽，汉字里的船帮用粮食和瓷器打点村庄，一船船的月光是我的账本，还有水做的江湖。

大运河奔腾不息，犹如民国落后的船，武器和兵法，都在岁月带毒的日子里掉色，不变的依旧是粮食、布匹和酒。

在道口，船帮带来的繁华永远地凋落在一条叫作大运河的水里。

选自《诗选刊》2018年第9期

作者 ——

潘新日，男，河南省潢川县人，中国作协会员。作品收入多种版本，出版散文集《草帽下的雨季》《秋红》，诗歌集《一树槐花》。作品入选多种年选十余次。先后获宝石文学奖等三十余个奖次。

评鉴与感悟 ——

诗人以"大运河"为主要摹写对象，以诗意的笔法书写了其发展简史，意在重新审视和充分挖掘"大运河"的历史意义与存在价值。诗人将与大运河密切相关的人、事以及物纳入言说范畴，将真实可考的历史事件，转化为用想象搭造的具体场景，生动而又饱满，弥补了用散文诗这一文体探及实在的现实与历史问题可能带来的不和谐之感。从这个角度来说，诗人较为成功地拓宽了散文诗的表现空间。（范云晶）

怒　放

/潘玉渠

困兽哀号，井水波澜不兴。

木栅栏无法圈禁的那枝桃花，则会在风中磨损内心的鳞甲。在特定的时刻，人间是五彩纷呈的——

怒放作为一种修行，被万物竞相模仿。

年轮渐增的肉身，会用繁复的刺青篡改辽阔的天幕，也会在不经意间被周遭的景象所挟裹。

一个人的时间，用来恍惚，或思索。

桌案之上，灯盏静卧，纸墨温纯，一如四平八稳的措辞。没有毛刺，反叛，突兀和苟且，直抵遂心的笔端。

墓室，会为所有的族群敞开。

大风可以吹弯星河，让季节在草木间一茬茬地轮替；却独独无法摧毁我们用信念打造的蛛网。

对于理想的那份虔诚，是否应与宗教挂钩？

我不问山，不问水。删除冗长的修饰，一页页沉淀下来的时间，会交出最直白的答卷。

选自散文诗集《此间坐忘》，北京燕出版社2018年6月

作者 ——
潘玉渠，1988 年生。鲁人，客蜀。作品散见于《星星》《扬子江诗刊》《草堂》《散文诗》《中国诗人》《诗选刊》《中国诗歌》等刊物，部分作品入选多种年度选本。出版散文诗集《此间坐忘》。参加第十八届全国散文诗笔会。曾获扬子江·2016 年度青年散文诗人奖等多种奖项。

评鉴与感悟 ——

并非只是自然界花朵的一种打开方式，还包括心花怒放。心灵的花朵，是因为"你若盛开，清风自来"？还是因为"给我一片阳光，还你一个灿烂"？清风与阳光何见之有？潘玉渠的文字里没有这些，反而出现了这样的一些场景：要么是"困兽哀号，井水波澜不兴。/木栅栏无法圈禁的那枝桃花，则会在风中磨损内心的鳞甲"，要么是"墓室，会为所有的族群敞开"。此情此景，又何以见得心花"怒放"呢？所谓"怒放"，在诗人的心中，"作为一种修行，被万物竞相模仿"。年轮渐增的肉身，"对于理想的那份虔诚，是否应与宗教挂钩？"一个人的理想与精神家园，倘若做到如宗教般的虔诚守望，又何愁没有心花怒放？有了理想的追求，以及对于人生的思考，又何惧吹弯星河的大风，"让季节在草木间一茬茬地轮替"？诗人深信，大风再大，也"无法摧毁我们用信念打造的蛛网"，这便是一个人信仰的力量。所以他"不问山，不问水。删除冗长的修饰，一页页沉淀下来的时间，会交出最直白的答卷"。这是一张什么样的答卷呢？或许时间会告诉我们，删去烦冗，大道至简，仁智互见，当朴素成为生活的信念，蓓蕾已长成，又岂能没有迎来"怒放"的那一天？（崔国发）

父亲与城

/潘云贵

在 1988 年虚无的云层下，一棵无果、钉着广告牌的乔木旁，你被欺骗、失落、贫穷喂食饱足，呈现球的形状，被拍起，回落，又弹起，在一无所有的归途中漏气。

一次进城的体验是：你丢光了羊、母亲的嫁妆和当了十三年石匠的积蓄，只剩下还很年轻的三十岁。你在回来的路上，大叫，像一条狗。

这是我出世后听到的故事，一次失败的创业经历，成为你对世界与命运不信任的根源。于是而后的三十岁，你继续与山为伍，在石头里埋下生活与爱恨。

当有一天，山顶炸裂，页岩松懈，受惊的鲫鱼停下半途产卵的痛苦，城市把手伸向了村庄，要注销它的名字，将它以婴儿的身份抱进摇篮。

所有村民为户籍上身份的改变而喜悦，撇下炉灶和床榻，背离田园与山林，直奔都市的中心。你在窗前，站立不动，望着铅灰色的云和步步紧逼的楼，喝了一口酒。

地平线越来越近，那里有蛮横向上的力量。你所追求的只是紫藤花、丝瓜、瀑布落下来的意义。但，挖土机吵醒的清晨是赝品，林田、飞鸟、星辰、乡音、树叶与树叶间的广阔，——失散。

杯中已无清甜的露水可饮，牙垢是黄的，叹息是和平的。

你再次进城，想用稻穗的口音告诉世界，你和泥土还活着。

跑过柏油路、步行街，城市在物质、名利、欲望中闪光，被照出的影子巨大而陌生，嘲笑、碾压你。

在喷泉和雕像下面，每个人要用透明的颜色才能活下来。

你不会。

信任红绿灯、医院、ATM机、电子货币、超市商品，以及一棵棵马路上盲目的树，并依赖它们。

你不会。

你在耀眼的车流中盘桓，在文明的旅馆里找不到一个廉价的房间。

动物园中被人戏耍的猴子，你像；淤泥里反应迟钝的河马，你像。

你返回，像三十岁时一样失落，丢了一群羊，没有一只活着归来。路紧抓着篱笆上的余晖，问杜鹃，问蒲草，问溪流，现在，可还有人像你们一样自由？无人应答。

举目四望，村庄同你一道，瘦了，老了，模样模糊。

你在失去中，用沉默种着守护，并演唱时间的歌："晨兴理荒秽，戴月荷锄归。"

选自《诗潮》2018年第1期

作者 —— 潘云贵，1990年12月生，福建长乐人，硕士，毕业于西南大学文学院，现为高校教师。出版散文诗集《天真皮肤的同类》。诗歌发表于《诗刊》《山花》《扬子江诗刊》《福建文学》等刊物，曾获张坚诗歌奖·2011年度新锐奖、《诗歌月刊》2013年度优秀散文诗奖、《人民文学》第四届高校文学征文诗歌类一等奖。

潘云贵的《父亲与城》以质朴的笔触为读者描画出一个同样质朴而倔强的"父亲"的形象。诗人以第二人称"你"为情感表达对象，既不失与"父亲"的亲切，又颇具打量和审视的意味。诗人没有循规蹈矩地一味赞颂父亲和感念父爱，而是更多呈现"父亲"的不顺与失败。在为"父亲"举行精神上的降旗仪式的同时，诗人将"父亲"浓缩为寓意"乡村"的表征符号，并将其与"城"并置在一起，超过了一般意义上的伦理情感呈现之作，暗藏着对所谓都市文明的委婉批判与对行将逝去的乡村文明的哀婉。（范云晶）

对萤火虫的十四种诠释

/潘志远

提着灯乱逛，像一个巡夜者，偷窥者。

巡夜，那是一盏灯笼，一盏马灯，一支烛；小巧玲珑，以自己的躯体为造型，为支撑，为设计，匠心独运。

偷窥，一只温柔善良的眼睛。将看到的一切装入心里独享；闪烁其词，对他人是一纸永远的谜。

像一个引路人，从野外到村庄，穿过稻田、水塘、岸柳、柴扉，栖息在老屋的窗棂。

一颗眷念的心，一个久经漂泊终于回归的灵魂。

星星的使者。夏蝉、蛙鼓的合谋。

飞翔的光阴……被捉，顿时让指尖充满灵性。

被囚，囊萤夜读：一酒瓶的诗和温馨。

不灭的冷光，只需一粒，足以洞观夜和密林的深邃。

光的点缀，为光淹没，也为光所冷落。

作为黑暗的对比和见证……飞起来，是一朵花；随风飘逝，是一颗微型的翡翠。

一枚钻石，没觅到中意的手指。

一枚耳饰，还没有挂上心爱的耳垂！

选自《中国魂·散文诗》2018年第2期

作者 ——

潘志远，男，安徽宣城人。作品散见《散文诗世界》《诗潮》《星星·散文诗》《中国诗人》《散文诗》等，收入多种选本，获中国校园作家提名奖、中国小诗十佳，出版诗文集《心灵的风景》《鸟鸣是一种修辞》《槐花正和衣而眠》。参加第十四届全国散文诗笔会，"中国好散文诗"主持人之一。

评鉴与感悟 ——

诗人潘志远紧紧抓住萤火虫夜晚发光这一特点，展开联想与想象，将其拆解为十四种既相关又无关的"新物"。这十四种"新物"分别为：巡夜者、偷窥者、引路人、久经漂泊终回归的灵魂、一颗眷念的心、星星的使者、夏蝉、蛙鼓的合谋、飞翔的光阴、不灭的冷光、光的点缀、作为黑暗的对比和见证、一枚钻石、一枚耳饰。之所以说诗人这十四种全新阐释之物有关，是因为他们都有一个与萤火虫一样的共同特征——"发光"及其连带作用"照亮（或者点亮）"；认为它们不同则是由于其并不具有同一属性。恰恰是因为这种既有关又无关的绝妙联想，才使得诗人做到了在习见与被隐喻惯性定型了的平常物中窥到了异质与新意。（范云晶）

航海者(五章选二)

/庞华坚

这里

这里是天涯海角,脚步迈不出去,也不能后退!

一个人,一群人,千万人,来过这里,驻扎在这里,从这里深入未知。

这里是天,这里是地,这里是他们世界的全部。

在这里,除了极少数人(比如哥伦布、郑和)青史留名,绝大部分,都消失于这茫茫海天之间——甚至不如一片贝壳,或者一块白骨。

千山渺茫、万云飞起时,那些亡灵,现在被烧酒复活了生命——

长歌当哭!

但是,谁能给苦难、梦想和守望的定义?

谁又能评判出执着、眷恋和生死的分量!

千百年来,他们成了离世间最远的隐士,成了世人无从知晓又无处可逃的犯人,成为泥沙俱下的记忆中沉郁、悲悯而不放弃形象。

——这些,跟他们有什么关系吗?

对那些把无边蔚蓝放飞上天的人,他们已经完成了使命,留给我们的,只是一片空白。

白空,也许就是大海的全部。

"石头"

让一场暴雨从天而降吧，把每一滴水洗干净。让干净的水和苍茫的天继续辽阔他们的视野，彻底淹没这一群生活在大海中间的人。

世界在这里混为一体。司空见惯的水，更多时候和空中的浮云携手进退，轻轻摇晃。它们凝成交错往复的日子，轻风一样悄然滑过。

这里没有野草，没有清新；没有树木，没有青翠；没有轻浮，没有沉重。这里甚至没有白天和黑夜，没有上，没有下，没有天，没有海。

每一滴水，都是一块石头，坚硬、密实、沉重。

踩着这些石头，这群生活在海中间的人，鸣笛、绘图、操持罗经、吵架、打闹、喝酒……远离故土，遥望家乡。

别人说他们从事航海，他们说自己只是在开船。他们开着船掠过无数海底，绕过成片暗礁，拐进一个又一个港口，小心翼翼；他们开着船避开炊烟四起的岛屿，离开一个又一个码头，绝不回望。

选自《北海日报》（副刊）2018年5月29日

作者

庞华坚，男，笔名庞白，广西合浦县人。系中国作家协会会员。现为《北海日报》副刊编辑。第五届中国报人散文奖（2017年），出版有散文诗集《唯有山川可以告诉》（2018年9月，漓江出版社）、散文集《慈航》（2016年6月，广西人民出版社，获第八届冰心散文奖），诗集《天边：世间的事》（漓江出版社，2011年）、《水星街24号》（青海人民出版社，2007年）、《跋涉者》（与人合集，漓江出版社，1994年），随笔集《北海民风民俗民菜》（广东旅游出版社，2009年）。曾获第八届冰心散文奖"散文集奖"（2016—2017）。

借助这组散文诗，诗人庞华坚饱含深情地唱颂了一曲献给"航海者"的赞歌。诗人将航海者生活与出发的地方，以及这个地方的每个物，都给予了关注，赋予了深情。这些普通而单调的无生命之物，成为了航海者辛劳、孤寂、思乡的见证。这组散文诗的最大特点在于诗人对于写作对象的情感认同。这在更崇尚克制与节制、冷静与客观的情感表达方式之中，显得较为独特。（范云晶）

行走四方的树

/萝卜孩儿

一棵树，总在夜深人静的时候，行走四方！

谁能在天亮之前，看见一棵树，风尘仆仆地走在返乡的路上？

那些睡在树冠上的鸟儿，没有察觉。

从裸露的树根向树梢上爬了一天一夜的那只老蜗牛，也没有察觉。

夜夜行走四方的一棵树，渐渐地衰老下去……终于在某一天，终止了夜行的脚步！

一棵不再行走四方的树，认识所有的雁群，叫得出每一只大雁的乳名。所有路过的大雁，都夜宿它的枝头。

这棵树，从那一天开始，夜夜发出隐隐的私语声……

选自《山东文学》2018年第6期

作者

庞学杰，笔名萝卜孩儿、乌伦古河。画家，诗人。1995年毕业于山东曲阜师范大学美术系（今美术学院）。在众多刊物上发表散文诗、诗歌和美术作品。诗歌和散文诗入选多种年度选本。参加第十六届全国散文诗笔会。著有画集《庞学杰画集》，诗集《第七感觉》和《短笛长腔》。多次获得全国书画大赛奖。

庞学杰的散文诗《行走的树》将"树"的形象加以改写，赋予其以人性，在细腻描绘其如身处异乡、渴望回乡的游子一般在路上的情景之后，落笔于行走的反题——"行走的树"变成"一棵不再行走四方的树"。在逐个事物的迁延过程中，诗人成功地将诗人海子笔下空空而一无所有的远方改写为埋藏着无数希望和生命的宝藏。（范云晶）

稗子的隐喻

/蒲素平

四十年了，第一次知道你是稗子，你开的花那么好看，星星点点滴混淆在生活中。

一说起你，我就回到了少年，一个凶犯，用双手把你拔掉。但你和我一样不脆弱，随便扔到泥土里，清晨的一场露水过后，就活了回来。

四十年了，第一次喊你的名字。

在我最饥饿的时候，我把你成筐成筐带回家，喂猪，沤肥，任你无声地消失在乡村旧时光的夜里。

昨天，我把你包成包子，咬一口，我吃到了你的薄命。

一些事就是这样，多年后，突然发现那只不过是一个假象。

风一吹，散了。

选自《散文诗》2018年第5期

作者

蒲素平，笔名阿平，中国作家协会会员，河北省评论家协会理事，鲁迅文学院三十一届高研班学员，入选多种年度诗歌、散文诗选本，曾获首届河北省文艺贡献奖，河北省文艺评论奖等。

评鉴与感悟 ——

蒲素平的最大功力在于，能够把看似枯燥的道理（甚至是某种程度的哲理）不漏痕迹地填充于诗行之中。这是这首散文诗呈现出的最突出特点。诗人既在文字的表面呈现出人意料的诗意，又在文字的背后暗藏难以被诗意语言嵌入和说透的道理与哲理。诗人自己做到了既依附文字又穿透文字，也教给读者学会既要欣赏文字又要掀开文字，探测文字背后的奥秘。从这个角度说，蒲素平的散文诗独具魅力。（范云晶）

夜 莺

/青槐

黑夜，一闭眼就过去了，像一片羽毛。

那只叫月亮的鸟，用夜色在大地书写安宁。

树林是它的笔画，整齐的狂草，像大地上大部分人的人生轨迹。杂乱。按部就班地绿，或者枯萎。

这人生的隐秘。我们白天漠视，又在黑夜里选择遗忘。

就像我们忘记，夜莺，是另一片羽毛，也是拾遗者。斟饮月色的柔软，却暗藏黑夜的锋利。

拾遗者，总是孤独于视线之外，做黑夜的歌者。用声音燃烧，用清越的喉咙吐出月瀑，清洗黑夜的黑。

白天，我们在阳光下打捞色彩，却忘了夜色，其实也是色啊。

在所有人都忽视的夜晚。

越来越瘦的月光像邻居间越来越薄的问候。千里婵娟，越来越像千年的传说。笙歌与酒色，海枯石烂与逢场作戏，越来越像树林里的晚风，感觉真切却握不在手……

夜，色而不空。

不空的夜色，是夜莺一个人的了。

歌唱吧，将这轻柔的月光唱成千万年不变的岁月，且握紧，用一颗淡定又甘于安宁的心。

夜莺，你淡定的歌唱，让黑夜有了真实的重量。

选自《洺水诗刊》2018年第1期

作者

青槐，生于湖南，本名袁青怀，定居天津。天津市作协会员，中国化工作协会员。作品散见于《诗潮》《青年作家》《星星·诗刊》《诗歌月刊》《上海诗人》《中国诗人》等国内外报刊，入选多种诗歌年选，著有散文诗集《动物志》。

评鉴与感悟

《夜莺》作为一个"用声音燃烧，用清越的喉咙吐出月瀑，清洗黑夜的黑"的拾遗者、一个黑夜是歌者，用自己的歌喉划开黑暗，用内心的光亮辨识着那些在暗中发光的事物，又因黑暗带来的探索意味，"让黑夜有了真实的重量。"诗人在自己的诗中做到了真中有幻、动中有静、寂处有音、冷处有神、味外有味，那么张力就显现。（司舜）

葵花居住在自己的阔土
——题徐贤珮同名画《葵花居住在自己的阔土》

/清水

你看见自己向秋天深处迁移。
望日的莲叶藏有口衔金物的小雀。
它说出光摆列在天空你从夜晚醒来。
它啄土地长出粮食你依然在梦中。
葵花居住在自己的阔土。纯洁的躯体长出星光的莲雾。
你栽清晨的葡萄，栽下莲香和捕梦者。有时候你也栽下你自己：
被巨大的寂静包围的一个声音。

并不是太阳的光环。
比金色叶片更靠近天空的。羚羊和小鹿。刚刚降临的鸽子的喜悦。
鸟儿不再啄破碎的干草。鸟儿洗净身上羽毛，飞去更远的荒野。

天色变暗时，风慢慢走远。路人停住脚步。
一个少年走向开花的树枝。那小小的眼睛有光明的焰火……

选自《诗潮》2018年第4期

作者

清水，上海人，本名朱红丽。出版散文诗集《水的声音》《poems of wusuzhen yue xuan & qing shui》。作品散见多种刊物，入选《中国年度散文诗》《散文诗选粹》等多种选本。参加第十六届全国散文诗笔会。获第八届冰心散文奖。

评鉴与感悟

诗书画同源。没有诗意的画，不是好画，没有画意的诗，也不是好诗。不同的艺术形式，虽各有其特点，但神髓相通，诗意相连。以诗解画，当是"品艺诗"的一种，清水却能驾轻就熟，从容自如地徜徉于诗画之间，竭力去发现艺术的美与真。诗人看图说话，面对徐贤珮问名画《葵花居住在自己的阔土》生发开去，不仅聚焦秋天葵花的花盘里所折射出的"太阳的光环"，而且出现了望日的莲叶、口衔金物的小雀、羚羊、小鹿、鸽子、荒野之中的鸟儿、干草、开花的树枝、光明的焰火以及捕梦者、路人、少年的行迹，可谓出色出彩，耀人眼目。丹青难写是精神，而清水却在字里行间"栽清晨的葡萄，栽下莲香和捕梦者。有时候你也栽下你自己：/被巨大的寂静包围的一个声音"。我特殊欣赏诗人"被巨大的寂静包围的一个声音"这个句子，与唐代诗人王籍的"蝉噪林愈静，鸟鸣山更幽"有异曲同工之妙，静而无声，反不觉其静；寂静与声音互相反衬，益发显出其静，可见诗人在读这幅画时的心境，大抵不唯焰火的灿烂，或是更在意于心灵的淡泊与宁静。（崔国发）

世界是病也是药

/染香

1

一只鸟追着自己的影子，它已经找不到其他食物。

一棵树落光了叶子，大地因而生出锈斑。

一条街奔向看不见的远方，是谁的记忆在泄露时光？虚空打开盲睛，它创造白夜安抚群生。

趁着未起尘，我也要起身。

我要在冬天分娩一堆童话，养一头秀发，让追风的人忘情，让忘情人回到初心。

2

这凛冽的阳光，让我彻悟了冬天。

大雪隐去剩余的话。

稿纸上是枯草和空陌。为了相遇，浓墨已停止沸腾，诗戛然而止，所有空白，都在等待。等你的威仪庄严，带来春风十里。

等你漂洋过海的眼神，温暖一滴咸涩的泪。

3

你仍在远方忘归。

白霜作为大地隐忍的心碎，已经成熟。

这个冬天的早晨没有背景，它因而把美止于当初。冬天是一种法相，而我完全不遵守法则。

我不甘悖逆，也不求祷造物主。

我必须在冬天完成一首歌，让唱的人跑调，让听的人流泪，让真假不再似是而非。

4

而你，一定饱餐了岁月，你眼中有不可复制的光明。

一条草径遁入暮夕，你成为灰色的山影。我们要在太阳隐没之前相互成全，性别是多余的。

檀香燃尽时，我参透了霜枝的悲壮，亦如生死平常。

5

为了纠正谬论，我经常胡言乱语：世界是病也是药。

善男信女重复着同样的仪式，谁也走不出自己的圆心。我再次了悟，有的人的确不明生死，有人是以存在而疗伤。

6

多年后，当江湖越来越远去，当你被汉字简化为零

——那时候河流一定在身后，而灵魂在高山。

7

莠草霸占了荒原，我的山河在沉默。

如果此时恰好有一场西北风吹乱了长发，那也只是一次误会。光阴不停地吟诵，红纱巾还在飘。薄雾和湿痕要启明一段好时光，那里有人念旧。

那里雪光会燃情，苹果树会开花。

8

太阳陨落。夜的美景是潮湿的，没有表情。这时节，大地应该不缺少欢颜，也不缺少忧伤。

爱仍是主调，像太阳一样地久天长，像月亮一样惯于流连。

风尘顺从了风，好叫弄词的小生甩袖起舞。

——原来人间只是个故事。

你忽而有泪：好撩人的暗光啊，好痛的夜曲。小寒节最不堪承受的孤独，不是冷，是半盏残茶的余温。

选自"王的花园"微信公众号2018年10月15日

作者

染香，祖籍河北藁城，本名李亚利。现任某佛教内刊主编。出版个人文集《染香散文诗》《染香集》《玻璃光》三部，诗词合集一部。文学作品见《诗刊》《诗选刊》《诗歌月刊》《青年文学》《人民代表报》等国内外文学刊物，入选各种年选。2016年主笔编撰石家庄市藁城区政协主办的《藁城宫灯》。

评鉴与感悟

散文诗是诗人为及时记录对自然的观察、对世界的洞察与对自我的发现而创作的，是揭示世界的隐秘图景而存在的。染香善于参悟事物之间微妙的关系，影子是鸟儿自身的食物，落叶是大地生出的锈，长街远方是泄露的时光，白霜是大地隐忍的心碎等。要看透世界就必须透过对人与自然万物之间关系的有所认识，毫无疑问，这是诗人洞察力的一次胜利。全诗充满着"世界是病也是药"式的悖论，在悖论基调下诗歌意象杂糅交会，语言逻辑随心所欲，主题暧昧模糊，折射出诗人对世界的认同矛盾，又表露出在错误的时间和地点的境遇里生命个体不知所以的焦虑与无奈。存在者是在无知状态下被抛入世界的，在这之前就有一个已然的关系和世界，要与形形色色的已然世界相处，存在者必定会有所牺牲也会有所得，这或许是"世界是病也是药"的另一种诠释，也像释迦牟尼所说"凡有所相，皆为虚妄，若见诸相非相，则见如来"。总之，染香的散文诗具有瞬间顿悟的禅意，语言组合散漫，情感有所伤亦有所淡，看似相悖其实生灭共存，正是"檀香燃尽时，我参透了霜枝的悲壮，亦如生死平常"的大彻大悟。（韦容钊）

蚂蚁的考古学意义

/任俊国

　　大雨后，七月倔强的紫薇花落下紫色的花瓣。我弯下腰，并非要捡拾地上的瓣瓣光阴，而是被一条铁线拉向大地。

　　蚂蚁搬家，测量下一场风雨的高度。

　　它们越过紫薇花瓣，选好高处石台的缝隙安家。勤劳的蚂蚁已挖出了大量的泥沙，在家园前筑起了防御工事。于蚂蚁，洪水就是猛兽。

　　几瓣紫薇花葬在沙堆下。无意中，蚂蚁做了一件人间极其忧伤而美丽的事，并将感动未来的一场风雨。

　　而此时，我的注意力集中在沙堆之上。蚂蚁是世界上最早的考古学家，它们并不想把地下文明据为己有，而是放在阳光下展览，启迪和教育当下。沙堆之上呈列着碎塑料、碎玻璃、碎混凝土……在阳光下暗淡或生辉。

　　于考古经验丰富的蚂蚁，认识这些人类司空见惯的"文物"是一个崭新而艰难的课题。

　　人类的智慧远高于蚂蚁，但我不敢肯定人类的见识是否高于它们。

　　抬起目光，于蚂蚁的来路，我看见一个还在冒烟的烟头。蚂蚁是社会性昆虫，也许就在一分钟前，它们的社会进程被文明之火烧断过……

　　蚂蚁并不理解未雨绸缪的意思，但做出了最完美的诠释。于下一场风雨来临之前，于这个新的花冢前，有雨淹过我的灵台。

选自《湛江科技报·南国散文诗》2018年第3期

作者 —— 任俊国，上海市作家协会会员，中国诗歌学会会员。作品多次入选《中国年度作品》《散文诗选粹》《中国年度最佳散文诗选》《中国诗歌年选》等十多个年度选本。出版作品集《窗口》等。先后获《星星》全国散文诗大赛一等奖、上海樱花节诗赛一等奖、"人祖山杯"国际散文诗大赛一等奖、重庆"巴南美文"征文一等奖等70多个全国性奖项。

评鉴与感悟 —— 任俊国的这首散文诗，剔除了抒情的因子，而更多以直接讲述甚至议论的表达方式来展开其对蚂蚁的"考古学"意义挖掘。诗人把大雨即将到来时，蚂蚁搬家的这一本能行为赋予了新的意义。诗人认为在搬运地上甚至地下的物品过程中，蚂蚁其实是完成了一次大规模的考古任务，并由此引发诗人对于蚂蚁生活方式的思考和相关联想。蚂蚁是这首散文诗的绝对主角，但是诗人需要进一步深入思考的，而且已经部分地呈现于诗行的，是以蚂蚁及其行为为参照物，引申出对人的思考。（范云晶）

秋色,高于叙述

/三色堇

第一次来茱萸之乡写生,就被满山的秋色所皈依。

美丽的析城山丝绸一样炫目,它远远不是一个词的景象,不是一个季节转身的眼神,它们是细碎的低语和滔天的长歌,是远方和诗意的归属。

蟒河的流水激越,豪放,那悄悄涌来的不仅仅是一条河流的秘密,旖旎的秋水和飞跃的暗示,还有领春木,青檀,兰草,山萸树,红豆杉们的素言素语,颠覆着我这个外戚的想象。它们琳琅的让我无从下笔,秋色在枝头摇摇晃晃,满坡红透的浆果拉住了秋天的衣角,能挽住秋天的还有满山的猕猴,它们精灵一般,用睿智而又有些犀利的眼神搜索着每一个过往的路人。一个女孩处于友好从包中掏出面包递给了一只猕猴,没想到它即可就成了凶悍的强盗,抢过女孩的背包,撕开包里所有的食物,大快朵颐,毫无羞耻之感。饱餐一顿后就挂到树上悄悄窥视我们画画。此时的猕猴又变得安静而友好,它,也有多面性。

再往深处,我遇到了一处沉默的风景,破败的矮墙,发黑的木桩,残缺的瓦块,散发着腐朽的气息。我们的笑声越来越轻,我们的画笔越来越重。挂着湿气的牧草几乎遮蔽了过往的断垣残壁,一个时代的年华在此消隐的无影无踪,我开始怀疑尼采的"存在主义",我们彼此都不需要悲伤。

我听到一种鸟鸣贴近水声，我看到满目的秋色，高于叙述。

选自《青岛文学》2018年第4期

作者——

三色堇，山东人，本名郑萍，写诗，画画，现居西安。中国作家协会会员。陕西省文学院签约作家。有作品散见于《人民文学》《北京文学》《上海文学》《诗刊》《诗歌月刊》《星星》等多种期刊。作品入选多种选本。出版诗集《南方的痕迹》《三色堇诗选》《背光而坐》，散文诗诗集《悸动》等。获得"天马散文诗"奖"中国当代诗歌诗集奖""杰出诗人奖"《现代青年》"十佳诗人"等多项奖。

评鉴与感悟——

三色堇的这首散文诗的题目饶有深意："秋天，高于叙述"，诗人想表达的是对于存在/现实与语言之间关系的思考。有时，现实呈现出来的某种样态语言无法准确表述与说出。关于这一点，诗人在散文诗的第二段已经说出："它远远不是一个词的景象，不是一个季节转身的眼神，它们是细碎的低语和滔天的长歌，是远方和诗意的归属。"更有意味的是，诗人一方面承认"秋天，高于叙述"，另一方面又不得不借助文字"叙述秋天"。这是诗人有意或者无意呈现出的悖论，也是为诗人自己以及读者抛出的值得深思的重要课题。（范云晶）

鸟事儿（节选）

/商震

1

画鸟的时候，只有那双翅膀画不好。

不生动，不鲜活。

我没有翅膀，对所有的翅膀都充满嫉妒。

2

北方的冬季，成群的麻雀落在荒芜的地上觅食。

地上不会有草籽，也不会有虫子。

它们吃得津津有味，甚至喜笑颜开。

我相信，它们吃的是细小的石粒和土。

这些不会迁徙的低端的鸟，简单得只想填满肚子。

3

少时在老家，村里有许多树、许多鸟，那些树和鸟，我都能叫出名字。

到都市工作后，忙得忘了树和鸟的存在。

一日，到一个人造公园去休闲，树很多，鸟太少。

看来看去只有麻雀和乌鸦。

4

一直认为喜鹊是良鸟。

什么"喜鹊登枝""喜上眉梢"等等好兆头，都是喜鹊带来的。

一天下午，看到一只喜鹊擒食一只麻雀幼崽，突然觉得喜鹊的可恶。

弱肉强食是自然之道，叫什么名字的鸟，都是鸟。

或者吃它物，或者被它物吃。

喜鹊被神化太久了，好像喜鹊不会杀生，听大家的赞颂之词，就能活得美滋滋了。

5

据说鸟的鸣叫或歌唱，只有两组曲子。

一组是为了觅食，一组是为了争斗。

由此说来，我们听不懂的鸟语，并不复杂。

而一直被认为复杂的人类语言，其实，也不过是这两组腔调：觅食与争斗。

9

夏天，一日清晨，太阳还没出来，一只鸟落到我的窗台上叽叽喳喳地叫。

那声音除了尖利，没有旋律可言。

我闭着眼睛，翻了一个身，嘟囔着：

"为了引起别人注意而发出叫声的鸟，都不是好鸟。"

10

没有鸟飞的树林，树是死的。

天地间，不能只有人行，没有鸟飞。

天空是为翅膀准备的。

没有翅膀的提示，人会退化到爬行动物的行列里。

12

鸵鸟不是鸟。

不能在空中翱翔的鸟，不是鸟。

有鸟的外形、用了鸟的名字，也帮不了它。

不是鸟的东西做了鸟事，就会让人恶心。

鸟事大多不是鸟干的，鸟人做的事，不如鸟。

15

在贝尔格莱德广场，鸽子和麻雀在草坪和人行道上自由自在行走。

行人都要避让这些鸟。

鸟们在欺负人的友善。

它们不再对人惊恐的同时，也失去了对人的敬畏。

16

捕鸟的能手，会用口哨吹出各种鸟求爱的声音。

声音逼真，鸟就自投罗网。

鸟和人一样，对亲切的声音，尤其是求爱的声音，会失去警惕。

17

晚上，我把小汽车停在树下面，第二天早上，看到车身布满鸟屎。

虽然是鸟屎，虽然不规则，但也比人为涂上的迷彩，亲切得多。

鸟屎远比人为模仿自然干净。

18

鸳鸯不是一夫一妻制，已经被证实。

而人们宁愿相信理想，也不愿相信事实。

人们新婚洞房里的枕头上，依然绣着一对鸳鸯。

27

一只白色的鸟儿，远看很漂亮，近看也很漂亮。

微风吹过，白毛翻起，露出它漆黑的本色。

哦，这只乌鸦披上了白色的羽毛。

从此，我开始警惕，那些红色的鸟儿、金色的鸟儿、花色的鸟儿。

28

一只麻雀，尖叫着飞过，陡然增加了夜的阴森。

谁惊飞了麻雀，谁让夜晚危机四伏。

除了夜的黑，我看不到别的东西。

空气还在持久地颤抖。

鸟的恐惧与生俱来。

黑夜里，人比鸟还要心惊胆战。

鸟怕人，怕鸟之外的所有活物。

人只怕人。

29

几只蝙蝠飞过去又飞回来，窗口时而飘动时而安静。

蝙蝠的翅膀无声，也极为谨慎。

此时，我眨动眼睛，就可能会改变蝙蝠。

这个有鸟的身形而实为野兽的飞行的方向。

天亮以前，我要端坐不动。我要看着蝙蝠驮着黑夜，一点一点地远去。

30

初春的傍晚，一场小雨过后，我到一个小树林里散步。

一边走，一边默诵和春天、小雨、花草有关的诗歌。

一大群麻雀，聚集在一棵树上，好像在开会。它们争相发言，各不相让。

开会是我司空见惯的事，我继续往前走，并默诵：

"天街小雨润如酥，草色遥看近却无。"

突然听到一声粗重的鸟叫。

好像在喊：诗人来了，赶快转移。

它们集体转移到另一棵树上，又叽叽喳喳开起会来。

我非常尴尬地站在原地，向转移了会场的麻雀们望去。

31

乌鸦的巢穴挂在冬天的枯枝上，抬头望去是一团黑影。乌鸦不在巢中。

而此时，太阳像一块冰落在乌鸦巢上。

寒风吹来，枯枝晃来晃去。

黑影也在地上晃来晃去。

乌鸦不懂得迁徙。

黑黑的身体上有鲜明的四季，心里也会有不同的太阳。

而乌鸦对付四季和太阳，只有一套词语。

冬天过去了，树会绿。

乌鸦的巢穴也会绿。

乌鸦和乌鸦巢的影子，会继续在地上黑来黑去。

选自《散文诗》2018年第8期

作者　商震，1960年4月生于辽宁省营口市。职业编辑。曾任《人民文学》副主编，2012年开始主持《诗刊》社工作至今。已出版诗集《大漠孤烟》《无序排队》及随笔集《三余堂散记》等。有作品被译介到俄罗斯、日本、韩国等。

评鉴与感悟　商震在一次访谈中说道："一个诗人无'想'，大概就不会有'情'，不会有真情。"商震的诗一向具有深刻的反思性，带有深厚的哲学向度，这组散文诗也不例外，是一种对寻常认知的颠覆。"我"眼中的

"鸟"就潜藏在我们的身边的角角落落，观鸟之百态，也就是观人之百态。诗人的眼睛就是世相的一面镜子，通过这面镜子，我们可以照一照，我们所认知的一切观念、"事实"，是不是都是存在的真实。这组寓意深刻的散文诗，更像一面镜子打碎后的不同镜面，万花筒般折射出这个陆离世界中的多个侧面。普通的人们习惯了用别人预设好的角度看问题，而诗人另有他的维度，也许这才是离真实更近的途径。（李及婷）

旷古与抒情

/拾谷雨

我看到鸟群逝去，火焰带着久别的荒草味鼓动起来，太阳，一个模糊的酡红色斑点垂落在地平线上，阴影在等待中坠入它自己的黑暗中。

岩石撞击着泪水，我们坐在经验的故乡里观看一条蛇，这绿色的蛇，带着我们的固执呼啸而来。

它正在从这些生铁中提取源自故乡的积雪。

雪终于咳出了一个故去多年的母亲。

夏天的玫瑰已化为露水，我们将在一棵向日葵下枯萎，并因此变得更加饱满。

而世界，依然带着它旷古的头颅四处碰壁。

一条细小的河流，深深地积满沙子，它蜿蜒的流向已不可知。

而梦境里无限的旷野正在被无限的鸟群捕食，到处都是怀念与被怀念。

只有在我们彼此吟诵的古诗的乡道上，鸟鸣才如此真实地，刺入身体。

选自《扬子江诗刊》2018年第2期

作者
——

拾谷雨，生于1991年5月，甘肃清水人，本名张金仿。作品散见《星星》《诗刊》《扬子江诗刊》《西部》等刊，著有诗集《午间的蝴蝶》。暂居兰州。

评鉴与感悟
——

《旷古与抒情》涉及的是生与死的话题，论及"死"，我们从"鸟群逝去""雪终于咳出了一个故去多年的母亲""枯萎""怀念与被怀念"等词句可见；说到"生"，"火焰带着久别的荒草味鼓动起来""这绿色的蛇，带着我们的固执呼啸而来""梦境里无限的旷野正在被无限的鸟群捕食""只有在我们彼此吟诵的古诗的乡道上，鸟鸣才如此真实地，刺入身体"等，可以感知。生与死，都是人生的里程碑，面对生与死，我们呈现的表情，或许可以借用弘一大师的"悲欣交集"来形容。日薄西山，"一个模糊的酡红色斑点垂落在地平线上，阴影在等待中坠入它自己的黑暗中"，天地如逆旅，夕阳是过客，了身达命，超然生死，"而世界，依然带着它旷古的头颅四处碰壁"。人的一生，很难保证永远相安无事，"碰壁"在所难免，苦痛不入心，生命得升华，痛苦可以捶打出生命的哲学，"一条细小的河流，深深地积满沙子，它蜿蜒的流向已不可知"。要使自己达到一个大境界，正如这河流的蜿蜒，必须把心域拉到无限远。诗歌的终极关怀，也许就在于超越生命之不可承受之痛。（崔国发）

戏剧:真假美猴王

/史鸷

　　当身着西装，在办公室正襟危坐，手持咖啡杯，我知道我的某一部分已经皈依，在取经路上已有所得，而另一个我总还有些童蒙的天真，躁动不安，也许还待在某个地方调皮，游玩，永不愿长大？这一切可能是真的，昨天我在喝淡的咖啡里，突然看到过去的影子犹如电影。当时，我确实是被吓了一跳。

　　我几乎已不记得那些山林里的嬉闹，石头下的打击，以及闹得天翻地覆的日子，那些作为丑事被记录在案，被人一再传说，而我这么多年的奋斗，就是为了混得人模人样，并且把那一切抹去，我一生的奋斗只是为了让皮肤洗得更白！而不是回到最初。神啊，属于美猴王的日子已经过去，现在我的哲学是秩序与和谐。

　　但黑夜里我依然看到他们两个忽隐忽显，你争我打，一会儿这个当权，一会儿是另一个。他们闹腾愈急，晃得我头痛。他们谁是谁，我已傻傻分不清楚，犹如我的真与假，是与非，今与昔——或许他们都是我？有一天，当我的假遇见了我的真，过去遭遇了现在，我的真已经容不下我的假，他原形毕露，他大惊失色。他们当众大打出手，却久久不见输赢。死死纠缠在一起，我无法把他们分开，也无法让他们和解。我知道，他们之间必有一决。

　　然而我已年近四十，然而我已有所功名。伟人悔其少作，六耳猕猴，

186

这个小孽种，他已不能留在世上，我已有充足理由让他消失，我必要将他灭口，咿呀。

"看棒——"

选自《星星·诗刊》2018年第21期

作者

史鸳，男，汉族，1971年生。四川省梓潼县人，本名史志卫，现居成都。在《星星》《诗歌报月刊》《中国新诗》《天津诗人》《剑南文学》等处发表诗歌，入选2012年、2016年《中国诗歌精选》《2016年中国青年诗人作品选》《当代新现实主义诗歌年选》《新世纪诗选》等。著有诗集《河流》。

评鉴与感悟

灰蒙蒙的旷野上，太阳的破云而出或一朵血色鲜花，会让人眼睛一亮，在无数泛滥成灾的平庸之作中，那独特而古怪的诗也会让人眼睛一亮。史鸳的精短散文诗《真假美猴王》。就达到这样一种引人注目的审美效果。人生不满百，常怀千岁忧。一觉醒来，已是中年！中年之无限沉重而疲惫。是因此时此刻。我们必承受肉身与精神的双重裂变。这种裂变多数隐秘无声，但有时是剧烈的。是急促的。是凶残的。直至扭曲一个人面目全非。一个个体瓦解成另外的个体。甚至更多的互相对抗互相残杀互相颠覆的个体。我们在不停地丧失，不停地抛弃，不停地背叛，不停地堕落。有时还以所谓"成熟"的名义！实际上。我们内心也很明白。这是对世俗的屈服。是对理想的放弃。那么，哪个自我才是最本真最内在最珍贵的自我？如果在沉沉午夜，扪心自问，恐怕会流出泪来。而人到中年还有泪吗？不。我们摇头，再摇头。苍冷的目光凝视着桌子上烟灰缸的烟灰。确实，谁是真假美猴王，或许孙悟空也这样叩问过自己，无言以对，又消失在时间无底的黑洞里。（金汝平）

格子命题

/瘦西鸿

格子出现。蓝格子、黄格子、红格子，铺满了他的视野。女巫一般，妩媚、矜持、跳跃、扭曲、反转。甚至直立起来，成为一张张无色的网，在他面前，抖动、弧旋、铺展。

被他当作粮食的文字，此刻被迫成为武器。

格子出现，一个个洞口。他背负着声母与韵母，发出像锥子一般的声音，猛扎进洞口；他又抱着点横竖撇捺，把所有的笔画伪装成匕首，疯狂扎进洞口。

一个一个的格子，先是空空的，继而塞满，然后凸起来，成为疆域。成为他的山川与河流，成为他的远方与故土。

格子出现，一个个深坑。他放下武器，赤裸着身体，一个坑一个坑地爬。每一个坑都是战壕都是一座深渊，又都是一座山峰。他浑身的解数，都不及格子的魅惑与顽愚。

他爬着格子，爬着一道一道的坎。深渊之内，到处是他组合出的精血、汗液和体温，到处是他沉重的喘息；群峰之上，到处是他的锥子、匕首和文字，到处是他的咆哮。

唯独没有骨头。

他保留着自己的骨头。这是他唯一的标尺与法式。当格子生长，他的骨头就生长，铁木一般，枝蔓漫天，根须耕地。这也是他唯一的人格与品格。当格子飞舞，他的骨头就飞舞，听命一般，横平竖直，以人为文。

每一个格子都在命题，都需要他去填空，去爬。

爬格子，关键是爬，要害是格。一个格子一个坑，需要体力与智力，体力是承传，智力是慧根。他无比敬仰潜心自修成通灵之身、循道自为走独辟蹊径之士，他无比恶恨弄虚作悬疑自以为是、假雕虫小技为炫己欺人之徒。

而每一个格子都是变数，都有无限的可能性，在生长、变幻。他单薄的身躯，冰冷的骨头，一旦进入格子，便给每一个格子定格、定形。

这要命的败笔，注定是他的宿命，也是格子的局囿。

是夜，天地阴暗，他耽于自我，藏在恍惚的时光里。格子早早地框住了他的肌体。

选自《星星》2018年第24期

作者 —— 瘦西鸿，当代诗人。中国作家协会会员。已出版诗文集10部。始终坚信一个优秀的诗人是一部品质优良的"诗歌接收器"，他收听并传达出自然生命中最真实的声音。

不同的土地哺育不同的花朵，不同的气质孕育不同的作家。精神的王国必然是辽阔博大的。你看，有的作家主要探讨生命的秘密。而有的作家同时还探讨写作的秘密。探讨写作秘密的人。把自己也变为一个秘密，正如建筑迷宫的人，也会把自己建造成一个小小迷宫。瘦西鸿可能是一个老式的写作者，因为他写作的方式是老式的。当大多数人坐在电脑前，他还面对着白纸，面对着格子。这也是一个诗人面对世界最真实最常见的姿势。而格子绝非只是格子，它超越了格子。它是我们和自我精神惨烈搏击的战场。瘦西鸿说出了我们的心里话。"被他当成粮食的文字，此刻被迫成为武器。"写作的价值与意义就在这里了，写作的困难和重重危机就在这里了。这即是痛楚也是巨大的狂喜。痛楚中有狂喜，狂喜中有痛楚，痛楚与狂喜融为一体，不分彼此。"他耽于自我，藏在恍惚的时光里。格子早早地框住了他的肌体。"更深刻的秘密是，被格子框住肌体的人，是有福了！（金汝平）

领水的春天

/水湄

在我童年的低空，翻飞的那些燕子，还在，还在岸边剪着春天的柳条，还在涟漪上画下波浪的线条。

103万人，他们的身子里住着太阳和星星；他们的唱词里藏着云影和欣喜；他们和一千四百多年的历史住在一起。

草木有情，土地有义，腰系晨曦和炊烟，一个个热爱者坐在你春天的草地。

一次次读你的土石，飞鸟，粮食……

读你的华蓥山，铜罗山，明月山……

读你的历史和神秘，广阔与纵深；读你一口口清清的水井；读你现代城市的荣光！

春光在你的身上垦殖，深丘，浅丘，台地，平坝。在三月，灼灼或夭夭，你把自己开得满身都是花，像一个艺术家，用花开的声音吹奏春天！柑橘花、核桃花、桃花、李花……魅得另类，撩人的花香花色，流水般流进我们的身体，流到四面八方亮堂的时光……

邻水，你的身上，有天光之影，葱绿，一层层鸟语和流动的水风……

在我童年的低空，翻飞的那些燕子，还在，还在岸边剪着春天的柳条，还在涟漪上画下波浪的线条。

风，水，林木，土石。

鸟鸣，花丛，蝴蝶……

光明的事物，普照于你，或从你身上发出。

潜伏在我体内经年的山光水色，在今天泛滥成灾，我选择在这蜿蜒不断的山丘之上确认自己，确认自己就是你的一湾水湄，血脉。

风吹着树木，蓬草，吹着远处走来的农人，孩子；天空是蓝，浮云呈片羽状，清水还是清水，不受污染，绿水青山看邻水，这片土地像是为我们保存完好的一片古代。

"群星的亿万只脚"踩在山梁上，野狼的月，赶着一道道山岭。

群山苍茫啊，河水滔滔，月光下极目：邻水，三山夹两槽，呈现一个大大的"川"字。

我们就在这"川"字之间生活，这地理骨架有神启的意味。

选自《星星》2018年第3期

作者 ──
水湄，本名鲜红蕊，四川省作协会员。作品刊发《诗刊》《北京文学》《绿风》《诗潮》《诗选刊》《星星》《诗林》《诗歌月刊》《飞天》《草原》《散文诗》《散文诗世界》《中国诗歌》等多家刊物。入选多个散文诗年选，曾参加第十四届散文诗笔会。

"我"是一个徜徉于领水春天的赤子，在每一处土地之中，感受每一份光影的交替。作者巧妙地运用第一人称，仿佛领水就是一位久违的朋友一般。无论是带着现代荣光的领水，还是赋有神秘色彩的古典领水，都有着闪光的星辰，唤起作者内心深处的潜藏情绪。"我选择在这蜿蜒不断的山丘之上确认自己，确认自己就是你的一湾水湄，血脉。"领水对于作者来说是确认自己身份，找到自己归属的对象。回到领水，感受她的春天，是自己回归到母体血液里的动力。童年对个体的创作起着重要影响，作者对邻水的情感始于"童年的低空"，其创作必然从童年记忆中触发。领水的一切都如童年时期般存在，而领水的春大依然如初。在"川"字中，流淌着103万生灵的真实生活，奔流远去。（李及婷）

张骞出使西域札记

你的目标明确，去找一个叫大月氏的国家，包围野蛮的匈奴。

事情的起因令你怒不可遏，老单于杀死了月氏王。

很多人毛遂自荐，却不问西东。

你说，今夜，越过玉门关。

那吹来的风，干裂粗糙。你把青布头巾扎得更紧了，把前日的勇气拿出来吹吹。你知道，这不是寂寞，是勇者的孤独。

经过河西走廊，甘父说，牦牛遍野，羊群布满山坡。

你听到塔楼里有箫声，看到楼外有骏马吃草。

你拿出背袋的牛角，盛满了泉水。而阳光洒在泉水边，你的影子更加明亮。

被匈奴骑兵围住的时候，你手里只剩一条牦牛尾。

十年，你用最美的青春，只为证明：你是汉人，你的归属在南方。

匈奴人用糖衣枪棍木攻击的时候，你顺水推舟，娶妻生子。

你会讲故事，告诉他们，这个世界上，有铁器，有井水，有耕种，有小米。

你也会轻抚他们的脸颊，告诉他们，世界上有烟霞、有彩凤、有胭脂，还有赋比兴。

选自《星星·散文诗》2018年第7月

作者

司念，女，汉族，1988年7月生于安徽安庆，现居于北京。文学博士，作品先后发表于《扬子江诗刊》《散文诗》《星星》《诗选刊》《中国诗人》《诗潮》等报纸杂志，文学评论发表于大学学报。应邀参加全国第十七届散文诗笔会。曾获2015年世界华文诗歌大赛优秀奖、2017年"谷雨"杯全国散文诗大赛优秀奖。

评鉴与感悟

毫无疑问，司念是一位善于讲故事的诗人。她运用第一人称，从"你说""你听到""你拿出""你会讲故事"到"你会轻抚他们"，一系列动作的呈现，让我们看到了一个多维的张骞。他果敢，爱国之心蕴藏于快速的行动中；他坚毅，即使身处险境也不妥协；他机智，危难之中化险为夷。司念的创新之处在于，她并没有停留在表面，而是在与人物面对面、心碰心地交流中感悟人物情感。即使诗人未直接描写张骞的外貌，我们仍可以肯定他拥有一双热泪盈眶的眼睛。他的眼睛里有对众生的爱怜之情，有对国家深沉的热爱。这也是这首诗打动我们的重要原因，在叙事中蕴含着丰满的情感，"外显"的文字下有"内省"的力量。司念的这首诗，看似小，格局却很大。她在我们熟知的历史故事中另辟蹊径，丰富了张骞在文学史上的形象。（李及婷）

诗意校园（节选）

/司舜

晨读

早晨的教室，是一棵枝繁叶茂的大树，叽叽喳喳的鸟聚集在枝头。那些尝到了美的嘴唇在忘形地表达。

所有的声音都乘着快乐向上飞翔，并且把阳光读得更灿烂，把晨风读得更温柔。

我就置身于这无边的芬芳之中，仿佛周身长出无数鲜嫩的绿叶，在幸福地颤动、倾听。

我已经听到花开的声音、爱的声音、跋山涉水的声音。

课堂

课堂天天向上。

我站在讲台上，手心里有一种握镰的快感。

我的目光一穗一穗地看下去。那些将晶莹的身心交给阳光的稼禾一样的孩子，是那么端正、生动。现在，他们在我的理想中一天比一天茁壮、丰满，他们是我掩也掩不住的喜悦。

他们的长势，是大地上最绚丽的丰收景象。

晚自习

一朵光温暖一张课桌。

乡村的夜晚静谧、安详。教室里芬芳四溢，铃声将蜂蝶纷飞的秩序安排得生动而又妩媚。

心儿们跳得那么整齐，像一粒粒用爱浸润的种子，钻进了沃土。

文字，让所有的心胸陷入无边的宁静和快乐。当窗外的紫丁香被月亮默读得一片含蓄，我们便欣喜地发现：许多美丽的花朵捧在了手上，许多美好的愿望挤到了眼前。

选自《遵义日报》2018年9月9日

作者

司舜，中国作家协会会员，作品散见于《诗刊》《散文》《文学报》等报刊。作品收入上海市《语文拓展读本现代文选》（初中）教材、《中国散文诗百年经典》等选本及多种散文诗年选。有作品被《读者》《散文选刊》《青年文摘》《汉语拼音报》《语文教学与研究》等多种报刊转载。曾参加全国第四届和第十届散文诗笔会。出版文集七部。

评鉴与感悟

司舜这首诗沿袭了生活美与诗意美完美融合的特性，同时选材的独特性又决定了这首诗具有别样之处。视角从老师的角色展开，我们跟随着诗人饱含温柔的眼光看学生看校园，充满灵动之感。此外，全景镜头与特写镜头相结合，展现给我们三幅图画，枝繁叶茂的教室、天天向上的课堂、温暖的课桌构成三幅基本的生活场景。在这些特定场所中，重点书写学生们的读书声、坐姿、进教室的秩序，点面结合，可谓匠心独运。德国著名哲学家雅斯贝尔斯说过："教育是一棵树摇动另一棵树，一朵云推动另一朵云，一个灵魂召唤另一个灵魂。"老师如春风化雨般，用自己的力量感染每一位同学。司舜在这首诗里传达

出一位教育工作者对学生的热爱，他们是诗人掩不住的喜悦，他们是
校园诗意的根本所在。（李及婷）

每个人心里都有一颗红豆

/粟辉光

给你一颗红豆，你想到了什么？

哦，我想到了爱情！

我们每个人心里，有一颗属于自己的红豆。

那时的我们，情窦还未初开，心的冰清玉洁，情的晶莹剔透，暗藏着火焰和花朵。

尔后，开始找寻人间烟火。

茫茫人海中，一个人靠近另一个人，没有距离，心就近了。

心在一起了，人也不孤独，这是一件多么美好的事啊，不管是天涯，还是海角，都能心心相印。

多么美好！

两颗红豆碰撞在一起，火焰燃烧着骨骼。我们两颗相知的心，加起来，就是千古流芳的春天。

无论两颗红豆颜色，多么惊天动地，但我们都明白：

淡下来的，才是生活。

每个人心里都有一颗红豆，她是我们的爱情，婚姻，或者家庭。

选自《大沽河》2018年第2期

作者 —— 粟辉龙，1987年出生，四川南充人。现居四川省成都市，系四川省作家协会会员。闲暇时喜欢涂抹几段文字，自比文字傀儡师，时常热衷于操纵文字来演绎自己的心情。作品散见于《青年文学》《星星》《散文诗》《美文》《青年作家》《散文诗世界》《四川文学》等报刊。有作品收录于多种选本，曾获得过一些诗歌、散文的征文奖项。

评鉴与感悟 —— 爱情是什么模样的呢？情窦未开时，我们默默憧憬；确认过眼神后，彼此心心相印；热恋之际又如火焰燃烧骨骼；等到风景都看透，携手相看细水长流。每个人心里都有颗红豆，都有过对爱情的描绘，但落实到最后还是柴米油盐。"淡下来的，才是生活"，诗人这样告诉我们。流水般的文字天然真挚，流淌出的是他对于爱情的理解。

自古以来红豆就有相思子的别称，"玲珑骰子安红豆，入骨相思知不知"道出了无数痴男怨女的惆怅；但诗人另辟蹊径，并未从相思入手，而是引申出了"爱情、婚姻或者家庭"的概念，从这方面来看，诗人挖掘地更深，他以红豆为意象，写两个人的相遇、相知、相爱和相守。而且文字和爱情的状态紧密结合，这两个过程都像水的流淌，起初流水涓涓间或碰到了石块有点起伏，接着越来越欢快并开始浩浩汤汤，最终归于平和，悠悠扬扬。尤其是描述情窦还未初开时的情态，"暗藏着火焰与花朵"，把男男女女心底的悸动以"火焰与花朵"作比，别出心裁；再到"火焰燃烧着骨骼"，"加起来就是流芳的春天"之际，将陷入热恋期情侣的心理和状态展现得淋漓尽致，让人不禁对爱情产生向往。但诗人是很清醒的，爱潮淡下来的才是生活，平平淡淡是真。（孙婧）

嘉峪关

/孙培用

千古的静默，被风尘行客惊起，但山川不改，河谷依旧，每人只觉出自己是爬行在嘉峪长卷上的一只蚁。一切都那么从容淡泊，像峡涧缓流的江水；一切都那么热情，像长城上空的太阳，让你忸怩着躲不开她的爱意奔放。

关隘突兀，门楼牌匾上的字迹不清。紧贴着如梦的城垛，午时的阳光如箭，一切都明晰，一切被洞穿。

世界无限地展开，色彩不断地变幻，时而明丽，时而黯淡，或青灰，或土黄，那是古道烽烟的反光。

你想引吭高歌，并且决不会寂寞。北国中原，长城内外，所有的英灵都会与你唱和。疆场的勇毅，营帐的忧伤，穹庐般辽阔，慷慨而悲壮。纵然眼前鲜血成河，仍镇定自若。

一座普通的营垒，孤寂会把它吞噬，沙暴会把它掩埋。无限辽阔中，雄关嘉峪显示了自己的巍巍存在。

嘉峪关，是长风刻在高原山崖的一道痕，是苍老的日子投影在大山的一弯虹，是先人抛向大地一条悠长的哈达。

叠嶂西驰，万马回旋，寸步千险，一落百寻，因高洁而险要，因神圣而不可即。

谁正在暮色中，磨砺倚天长剑。

远处柳梢低徊驼铃的悠远，穿越黄尘古道，走过烽火边城，唱和大漠孤烟。

长河落日，在经纬交叉点描绘律动的地平线。断壁残垣上回荡着琵琶的幽怨和夜光杯撞击的铿锵。饮马长城的将士，铠甲冰冷寒光闪烁，荒草流淌着鲜血，刀锋亲吻着枯骨。

关内遥远的乡村，轻拨灯捻的老母亲，正默然拈着针线，一串又一串烛泪，汩汩滚落。

绵延的城墙，生硬地割断了归途，天空飘落的雁翎，是解脱了的魂魄，挽住风的缰绳，在夜的沙场嘶鸣。

长城蜿蜒东向。在无限的时空中，我们能不能永远拥有自己一份存在？

选自《海燕》2018年第1期

作者 孙培用，男，1973年9月出生。辽宁盘山县人，辽宁省作家协会会员。在《人民日报》《光明日报》《工人日报》《花溪》《天津文学》《鸭绿江》《满族文学》《青岛文学》《四川文学》《时代文学》《岁月》《海燕》《星星·散文诗》《绿风》《中国诗人》《散文诗》《散文诗世界》《诗潮》《大观诗歌》等发表散文、诗歌。有作品入选《中国年度散文诗》《诗探索年度诗选》《最美文》等。

评鉴与感悟 "羌笛何须怨杨柳，春风不度玉门关""西走接嘉峪，凝素无青云"，嘉峪关蕴含了多少文人的情思，是多少诗人登高怀远之处。孙培用这首散文诗打上了自己的烙印，登上嘉峪关，诗人由古及今，感悟着历史与个人的相互作用。而孙培用的《嘉峪关》中那缕缕的烽烟反照着世界，在嘉峪关面前，人类是一只蚂蚁，是微小得不足一提的。嘉峪关蕴藏的深厚历史更凸显出个体的渺茫，在历史的长河中，我们能否拥有自己的一份存在是诗人对逝去的一种淡淡忧虑。犹如陈子昂登上幽州台时，"念天地之悠悠，独怆然而涕下"的悲怆，也如苏东坡面对赤壁，感慨"哀吾生之须臾，羡长江之无穷"，历史性建筑总能激发诗人们对宇宙与人生的思考。（李及婷）

关于花与草的絮语

/孙善文

每棵草都在以自己的方式绽放，每一片都有花朵之姿。

烧不尽的野火，留下春天的原野。

譬如朝露，若是挂在草尖的菩提，每一声破碎之音，都是木鱼响过。

每朵花若都贴上时光的标签。

诗歌若与草木相比，就是高于风月的花朵，按照万物的秩序一路排开。

纸上的风花雪月。花瓣长出诗的语言，从象形文字，一直排版到今天。

如桃花、牡丹、玫瑰、百合、木棉、昙花……

之提供好看的花香与陨落，供有情人观赏或凭吊。

春风唤醒土地和草木，花草次第点亮季节。

每一颗信念都含着美，等你前来邂逅。

它们依附于泥土，芳草连天，花开遍地，等待着那些蜜蜂、蝴蝶、羊群和远行万里的马匹。

它们在一场雨中歌唱，在一场风中舞蹈，在一个又一个春天把大地铺满。

心怀持久的绿意，就像心怀执着的信仰，它们走过的每一寸土地，都深深爱过，爱过肥沃，爱过贫瘠，甚至爱过城市钢筋混凝土的缝隙。

就像阳光爱万物，就像诗人爱笔端的文字，一笔一花草，一笔一世界。

选自《绿风》2018年第5期

作者

孙善文，广东雷州人。现居深圳。中国散文学会会员、中国诗歌学会会员、广东省作家协会会员。《南国散文诗》主编。作品散见于《人民日报》（海外版）、《散文》《山花》《延河》《湖南文学》《山东文学》《西部》《火花》《散文百家》《诗选刊》《星星》《上海诗人》《绿风》《散文诗》《散文诗世界》等报刊及多种年选。曾获中国曹植诗歌奖。

评鉴与感悟

花草承载了历代文人墨客、风流雅士的骚情迁意，与人一齐浮浮沉沉，如屈原"香草美人"，陆游"零落成泥碾作尘，只有香如故"，王维"木末芙蓉花"等等，或自喻，或迁情。花草早已被人文内涵化了的约定俗成，使得花草这诗歌意象蕴藉具有稳定性。但作者却独辟蹊径，不以花草发幽愤之事寄不平之情喻不屈之之志，在有限的篇幅中还原花草作为个体存在的自我维度并创新将诗歌与花草并举。草是静默于一隅的悟禅者，沾露菩提，落露木鱼，在沾落间得道盛放。花是时间的使者，是草盛放的姿态，花开花落见证春去秋来沧海桑田。它们俯于地仰于天，交相辉映，拥抱一颗有爱的心过着充满爱意的生活，默默开放凋落，供人观赏凭吊或等着有情人邂逅。欣欣生意，自为佳节，草木有本心，不求美人折。但是作者深意不仅只在花草，在此作者把诗歌与花草并喻。诗歌是高于风月的花草，诗的语言是绽放的花瓣，带着自己的愉悦，感恩天地万物，咏唱心中爱与信仰，即使土地贫瘠，但歌声依旧温柔。不求闻达诸侯，只待心意相通者的回眸一瞬，个中千万言语尽在一刹，正如作者所言"一笔一花草，一笔一世界"。（韦容钊）

风声疾

/孙诗尧

这骤起的风，就像熟透了的向日葵，从地平线上奋起而飞。

林木森森，其叶灼灼。树木在半空中撑起巨大的伞，踉踉跄跄。立在树叶上的风，仿佛那些擅于站在道德的制高点指责、厌恶他人的人，从来不懂得如人心一般坚韧的树根。

雷声轰隆隆，滚滚而来，是空气里闷热的震感。一切如投林的飞鸟，扑腾腾地陷入黑。

是啊，那些曾以为一定要有的仪式感就在匆忙、围观甚至幽怨中消散了。没来得及拍照、发朋友圈，没来得及惊恐，没来及告别，甚至没来及诅咒。就这样散去。

面对诸多不公，没有什么比雨，更懂暑中取凉，更得故人心。

雨里听出，眼角繁花似锦。想到而立之后的尽孝，仲夏竟比前半生还慢。

安静是心上的尖。凡心尖之物，莫不无所伤。破窗，风卷入暴雨，如音截入颂章。

度量云朵与泥土的距离，雨一生漂泊。像是历经婚姻的人们，身体里所有渴望都成了毒，蛊惑了所有喜怒哀乐。

拥有的，终将被怨怼；付出的，也会被敌视。只是这险中求胜后，硝烟退去，要怎样等待下一场劫后余生。

风暴一向和死亡匹配。

就在刚刚，人们笑谈着死去的诗人，那血液和爱情一样年轻。在此时，大地倒映在诗人的眼里，翻滚着层层水花。世界何时变得如此轻佻，我们可以随意在诗中谈起爱，甚至以死明志。而人们也热衷消费诗人的死亡，仿佛死亡是才华的最高奖赏。人们惯于在诗人的祭日或诞辰讴歌她的作品，欢呼着，庆祝他的死亡——他因死亡而成为真正的诗人——人们心中最敬仰而又恐惧的人。

我们已没必要害怕悲伤，因为它在匆忙中变得戏谑或嘲讽。我们分不清真实与虚幻，就像看不清风的质地，直到建构出一个可供堕落并可躲在里面的的词汇，像云，像雨。

来吧，像云，像雨，我们一起走向风，走向消失。

选自《诗潮》2018年第1期

作者

孙诗尧，女，满族，1986年1月生。吉林九台人。现居河北石家庄。文学博士。作品散见《星星·诗刊》《中国诗歌》《星星·散文诗》《中国民族报》等。曾参加"2015中国·星星大学生诗歌夏令营"。

伍尔芙夫人曾经说过"一个伟大的脑子是半雌半雄的",推及至文学创作上也是如此,优秀的文学作品能够打破两性之间的界限,将两种风格融洽无间,孙诗尧女士散文诗中的意象独特而又充满动感地。在其作品《风声疾》开头描写从地平线上奋起而飞的、骤起的风像熟透的向日葵,很容易让读者联想到凡·高笔下的向日葵,生动而又热烈。孙诗尧女士的作品给读者的感觉就像华北平原上闷热沉寂的夏日午后的一场大雨,畅快淋漓,通过对日常生活的细致观察和对生活状态的把握,透过诗歌文本,我们可以看到诗人对于生命意义价值的思考。世事艰难,"面对诸多不公,没有什么比雨,更懂暑中取凉,更得故人心",诗人、血液、爱情,一切似乎都无法抵挡岁月无情地消逝,但是我们依旧要一起走向风,这是诗人的选择,柔韧而又坚韧,让人敬佩!(鹿丁红)

一座座雪山

/孙万江

雪山连着雪山，我看不见头羊。
羊群。一群群羊，我看见羊群的雪山在走动。

帐篷。高原上的标点，最小的雪山，
大地凸起的乳房。
像一个个休止符，歌唱在绿色的草原，休整在格桑花的身旁。

雪山白。雪，如民间艺人制作的棉花糖。
纯了青藏，甜了雪山。
堆满雪山的月亮，是松赞干布大王拎起的灯笼。

选自《星星·散文诗》2018年第5期

作者

孙万江，其诗歌作品见《扬子江诗刊》《星星·诗刊》《绿风》《散文诗》《诗探索》《诗林》《中国诗歌》《山东文学》《安徽文学》《陕西文学》等刊物，作品被选入多种诗歌选本，多次获得省级以上诗歌奖。

评鉴与感悟

最纯粹简单的往往具有最直击人心的力量，就像《一座座雪山》这样。这首散文诗篇幅不长，却无声当中将读者从喧嚣的尘世带进一个清扬纯洁的世界，一起与诗人感受雪山给予我们苍茫悠远而又沉静圣洁之美。现实生活光怪陆离，置身其中，在如此快速的生活节奏中，我们很容易迷失自己，将自己原有的理想情怀遗失。在这首散文诗中，一切都很简单，意象清晰明了，洁白纯粹的雪山与成群结队的羊儿们在蓝天的映衬下浑然一体，"洁白"的不止是雪山，还有生活于此的人们，生活在高原之上帐篷中的人们，拥有最淳朴真挚的品格，明月当空，照耀在雪山与帐篷上，这种朦胧让人感觉似乎跨越了千年的时空，松赞干布拎起的灯笼缓缓上升变为此时的明月，悠长沉静，韵味无穷！（鹿丁红）

木匠书·动作(节选)

/唐力

一、劈柴的人站在庭院中

他把一块木头直放在地上。然后轻轻一点,斧头就站在木头上了,斧柄向上。

劈柴的人放开斧柄,向手心吐了口唾沫,搓了搓,然后伸手握起斧柄,提起了斧头,高高扬起。

这时斧头比人要高,仿佛要飞去,或者就要带领那个人飞去,它有这种冲动。而他,几乎握不住这把想要飞翔的斧头。劈柴的人没有让斧头飞去,他让飞翔的意志划成一道弧线,斧光,划开了空气、空气、空气。一直划下去,落在木头上,木头不能阻止,斧头继续划下去,木头的身体,分成两半,倒在地上。

这时候,劈柴的人的喉咙响亮地喊了声:嗨。

而划开的空气,久久没有合拢。

二、劈柴的人现在要对付的是一根老树根

此时,劈柴的人不是木匠,他用不上他那非凡的技巧。他需要的是力量。他需要的是一堆破碎的木柴,他需要的是木头中的火,度过冬天。

劈柴的人站在树根上,稳稳地。斧头咬在树根上。劈柴的人现在开始

211

行动，他提起斧子，一下一下地劈柴，木筋断裂，木屑翻飞。在迸溅中，斧头不停闪动。木头开始战栗，消解。劈柴的人的脚步在树根上移动，他在倒退，而斧头在他的倒退中前进。

以退为进。劈柴的人使我深深地懂得了这个道理。

三、作为木匠，劈柴的人更喜欢劈柴这个工作。因为此时他的心灵是自由的

他左右挥舞，大开大合，他的足在树根上踩着节拍。他不是在建造，他是在消解。他不再胆小慎微，战战兢兢。他不在禁锢中行动，他没有限制。他的斧头是完全自由的，他的心灵也是。他的创作放开了心灵。他因而获取了最大的快乐。

四、劈木柴的人还在劈柴。整个下午，他都在劈柴。空气是传来木柴咔嚓、咔嚓的声音

是他，让这个下午，发出了响声。

他劈柴的动作仿佛从未停止。

这个响声，一直伴随着我，让我在孤寂中长大。

劈木柴的人没有停止，木屑纷纷扬扬地铺在地上。同时随着木屑坠落的还有另外的事物。"衣服，揉皱的明信片，打碎的瓷器；损坏的与丧失的事物，病痛的与摧垮的事物；甚至还有那微弱得几乎消失的尖叫声。"（伊丽莎白·毕肖普）而劈柴的人仍未停止工作，他在我的身体中行动。我的身体中堆满了木屑。

五、劈木柴的人来到天上

我相信，劈柴的人来到了天上。他面目黝黑，身体粗壮结实。

他把风暴掖在腰下，就像一个木匠把衣服的下摆掖在腰间。

他站在天上，身躯起伏，他操起闪电的斧头，一下一下地劈着乌云的木头。

乌云越聚越多，劈木柴的人劈了一块又一块，声音，就是一阵又一阵的雷霆，不断地炸响。

劈木柴的人在天上使力。

木屑漫天飞舞。第二天，大雪覆盖。而我父亲的柴堆，也落满了新雪。

选自《散文诗》2018年第3期

作者

唐力，1970年11月生于重庆，诗人。中国作家协会会员，2005年参加《诗刊》第21届"青春诗会"。2006年至2015年任《诗刊》编辑，现为重庆文学院专业作家。著有诗集《大地之弦》（入选2010年21世纪文学之星丛书）、《向后飞翔》《虚幻的王国》，曾获第四届重庆文学奖、首届何其芳诗歌奖，第三届徐志摩诗歌奖、储吉旺文学奖、十月诗歌奖等。

评鉴与感悟

睿智的诗人似乎都能从简单的工作之中，发现生活的趣味与哲理，如同《木匠书（组章节选）·动作》这一组散文诗一样，这组散文诗创作的角度十分新颖，我们在此节选了其中一章，借一斑而窥全貌。劈木柴是一项十分简单枯燥的工作，但是通过作者对这一动作以及劈柴人心理的白描，我们能够感受到其中的力之美，"他让飞翔的意志划成一道弧线，斧光，划开了空气、空气、空气"，如此简单纯粹的发现不禁让人反思我们日常究竟错失了多少发现感受事物的乐趣。作者在这组散文诗后面附的创作手记，其实是对这组作品解读留下的一把钥匙，告诉我们："劈开木柴，救出秘密的火焰。"为了破解"在它的内部，一定藏着不为人知的秘密"的木头，于是"一个大写的人"出现了，这些人是一个群体的代表，平凡而伟大，或者说，寓伟大于平凡，这像我们的亲人，"带来大地原生的力量、消解的力量。他们破解着木头，解救秘密的火焰；同时，他们破解生活，而他们本身，又被生活破解。"（鹿丁红）

随海水见到的国度

/唐朝晖

2016年，我登上一条邮轮，从中国天津港出发，到达韩国、北马里亚纳群岛、所罗门群岛、瓦努阿图、斐济、汤加、大溪地、东萨摩亚、新喀里多尼亚、巴布亚新几内亚、日本等十多个国家和地区，环南太平洋46天。

以此作品向圣琼·佩斯致敬。

——题记

珊瑚上岸，海涛亲昵。

白色的沙滩，浅浅地浮出整个岛屿，战争、更名、换主，构成岛屿的生死流变，碉堡和武器的痕迹，成为文明的遗产。

新郎在另一片沙滩的石头上，把雨水撒满新娘的婚纱。

没有出码头，一长堵墙上，有很多涂鸦，是你所没有见过的……一只硕大的鸟……一些仪式……一条船……捕鱼者……

房子是人字形屋顶，低矮的两层。有各种野兽，所以一层用木头架空，也是为了防湿气，第二层才住人，屋子里几乎空无一物。

孩子们皮肤黑得阳光和帅气。目光可爱。

你急切地想写那个女孩。

她坐在一排房子的前面，身边有很多的大人和小孩，她约莫十四五岁。一只红色的鸟，站在她的肩膀上。

你走过去，她站起来。

你合掌鞠躬，她站在你身边。

那只鸟突然飞到你身上，女孩子本想抓下来，鸟又走上你头顶，她笑着站在旁边，看着她的红色小鸟。

你一直在想，有没有海兽不小心，被浪推到岸上来。

女性都是简单地抹点胸，吃的主要食物是土豆。

去那个岛，没有码头，只能在靠岸的地方，蹚着海水上下船。

这几个岛，几乎没有中国游客。

邮轮上的弗洛里安咖啡馆，外面三个房间，四面玻璃墙上，各种美术作品，一大幅一大幅。

最近一幅画：女子手拿六枝很小的植物，花八朵，裙子是大块的褐色、蓝色，抹胸处灰蓝，女子如在云端，除了人物的细致描绘之外，身外不再有其他物件，悬浮于天空。画各不相同，镶嵌在各种花纹的玻璃里。三间房子，相隔的墙，正中位置，也是一画框，画框里没有画，是空的，可以直接看到另外两间房子，两边最后的那堵墙上，画框里放置了一面镜子，两面镜子在两端，中间是一个空的画框，形成美妙的错觉。虚虚实实，不断的镜像，实在的延伸。

你坐下来。临海有窗，外面是木板走廊，偶尔有人走过。

九点半，船到达斐济苏瓦。

昨晚又做梦了，梦里还是有一条鱼。

地点主要是在老家新挖的那口池塘，在梦里，池塘很小，只有四五平方米。你们像夹菜一样把里面的一小把一小把紫菜式样的菜夹起来。然后，你弯腰，看见一条像鱼，长有鳄鱼的尾巴，皮肤光滑，青绿色，有脚，应不长。你没有看见，但感觉到了，你还感觉这家伙应该很有杀伤力，因为你抬头，要站在岸上的人，往右边走，你告诉他，鱼往左边爬上来了。

梦里有为了家族存亡，而舍身就义的老奶奶。

奶奶穿了件平常穿的那件不很灿烂的花衣裳。

她经过你面前，你跪下来，她蹲下，你还是跪在地上，连连地磕了三个头，然后，痛哭起来。

哭得很伤心，感觉是自己最亲的人，趴在她前面哭完，你又转身向左边，一个人趴在地上哭起来。

你清楚地记得，那一年，奶奶去世，就你一个人过去了，离开新坟时，你跪在坟前，重重地磕了三个头。

跪着你一直在流泪，一直流在海上的梦里。

斐济首都苏瓦，沿岛走了一圈，
半山腰，富人区。
经过农贸市场。
经过总统府。
经过女王酒店。

在海边，妇女和孩子热情地帮你弄了点沙子。
房屋建筑色彩艳丽。

帕皮提，大溪地。
这里是高更，他的流落地，为你所膜拜和追随；
他走过的地方，他见到的阳光和女性，他疯狂地爱着的那些色彩和树林，他在这里看见了生死命运，看见了自己。

波拉波拉岛，你们找到了整个码头上最好的船。

水手吹海螺，长长三声——他要加速了。

目的地潟湖，一个美丽成梦的地方。

船往大海里开，往另一个方向开。

海上有房子。

蓝得透明的海水，水里的鱼是彩色的，各种各样，有蝠鲼，圆圆的，可以抚摸它。

这一天，是你多年以来，第一次重回人间，你再一次感受到世间的快乐和疯狂，但你知道，以后很难再回人间。

你已经离开。

把自己转向另一个与之前的自己对立的境地。

每次面对自己，都是面对自己的经历。

数万公里的寻找，竟然找不到一个：一无所知的人。

都是道德家、教育家、政治家、人类学家、神学家、拳师、营养学家、学者、宗教家、通灵者、灵修者、巫师、琴人、佛教徒、基督徒、科学家、创业者、发明者……

你只想找到一位：一无所知的人，只想找到一位淡漠的人，只想找到一位不说话的人，只想找到一位正在行动的人。

你只是一名疼痛者。

从疼痛的角度来想一下问题，在疼痛中来处理问题是不一样的。

天空和大地已经破坏了。

大海，希望留一些蓝色的血，真实地流淌在海洋鱼群里。

抬头：一条彩虹，从海平面伸向餐厅

努美阿，　天、海、城市，美。

房子不高，每栋之间间距恰到好处，房子的线条，角度大小，房子的颜色。

街道不宽，每一个弯道，显得美。在海边，你第一个想居住在这里的城市，一切不张扬，一切就应该是这样的存在。

每天在船上都会听到一句话：
今天晚上上十楼看星星

不是你不够坚强，是海水日日夜夜地喊着人类的名字。

选自《诗潮》2018年第8月

作者　　唐朝晖，湖南湘乡人，现居北京。出版有《折扇》《通灵者》《梦语者》《一个人的工厂》《心灵物语》《勾引与抗拒》《镜像的衍生》等书。

评鉴与感悟　　世界的文明发展到现在，灯红酒绿的生活让人目眩神迷，在娱乐至上的年代当中人们很容易被卷入洪流当中从而迷失自己，我们似乎很难想象在脱离科技娱乐的地方该如何生存。在这种时代的大环境下，诗人透过自身环南太平洋46天的所见所闻，向我们展示自己的思考。随着海水，波涛激荡，诗人上岸遇见了不一样的国度，这是一个几乎没有中国游客的岛，布满涂鸦的墙、低矮的两层木头房屋、野兽、目光可爱皮肤黑得发亮的孩子们……在简单的近乎原始的自然环境中生存的人们，他们的快乐与纯粹让人惊奇，巨大的反差使诗人震撼，进而直面最真实的自己。面对纷繁的现实人生，于喧嚣之中思索，我们究竟是为了什么而生存？在不可追回的时间面前，我们又该如何去看待自身？诗人蕴藏其中的含义让人深思。（鹿丁红）

拯救或者逍遥

/棠棣

横在眼前的是断云。

我们从长堤走下，一河杳渺的粼粼打捞着时光的伤痕。

在这个夜晚，所有的往事都已雪藏。我们就像做了一场梦，在梦的结尾，我们失去了纯正的血统。

所有的文字都可以用来赎罪，我们背负弑神的罪名，在生命的版图上，日夜不停地行走、冥思、救赎。

逍遥是在疼痛之后的。我们扔掉折断的翅膀，在暗夜，借微弱的星光舔舐伤口。然后，用神圣的诅咒镇痛、抚平内心的波涛。

在路走到尽头的那一天，转动的经轮依然在风中转动。我们凿去文字的雕饰，只保留内心的虔诚。

远方，异化的水吞噬着善与恶的欲念。我们在岸上，频频念诵祈祷的经文，让善念在恶欲的滋养下圣洁地开放。

选自《山东文学》2018年第3期

作者 —— 棠棣，1981年11月生，本名孟令波，中学教师，河南省散文诗学会理事，长垣县校园文联副主席。文字散见于《诗刊》《星星》《散文诗》《青年文学》《飞天》《诗潮》《中国诗人》等多种刊物及各类年选，已出版散文诗集《蓝焰之舞》。

评鉴与感悟 —— "左手海水，右手火焰"，生存的境遇就是如此，每天穿梭于拥挤的人潮之中，我们有多少时间静心来思考？面对纷繁的现实人生，灯红酒绿的快节奏生活，该如何去整合、面对自身独特的生活经验而不感到陌生忧虑以及犹疑不前？我们对于生命的感受还有理想，是不是也被各种欲望遮蔽，诗人以充满质感的语言，将一种沉寂凝重而又充满张力引人深思的氛围渲染到极致，将自身对于现实人生丰富厚重的思考寓于其中。整个诗篇的展开自然而又有序，像在墨空明月朗照之下缓缓流动的河流，沉静、从容又夹带着一种无法言喻的苍凉，诗人的作品也呈现出节制的、内敛的理性之美。（鹿丁红）

几 何

/田春雨

幼儿园的诵读声透过围墙上圆形、方形、梯形、菱形、扇形的洞孔，缀饰着西后街的春天。

圆形的，似鸟鸣。晨露在嫩草叶上滚铁环。球形的影子窝藏着内心弹性的最大值。

方形的，似警笛。池塘干涸了，关闭仰望的天窗，即可锁住苍穹低垂的四个角。

城市斑马线，则是流动的门。走进去，可以踩住奔波之苦的七寸。

菱形的，似叹息。枯枝摆动春风的腰肢，找到新生的节奏。

扇形的，似流水淙淙。缓缓舒展的光阴，终会缓缓收拢。

旁观的沙漏绘制波浪状的沧海桑田，遍野皱纹横生。

梯形的，似号啕大哭。

断桥的脊梁，与远游的地平线或交叉，或平衡。

戴着面具的楔形文字，脸上不会有动静。

这其间，夹杂着

若有若无的酒樽状的哀乐。源自幼儿园的隔壁，似一个精心打制的三角形。"对酒当歌，人生几何。"

在这里，空间和时间——两腰正好相等。

选自《草堂》2018年第2期

作者 —— 田地，男，1979年7月出生，原名田春雨，河南省作家协会会员，西平县作家协会主席。曾在《星星》《北京文学》《诗潮》《诗选刊》《岁月》《绿风》《诗刊》等刊物发表作品。出版有诗集《故园吟》。

评鉴与感悟 —— 回想儿时，对周围的一切都充满好奇的我们是如何认识这个世界的，从哪一步开始的呢？是不是恍惚想起，在温暖阳光的照耀下，青青草坪上蹒跚学步的孩子用稚嫩的手感受生命律动的景象？单单是从题目来看，《几何》似乎属于缜密的数学内容，但是作品却是从幼儿园传来清脆的朗读声开始，透过围墙上的几何图形，传到远方，人们好像春天的声音，作品切入的角度十分奇特，让读者眼前一亮。"几何"不仅是围墙上的造型，也是认识世界的一种方式，圆形的，似鸟鸣，方形的，似警笛，菱形的，似叹息，扇形的，似流水淙淙，梯形的，却似号啕大哭，不禁感叹，原来从简单地几何图形中，可以看出这么多景象与情绪。而第三小节，来自隔壁幼儿园的声音又响了起来，与结尾处"'对酒当歌，人生几何。'/在这里，空间和时间——两腰正好相等"形成一种奇妙的对应，给人以回味无穷之感。（鹿丁红）

年轻的神

/田字格

五岁的我披麻戴孝，为二十九岁的父亲送葬。

"1959年生，1987年卒。"那双眼睛还活着，他已翻越冰河，往天上走，走到一个叫南天门的地方，停了停——天上不需要葬仪，人群突然消失，灵魂已安放妥当。

二十年后，我走在祭祖路上，白球鞋被荒草绊倒，碎石磕破额头。

"啊"的一声，三十岁的父亲突然从星空走下，用一朵云揩净我嘴角的血和膝头乌青。

他侧过脸去，肩头耸动着一场暴风雪。

只有他知道，这些年，丧失不断折磨我——留给我一副哑喉咙和四座新坟。我关闭眼里的火焰，腰弯向荒草。

选自《扬子江诗刊》2018年第2期

作者

田字格，1983年1月生于江苏武进。著有诗集《灵魂的刻度》，作品被编入多种年度选本。

评鉴与感悟

这章散文诗《年轻的神》叩问生死，人为何而生？神是不死的人，先父的早逝，二十九岁的人生，一尊年轻的神，人生短暂，忽如过眼云烟，"他已翻越冰河，往天上走"，生死涅槃，犹如昨梦，死亡是灵魂的回家，正如诗人写的，"天上不需要葬仪，人群突然消失，灵魂已安放妥当"。或如伊壁鸠鲁所言，人死后，灵魂离肉体而去，四处飞散，人生何处无归处，视死如归才是穿越生命的大智慧，人唯一需要做的是，向死而生。勘破生死之念，抒情主人公仿佛看见，"30岁的父亲突然从星空走下，用一朵云揩净我嘴角的血和膝头乌青。/他侧过脸去，肩头耸动着一场暴风雪。"乃是灵魂的又一次"复活"——"方生方死，方死方生"（庄子语），未知生，焉知死？若是"父亲"在天有灵，他会知道这些年"丧失不断折磨我"，"我关闭眼里的火焰，腰弯向荒草"。生死也有如来去，安时而处顺，人生的要旨当须扪心追问：我是谁？我从何来？将欲何往？只有懂得生命，才能赋予有限的生命以意义。（崔国发）

运河无声

/王幅明

隋唐大运河从道口镇流过。

它拐了个弯，带着五谷、锦缎、美酒和先辈的笑声，飘然远去。

它留下骄傲：刻在古城墙的断壁上，顺河古街的店铺间，古渡口的石阶、码头上，已经变窄了的河床和静静的流水里。依稀辨认石阶门洞"山环水抱"的匾痕，残存的水闸。

它们见证了千年之久的航运。留存下来的义兴张道口烧鸡老铺、同和裕票号、德庆诚绸缎庄的铺面旧址，两座巨大的粮仓和通往运河的专道，记录了古镇曾经的繁荣。

早在东汉，曹操已在黄河故道疏浚，通航漕运，时名白沟；至杨广登基，集六年之功，挖通连接京都长安洛阳至扬州的运河，成为中国的动脉。犹如雨后春笋，沿岸一座又一座城镇相继出现，道口镇应运而生。

老年人清晰记得年轻时目睹过航运的盛景。只是在几十年前，因为废水和垃圾，河道淤塞，永济渠卫河段惨遭废弃。

道口一面街旁的旧舍、古城墙、卫河及多个渡口码头，已成为永恒的记忆，列入古镇的历史遗产，受到保护。

在河堤大道徜徉，仿佛读一部历史大书。里面有先人的欢笑、骄傲，也有郁闷和血泪。

运河无声。我听出了它心中的澎湃。

列为世界文化遗产名录固然不失荣耀，但它更愿意延续历史，复兴昔日的辉煌。

选自《中原散文诗》2018年第1期

作者 —— 王幅明，中国散文诗学会理事、副秘书长。中外散文诗学会副主席。河南省十佳出版工作者，享受国务院特殊津贴专家。1978年开始发表作品。文学以散文诗创作与研究为主，有九种著作出版，编著多种，或多种奖项。理论代表作有《美丽的混血儿》，散文诗代表作有《男人的心跳》。

评鉴与感悟 —— 王幅明是一位在散文诗理论评论与创作实践上皆有影响力并取得了骄人成就的名家。他的《运河无声》思接千载，思通万里，穿越岁月的沧桑，融古今律吕，出其心裁，在"从前"与"从此"之间打上了历史的底色，在现代性视域与语境中对接文化传统，艺术地再现了既古典又现代、既追溯文化本源又把捉现实脉动的审美精神。作为文化薪火的传承者与散文诗艺术的摆渡人，诗人纵笔挥洒，周流四极，"观古今于须臾，抚四海于一瞬"，把从道口流过的隋唐大运河的时间与空间相互交织，表现时光与永恒这一颇富哲学意味的主题，神游于时间的久远与空间的深远，具有深闳的历史感和通达感。运河虽无声，却"带着五谷、锦缎、美酒和先辈的笑声，飘然远去""留下骄傲""见证了千年之久的航运"，记录了古镇曾经的繁荣，被列为世界文化遗产名录。虽然它也有过"郁闷和血泪"的时候，但这并不影响诗人为我们激活历史的记忆，延续人们生活的永恒连续性，打通一条时空共享、"复兴昔日的辉煌"的脉流，散文诗也在史的自觉、河的灵动与诗的徜徉中，斩获时空美与想象力。（崔国发）

柳堡人间

／丁 立

　　田野广袤，冰雪怀抱一丝柔情向春天张望。树木，以半暗半明的肃穆，点缀一种久远的思索。

　　乡亲们，从祭坛上取走灵魂的符咒。一阵超凡脱俗的风，酝酿、提示或者学会了理解、宽容。

　　遍地的草药，睁开星星般的眼眸。大地的伤口潜藏在何处，鸟们所能触及的只是路过的痛。

　　生和死，是旧家谱上两个备选的词。亲与非亲，怀揣走或不走的谜。

　　变异的口音，如同乡土诗里的败笔。衣锦还乡的游子，往往是宗祠里最矮小的人。

　　活着，显然是一份苦差。丈量墓园，以孤独探询孤独，倒像一曲有热度的传奇。

　　我不敢有辱我的姓，就像你不敢更改自己的名。荆棘密布，尘世似一张巨大而无形的网，那些不合时宜的轻率，常常作案未遂。

　　此刻，头顶上的水正把天空漂白。无色的背景，没有任何翅膀。于是，我放弃了自首，只能用一双痉挛的手，抚摸柳堡这伟大而寂寞的人间。

选自《河南诗人》2018年8月第4期

作者

王垄，笔名阿垒，昵称垄上独行者。现居扬州宝应。系《宝应日报》副刊主编。中国作家协会会员。1968年1月生于柳堡。18岁起发表文学作品。诗文散见海内外数百家报刊，获200多项奖励，出版诗或散文、散文诗集等十六部。长篇散文诗《柳堡风》入围江苏省作家协会第十批重点扶持文学工程项目。

评鉴与感悟

周作人对于民俗有一句很有哲理的名言，"海面的波浪是在走动，海底的水却千年如故"；《柳堡人间》以一种别样的方式论证了这句话。广袤的田野之上，冰雪向春天张望，树木肃穆地思索，作品一开头便营造了一种沉寂的氛围，在这种氛围的营造之下，我们随着诗人意识的流动似乎能够看见睁开星星般眼眸的草药和大地上的疼痛，"生和死，是旧家谱上两个备选的词。亲与非亲，怀揣走或不走的谜"，人生的终点就在那里，究竟如何做才不算辱没这一世？千百年的传承第对我们的人生抉择产生了什么影响，我们又该如何面对属于自己的"柳堡人间"，诗人用静思沉缓的语言，营造出一个个奇魅独特的意境，我们不仅跟随着诗人的脚步一起思考……（鹿丁红）

谷雨叙语

/毛猛仁

时间停止之处，仿佛你就在原地，品茗，抚琴，在一块小青石上触摸青苔，以及茶色的暖。

很久以来，时光刻意留下空白，只有她坐在那儿，从不起身，诠释我，或者在梦的诗笺上独自吟哦。

一杯茶，以铁质的清脆滑过她的耳朵，若一线光亮，掠过她的面庞，在那旧时俪影涂抹下清凉的高光。

一廊旧梦，一窗余韵，空旷一望无际，驻扎在谷雨的边沿，像一朵吻痕上弥漫的暗香，遮不住满园春色的欲望。

谷雨是安谧的。

谷雨的安谧是那么的美。午夜，暗红的舌尖上盛开着莲花，她躲在夜的皱纹里，水一样的身体环抱着春梦，像静湖怀抱莲香。

一张张看似古旧的册页，正回味着昨夜的浓酽，透出微醺的光泽，装饰着幽幽的黎明之前。

在这不声不响的间隙里，像一段暗，生于黑。

犹如一榨光，止乎闪烁的明……

选自《诗赏读》2018年9月2日

作者

王猛仁，河南扶沟县人。河南省文联委员，中国作协、书协会员，河南省作协、书协理事，河南省散文诗学会副会长兼秘书长，周口市书法家协会主席，周口师范学院兼职教授。新诗获《诗歌月刊》主办的全国第二届"新神采杯"爱情诗大奖赛特别金奖。2007年获"中国当代优秀散文诗作家"称号。先后获2013和2015年度《莽原》文学奖、2013和2014《诗歌月刊》年度诗歌奖（散文诗），2017年度（第十一届）中国散文诗天马奖，著有《养拙堂文存》（九卷）。

评鉴与感悟

青春少艾时的思恋就像春日凝结在嫩芽上的一滴露水，晶莹剔透，怦然心动的感觉猛然忆起依旧怀念。《谷雨叙语》便是一首温柔缱绻的思忆之作，总是有一些回忆像定格的画面一样深印在头脑之中，诗人在开头便抓住了一个这样的定格场景，在"品茗，抚琴，吟哦"之时，"她"的形象便慢慢浮现在读者面前，之后诗人便开始怀想，"她坐在那儿，从不起身，诠释我，或者在梦的诗笺上独自撒娇"，昔日恋人的形象似乎就在眼前，生动如往昔，温柔的诗境让人留恋，但是"一廊旧梦，一窗余韵"却使读者骤醒，现在是春末的谷雨啊！虚实结合，诗人将回忆与现实巧妙地融合在一起，诗人相互纠结缠绕的旧情新思便从场景的转换中显示出来，让人不禁联想到戴望舒笔下那在悠长的雨巷中，撑着油纸伞独自徘徊的姑娘……（鹿丁红）

马头娘

/王西平

阳光浮出时间，忽闻香火，飞马奔来，定是蚕神，在麦色的斗篷下蠕动。

陈旧的铁丝，竹竿，梅干菜，晾到庭院以外……

皮肉俱全的白马，试问，蹦跶而至，死亡何为？那父亲弯弓射箭，人称马头娘者，女儿泪下。

如今果真在湖州，扑入钱山漾，那一对对拱桥若吐露的鱼眼，让人不由想起，蚕马之间的两个世界，隔着一汪纯真之水。

钱山漾啊，一漾，再漾，再一漾……

风，终于来了，轻丝化乌有，仿佛灰烬的召唤，在千年之间转瞬即逝。

一种飞翔的鸟，发出钴蓝的鸣叫，神话因异类而亡。

每一个人活着，在街头柔软地走着，将一把把锈迹斑斑的钥匙，丢进了青石幽深的罅隙。

或稳坐于某个声响光亮的茧衣。

要知道，光阴因白马而鲜活，又因奔马再愤怒。

十月啊，湖州，一对鹅黄的腊月，它们分别是美与自由。

十一月，它们统统归结为马皮包裹，且同体相依的爱情。

选自《诗潮》2018年第8期

作者

王西平，青年诗人。现居银川。2009年以来从事诗歌写作至今。著有诗集《弗罗斯特的鲍镇》《赤裸起步》《西野二拍》，散文诗集《十日或七愁》，美食随笔集《野味难寻》等。参与人物传记《红伶》《名旦》撰写。诗歌曾被翻译成英文、日文。2012年，荣获第二十届（2011年度）柔刚诗歌奖。2013年8月，参加了第四届青海湖国际诗会。同年获《中国诗歌》年度"十佳网络诗人"称号。2015年获诗刊社主办的中国桃花潭国际诗歌艺术节"中国新锐诗人奖"。2017年，荣获安徽文学奖、扬子江年度诗人奖。

评鉴与感悟

《马头娘》是一首充满思辨意味的诗歌，诗中流淌着缥缈忧伤而又纯粹的美，就像落日时的那一抹余晖，让人不自觉留恋惆怅。诗人从马头娘的传说入手，蜀中蚕女之父被人劫走，其母誓言要将女儿嫁给寻回丈夫之人。家中白马寻其父而顺利将人救回，却被杀之，晒皮于庭中。蚕女经过时被马皮卷上桑树，化而为蚕，回忆着这样的传说，面对湖州的钱山漾遗址，诗人不禁感叹"那一对对拱桥若吐露的鱼眼，让人不由想起，蚕马之间的两个世界，隔着一汪纯真之水"，无情流逝而去的岁月之中裹挟的多少故事传说，此时在街头柔软地走着的人儿啊，你能感受到什么？《裸露如初》诗人于独特奇妙的意象之间，架构起一个个光怪陆离的世界，我们要想"摒弃外套裸露如初"，我们带着"初心"，省察世界，慢慢前行，可是会如此顺利吗？带着这样的思考去阅读作品，可能更容易感受诗人蕴含其中的智性思考。
（鹿丁红）

大　雪

/王秀竹

绝尘而来。

一层比一层厚的雪，一定有很多的话想要说。

会有淡写的重压疼路上的行走。

不然，节气里的大雪，怎么让那么多若有所思的山岭，思着想着，就白了各自的头。

如果必须为一场纷扬的大雪定义，我只能回到之前的雨水里，听雪的前身讲述那段铭心刻骨的经历。

或者在雪花打开的世界里住下来，住下来收集晶莹闪动的出处，以及静默铺出无边辽阔的理由。

住下来，努力成为雪。

我要收拢心神，将散页的雪装订成册，记录历史，也留给走动的时间看。

我要扑向大地，与傲骨的梅相亲，与洁癖的雪莲耳鬓厮磨。

我要捧着雪，用雪，冷敷暗伤，清洗残留的脏。

我要为理性的雪代言，在冷色中接近素简。对韧性的枝条和咬紧牙关的草根肃然起敬。

我要在有生之年，捐出十万两青丝攒下的雪花银，换取一角远离风寒的暖　。以腾出的空接纳晚晴。

我要赶在融化之前，为一句承诺，做回像样的自己 。并借一场大雪的隐喻，把恐寒的梦捂出汗来。

苍天不负，我又岂敢负了苍天。

相信这多雪，这太沉的情怀的厚的痴等，是为远道而来的春风预备的。

相信，爱不老，相望的眼睛就不会雪盲，冷藏与挺举岁月的山峰就不会雪崩。

而怀有冰心，即使在黑夜的黑里逆风行进，也坦荡磊落，也凛然，也要把一身的骨头走得雪白。

选自《星星·诗刊》2018年第9期

作者

王秀竹，祖籍山东。为内蒙古大兴安岭林区文联副主席。牙克石市作协副主席。迄今有作品在《人民文学》《人民日报》《星星》《诗林》《诗潮》《草原》等发表。

评鉴与感悟

《大雪》是一首纯洁诚挚的诗，飘扬的雪纷纷而下，一层又一层的堆起，一座座洁白的雪山在静静地站在那里，沿顺着诗人凝练的语言，我们似乎看到了雪静默无声铺出无边的洁白辽阔，这是多么震撼人心的场景，置身于茫茫雪山之中，欲望似乎也被涤荡而清了，雪山似乎在无声的宣告：即使会消融，住下来，努力成为雪！诗人的感悟思考也由此而始，一连六个"我要"显示了诗人心中的坚定，要将理想裹挟于胸怀之中，做回像样的自己，诗人诚挚而又坚定，"苍天不负，我又岂敢负了苍天"，我们似乎也在大雪之下和诗人一起豪迈发声！（鹿丁红）

西梅朵合塘(选章)

/王琰

我有没有对你说过我爱你？好像没有。

在有穿堂风的房间里写诗，像蚕那样写诗，直到我们之间，全是词语。我被词语包裹着，我是个诗人，可是我没有你。

仿佛茶和柚子，仿佛菜刀和砧板，我们是多么适合在一起。于是我在想象中一百次言辞激烈地述说，我有太多太多要说的话，而你离得太远，远得超过了我手臂的长度，超过了我呼唤的极限。于是我又一百次将写满字的纸化为纸浆，在早晨来临前将它们变成一张白纸。冬季苍白着脸。

这个春天下着雪，比冬天冷。刚出芽的树叶，是选择生长还是会永久地死去？

深夜，暴雨，大家昏睡着，睡眠是一条缠缠绕绕的蟒蛇，湿且凉。山洪轰鸣着冲下，大家昏睡着。

许多年后，我梦见一列火车轰鸣着迎面呼啸而来，父亲的面容闪现，仿佛火车前面的探照灯，瞬间就洞察了整个黑夜。

第二天起床，忽然发现院子里有过膝的淤泥。梨树在，枣树在，石榴树也在，撸去叶子的葡萄藤蔓被扯断了，根裸露着。那里昨天还是一座枝叶繁茂的藤蔓缠绕的绿色凉棚，此时，疯女人般被撕扯的不成样子。

山洪猛烈地冲撞着，在拦洪坝上扯开了一道口子，在院子里肆虐而过，淹死的鸡没来得及惊叫就埋进了院子里留下的一摊摊积水和淤泥中。

它们撞击着我的记忆，一次次闪现。洪水如逃出了血管的血液，离开了河道它们终将消失。我们用石块和水泥，修补了那道拦河坝，我们认真地看了看，那些镶在水泥里的白色石头，它们比我们的想象更坚硬。

一定有比我早离去的，比我晚离去的人，现在我们在一起，回到家里。

在我的家里，孩子不再天真。

他的心里装满了沉甸甸的疑惑。

羊群在白天吃草，晚上就卧在岩石的下面。有的山坡整个被草莓覆盖。还有紫色的羊奶头，红艳的覆盆子，旺旺地生长，然后，悄悄地落进泥土里，没了踪迹。

我不知道我的父亲何时归来。我感冒，独自咳嗽，高烧不退。我梦见夜伸出一只手，抚摸我的额头，当我醒来，就渐渐痊愈了。

小镇里有一片空地，等着你，修建房子，这是我们的家，每天的太阳都是我们活泼的孩子，让人爱不释怀。他哭泣时，用一小块乌云擤擤鼻涕。不哭，他欢笑时，世界充满七色的光。

当我还是孩子的时候我就会爱你，青草的草原，羊群的草原，还有我的草原。我住在一顶白色帐篷里，每晚点上酥油灯，每晚有一颗星星升上天空。

当星星落下，幕天席地，我们成婚。

选自"王的花园"微信公众号（2018年10月16日）

作者

王琰，《兰州晚报》副总编。中国作协会员，鲁迅文学院24期高研班学员，参加第32届青春诗会。出版著作《格桑梅朵》《天地遗痕》《羊皮灯笼》《崖壁上的伽蓝》《白云深处的暮鼓晨钟》《兰州：大城无小事》《大河之城》等，作品在《天涯》《散文》《诗刊》《星星》《山花》等刊物发表，并收入各种选集。

评鉴与感悟

每一天我们都在为世界变化速度之快而感叹，灯红酒绿的生活让人目眩神迷，在全民娱乐的年代当中很容易被卷入洪流当中，从而迷失自己。阅读《西梅朵合塘（选章）》，就像感受到一股温柔厚重的风，让我们暂缓一下，静静思考。作品一开篇，"我有没有对你说过我爱你？好像没有"于无形之中营造了一种忧伤沉静的氛围，在引发读者情感共鸣之后，诗人用瑰丽奇妙的语言描述了不同的生活场景，回忆与现实交错形成一条独特的线索，沿顺着诗人的思维流动，我们似乎也看到轰鸣着迎面呼啸而来的火车、在拦洪坝上猛烈冲撞的山洪、活泼的孩子、充满七色光的世界……于诗人的叙述之中，我们似乎看到格桑花缓慢开放。诗人以刚柔并济的文字，将比喻、虚实结合等手法运用得恰到好处，整个诗篇的展开自然而又有序，呈现出沉缓苍凉却又温柔的感觉。（鹿丁红）

寻人启事（组章）

/王彦明

时间的缝隙

时间的针脚细密，仿佛没有漏网之鱼。每个喜欢触摸的人，都在各种隐藏的缝隙里填补各种奇异的东西：想象，谎言，深藏的秘密，不可挽救的过去。在生活的片段里，试图寻找某些蛛丝马迹，往往患得患失，成为一种虚妄。每一个岔路口，带领我们走向的是一个新的岔路口。在此，很多人忽视或者麻木。

开关

我们试图制造一种流畅，其间隐藏必是拥堵。黑与白，光与影，阴和阳，炎与冷……所有的中间地带都被暗暗掐灭。一些灵动的人，把握了物象之后的隐秘，操控了灯光与雁影，邮寄一封过时的书信，给未来的自己。只需要一个邮戳和做旧的黄色的斑纹。

山谷

掉进山谷里已经第七天了。我从山谷一端移到另外一端。青藤罗络，蝴蝶翩跹，落花随流水暗淡。除了我，还有一小块天，被囚禁。此时，那些奔腾如马蹄的工作、束缚似绳索的责任之类都在隔壁，我一个人安静地走，试图叩响一块石头来引起他们的关注。我反复地敲击，依然消失于空寂。我想呼叫，可是声音撞上山石就消遁了。我的声音消失了，我的声音哪里去了？

陌生

爆裂成诸多碎片。这张瓷器的脸，我曾经无数次的仰视，甚至以为它已经转化为我精神的一个部分。它的欢愉、悲戚、欣慰与扭曲，让我随之动荡不安。作为一张脸，它时常出现在我的梦里，让我以为我们如此切近，以至于我忽视了那些细节，写满了数字、情节和自我。它是一张我理想中的脸，它并不属于我，而且我根本就不了解它。

路标

迷信路标，难免不会迷路。一个人倔强地走，也是在路上。

所有的道路都有相似的样子。——它们都通向一个方向。尽可以试着去规避一些琐碎和复杂的进程。那些不断向前行走的人，逐渐就老了下来，成为新的路标，指引那些好奇的人。

这个时候，路标就有了迷宫的味道。后面走来的人，穿越它，或者守候它，把它视为唯一的出路，所以不愿前行，只是痴痴守望一只碰株而死的兔子。

化为路标，难免不会迷失别人。

选自《散文诗》2018年第4期

作者

王彦明，生于1981年10月，天津武清人，毕业于陕西师范大学中文系。教书、写作。天津市作家协会会员，部分诗歌入选《现代汉诗三十年》《中国新诗年鉴》《中国诗歌精选》《中国诗歌排行榜》等选本。著有诗集《我看见了火焰》。

停下脚步，于忙碌的生活中思考观察，总会有些惊奇的小事物出现。在《寻人启事（组章）》一文中，诗人构思的角度十分奇特，整个组章之中，出现的每一个事物场景几乎都会引起读者的强烈共鸣。《时间的缝隙》诗人通过生动形象的比喻，将时间的使用看成针脚细密的布，缝隙之中充满各种奇异的东西：想象，谎言，深藏的秘密，不可挽救的过去……这样的形象比喻使人不禁反思自身的时间，而在《路标》之中，诗人通过一个很普通的现实生活体验入手，"迷信路标，难免不会迷路"，但是诗人并未拘泥于生活，他想到的是：化为路标的人，难免不会使别人迷失，于此，"路标"便有了更深层次的寓意。在《寻人启事（组章）》中诗人用简练生动的语言，从平凡的现实生活中发现思想的小火花，告诉我们朴实的生活智慧。（鹿丁红）

苹果的呼吸

/王韵

苹果进城就露了马脚。

在乡村，它住在一片叫园的土地上。这园没有屋顶，也没有围墙，身边一条小河流水游来荡去。

它长在枝叶茂盛的树上，被自己父亲母亲的臂弯拥抱和呵护，仿佛一生都在摇篮里，在秋千上。它的头顶是蓝莹莹的天，扎不下根的云，往下是黄金四射的阳光，被硌成散碎银子的星星，风儿在它耳旁，绕来绕去地捉迷藏。昆虫们弹琴给它听，各种鸟儿跳跃在父亲的肩头，离它如此近，唱着不同方言的山歌。还有一种黑白尾巴的小鸟儿，最淘气了，它喜欢探出尖尖的嘴儿，啄它内心甜蜜包裹的核。就连龙舟一样的蚯蚓，也不甘寂寞地蠕动现身后，又潜回了大地的心脏。

它从未想过自己走下树来，想那个干什么？这样不是挺好吗？

它与兄弟姐妹们在一起，肩并着肩，说说悄悄话，风来了，趁机耳鬓厮磨一下，会心地微微一笑。

它嗅不到自己的呼吸，也嗅不到别人的呼吸。整个园里，甚至更大范围的土地上，都是这种呼吸，被醇厚的阳光发酵，被热情的风儿领舞，它先陶醉了，丢了嗅觉，当然就嗅不到呼吸了。

直到在一只手的帮助下，走下树来，与兄弟姐妹们身子挨着身子，簇拥着进城。

一个买苹果的女人边挑边说，你闻你闻苹果的香气。

的确是香气，像花瓣一样盛开四溢，冲撞在空气里，尾气、浊气、尘埃被冲溃了，黑暗被激活了，明亮更明更亮了。

苹果们其实是一直在睡觉。你想想看，它们躺进纸箱，坐上汽车，从山路出发，整整一个晚上，一路颠簸，进城，累了，不知不觉，就发出了香甜的呼吸，还咯咯笑出了声。

直到被人领回了家，还没有睡醒。

于是，继续呼吸，像长了脚，跑得满屋香气暗涌，仿佛一条地下河。

选自《岁月》2018年第3期

作者 ——
王韵，中国作家协会会员，山东作协签约作家，鲁迅文学院山东作家研修班学员。作品散见《人民文学》《文艺报》《美文》《天涯》等多家报刊。多篇作品被《散文选刊》《散文海外版》转载或入选《中国散文排行榜》等年度选本。出版散文集《尘埃里的花》《低飞的诗意》。

评鉴与感悟 ——
一枚苹果的独白。苹果的成长过程像人一样，从父母的呵护中走来，成熟之后走向社会（市场）。王韵这章散文诗，构思精巧，语言别具一格，读起来生动有趣。这种故事化的写作，让诗在欢快的叙事中完成了一种思维的转变。苹果，仅仅是一条看得见的明线，正是在这条明线的勾连下，让故事走向隐喻和哲学化。诗的起首处，"苹果进城就露了马脚"这看似轻描淡写的一句话，却主宰着全诗的基调，并且和结尾形成了完整的照应，充分证明这是一章用心之作。一章优秀的散文诗，必须具备血肉，这里的"血"是指推动散文诗行文的一条线，像血脉一样涌动；而"肉"是指拖起文章自身的构思，主要包括

语言、行文逻辑、构思等等。王韵这章散文诗，毫无疑问具备了这两个素质，使得本诗有血有肉，感情真挚，是难得的佳作。（敬笃）

苦艾酒，一轮落日

/文榕(香港)

> 酒知道如何用奇迹般的奢华，装饰最肮脏的小屋……流出的毒药，绿色的眼睛，使我无悔的灵魂陷入遗忘。
>
> ——波德莱尔

几个月前我这样坐着，与你当时的情形一样，你落寞茫然的眼神聚焦在一杯苦艾酒上，若有所思，他坐在你身边熟视无睹，是你可有可无地在他身旁？

思虑远不止这些。你精致地打扮了自己，衬托他的绅士风度，他绅士的表征衬托他的心不在焉。碧绿的苦艾酒带来一丝幻影，似乎是流畅而甜腻的。

你一杯喝下它，赤裸了一个春天的欢愉，看见了绿仙子。一杯苦艾酒通透，明亮，就是一轮落日，你遥视尘世的所有欢乐，堤岸，水边，也有类似的金光……

最初的苦涩是原质的，忧郁来源于花粉的异香，他的采摘为了幻影的果实，一杯忘忧酒，真实的郁金香！茫然是必须的，双重的旋律回荡。

深入这种茫然，它使你的眼神美丽而清亮，他仍坐在身边，映衬着你的环佩叮当。场景变得深绿，底色不再清碧。一杯苦艾酒就是一轮落日，你一口喝下这杯甜腻，挥一挥手，告别花朵和夕阳……

选自《江西散文诗》2018年第1期总

作者

文榕，原名顾文榕，香港文联常务副秘书长、香港国际创意协会理事、香港诗人协会理事、香港散文诗学会副会长、香港新界诗曲社副社长，《香港散文诗》常务副主编，香港《橄榄叶》诗报主编。于海内外报纸杂志发表诗歌、散文诗、人物专访、散文随笔、剧本等六百余篇（首），著有诗集《轻飞的月光》，散文诗集《比春天更远的地方》等六部 。作品被编入中学语文教材，并被选入《大诗坛——中国诗歌选名家经典》《当代世界华人诗文精选》《诗刊》《青年文摘》《中国散文诗百年经典》《新中国六十年文学大系》等诗文集。获第三届中国散文诗天马奖等多种奖项。

评鉴与感悟

"苦艾酒"是一种烈酒，也是一种致幻的毒药。由此可以看得出来，诗人在借苦艾酒完成一段欢迎的重现。"一轮落日"就是一杯苦艾酒，在沉醉中可以忘却所有，悲欢离合、酸甜苦辣，都将被告别在虚幻之中。诗人刚开始是在讲述一段故事，情节压抑，让读者跟着诗人的思路进入一种迷途。"你精致地打扮了自己，衬托他的绅士风度，他绅士的表征衬托他的心不在焉。""你"和"他"的鲜明对比，更映衬出此时此景二者之间的关系状态。同样也阐明了，一杯苦艾酒即将发挥意想不到的作用。喝下酒看到的，"你遥视尘世的所有欢乐，堤岸，水边，也有类似的金光……"那些幻影里的"事物"，都是苦艾酒的作用，也是"你"对曾经美好的回忆与憧憬。所以才会回到"最初的苦涩是原质的，忧郁来源于花粉的异香，他的采摘为了幻影的果实，一杯忘忧酒"这样一种状态，似乎之前场景的出现都是合乎情理的。诗人巧妙的布局，半叙事化的描述，使读者一步步陷入迷

宫之中，就好像自己也喝了快就一样，在幻影中重新审视着自我及他者。（敬笃）

在苏州园林

/鲜圣

那些奇形怪状的石头，裸露出时光穿梭的硬度。

有一块石头，越看，越柔软。石头讲述的故事，像一段婉转的乐曲，在园林盘旋。

遍地石头，或来自海底，或来自遥远的传说。

在苏州园林，我相信每一块石头都有自己的神话。

抚摸一块石头，光滑的肌肤，让我贴在它的身边合影留念。石头的记忆里，我已来过。

我与石头交流，它的世界没有海枯石烂的谎言，只有坚如磐石的信念。

我想说出的，是园林深处的柔石心肠，起伏了这里的人间烟雨。

树木葱郁，都是石头的陪衬。

满眼石头在凝神顾盼。我想到河山，想到永恒，想到磅礴。

石头构成的城堡，阳光在徜徉，月光在雕琢，踟蹰行走在园林的每一步，都在与石头牵手。

选自《中国诗人》2018年第1期

作者

鲜圣，四川省巴中市人，现居成都。中国作家协会会员，成都市锦江区作协副主席，成都市武侯区作协名誉副主席。诗文作品散见《诗刊》《诗歌月刊》《星星·诗刊》《诗选刊》《散文选刊》《中华散文》等200余家报刊，出版诗文集6部。

评鉴与感悟

这显然是和石头对话的一篇佳作。虽然题目是《在苏州园林》，而苏州园林仅仅是个外壳罢了，更多的是石头的体内藏着怎样的秘密。诗人通过与石头的交流，获取信息，获取信念。"我与石头交流，它的世界没有海枯石烂的谎言，只有坚如磐石的信念。"石头是实存的象征，与一切虚无对抗。只有坚守石头般的信念，才能让人生走的更坚定。诗人说，"在苏州园林，我相信每一块石头都有自己的神话。"石头里写满故事，记录着历史与神话，寄托着诗人的眷恋与深思。"我想到河山，想到永恒，想到磅礴。"石头的外延，可以让河山、永恒、磅礴等一切坚实的词汇联系在一起。诗人的语言，精雕细琢，每一个喻体都是如此的恰到好处。采用了一些强调的句式，使整章散文诗读起来，一气呵成，朗朗上口。（敬笃）

虫唱九帖（节选）

第一帖

若不用一页白纸接住秋分日的虫唱，就得再等上一年。而这即将流失的节气和月份，注定要变成一页空虚，变成生命中的一截无意义的断流。

一年里，最是虫唱悠扬的夜晚，让人不觉得孤单。它是声音里的流水，可以当孤眠时的睡枕，可以洗濯经年凝结的耳耵。它也是声音里的月光，轻寒微凉，抚触内心的惊马，熨帖惊马的鬃鬣。

一年里，最是虫唱惹乡愁。唯有夜晚的虫唱，能在一团乱麻中抽出一线幽蓝思绪，远远地，牵向灯火橘黄的乡村。一泓虫唱的灯火里，父亲的面影橘黄，母亲佝偻的背影橘黄。院场里的井垣，则是一半橘黄，一半幽蓝，那幽蓝的一半，沉埋在时间的阴影里。

乡村逐日凋敝而苍白，唯有虫唱，坚持着最后的丰盈和血色。游子的江山颓败，精神委顿；游子的眼疾未愈，浊酒杯空。莘有一注虫唱的丰盈和血色，泻入杯底，多少还原了他一息元气。

恰好，够他用来收拾忧伤。

第二帖

小时候，虫唱是灯，是点亮黯淡童年的那盏幽火。

249

虫唱无处不在，又扑朔迷离；虫唱是童年乐此不疲的迷藏。

有时候，它藏在灶仓里，煮饭的时候，为你轻轻弹奏黄昏。你知道它就在身边的柴火里，窥探着你火红的脸。

有时候，它藏在残垣断壁中，翻找它，就是翻找一个小小的梦——它有油亮的翅膀和硕大的头颅，它结实的大长腿擅长翻山越岭——这个鬼机灵的梦，逗引着一颗噗噗跳的童心。

有时候，它藏在毛豆荚层层叠叠的菜畦里，探寻它，几乎是一次缩微版的森林历险记。它在你左，它在你右，在你前，在你后。它在教你最初的执着，让你领教梦想的诱引究竟是怎么回事。

它同时也教了你最初的迷茫。

但是在成年的回望里，虫唱在童年，依然是点亮你心灯的众多宝物之一。

虫唱最嘹亮的那几天，木樨最香。乘着虫唱的时光机穿越木樨香，可重回童年。

第三帖

秋分夜，虫唱浩荡——

大自然的精灵唱诗班，玩不转和声，玩对歌，硬是把月亮唱圆，把悲欢离合唱得惊心，唱得动魄。

谁在窗子后面痴听、醉听？谁在那里出神，把一切宏大的事物抛弃？

谁在那里默念父母兄弟和妻儿，把一帘虫唱的盛美送递？

谁把虫唱当作了语言的打磨机？他乐此不疲的活计，就是把日常的汉语抵近虫唱，让虫唱磨去无用的角质，还原它们的光泽和灵敏触觉。

谁在月光下暗涌诗歌的潮汐？他的呼吸和吞吐，得益于月球的引潮力，为了多获得一份摆脱重力的可能性，他甚至想象把肉身也脱去。

这与他在另外的时空对肉身充满感恩是多么矛盾！但是今夜，月亮的确像一个灵感丰盈的大师，为虫唱倾心打造白银的舞美，黄金的舞美——

无声光瀑下的喧哗虫唱，是多么纯粹、梦幻与永恒。

第五帖

虫唱所救赎的记忆一瞥：秋收在即，父亲磨刀霍霍。

在父亲那里，所有祖先留传下来的秋收仪式，简化为对一把镰刀的细细打磨。开镰前夜的屋檐下，农业的庄严霍霍有声。

其实虫唱也是仪式的一部分，这社稷之神为父亲的庄严仪式所布设的庞大和声告诉少年，土地自己也在庆祝，只是五谷照例谦逊无言，由那些身披褐色直翅的精灵，集体代致颂辞。

它们和父亲一样受恩于五谷，对土地，怀情至深。它们的唧唧之唱，是颂歌的一部分，就如父亲手下的霍霍之唱，也是颂歌的一部分。

这记忆中的无词颂歌值得珍念。父亲已老，土地也老了，秋收的仪式更是老得几乎凋敝。但是父亲依然会用拇指肚试镰刀的锋刃，他和母亲，尚有几分薄田侍弄。他们是替自己守着这几分土地，不肯舍弃。

只是父亲的乡村，月夜檐下的霍霍声渐稀，农业的庄严渐稀。

虫唱，依然是颂歌的一部分。荒凉的部分。

第九帖

虫唱第九帖，必是招魂帖——虫唱，是招魂术的一部分，是只有在时间里走远的游子才能解码的秘密讯息的一部分。

魂兮归兮。异乡的露水重，能不走夜路就不走，非走不可时，要认得虫唱里的千叮咛万嘱咐，要认得虫唱里的护身符。

魂兮归兮。城市的酒杯多陷阱，城市的霓虹会放蛊。流光溢彩里别恍惚了神，趔趄了脚步；觥筹交错中别迷离了眼，慌乱了主心骨。

要辨得虫唱里的朴质旋律，要辨得一粒粒麦穗般单纯的音符。

魂兮归兮。追梦人，带着梦想飞，耳边全是吹过去的风声，风声越大，你离虫唱越远。那来自你来处的无字歌谣全被风声遮盖了，你只听到风，听不到歌谣。

你生活在生活的高处，你的生活就总是风声鹤唳。

虫唱却在生活的低处，在你所来的偏僻处。在你听来虫唱总是逆耳：别让梦想把你的魂魄带得太远，有时候梦想亦是歧路——一路上你得到了所有，却难免要失魂落魄。

251

魂兮归兮。田园将芜，胡不归？

选自《散文诗》（上半月）2018年第4期

作者 ——

西厍，本名张锦华，生于20世纪70年代。上海作家协会会员。已出版诗集《忍冬花，或一个人的黯淡》《十一月的平原》《人间石》。作品散见《诗刊》《星星》《上海诗人》《文学报》《诗歌月刊》《岁月》《中国诗歌》《散文诗》等报刊，收入《中国诗典1978—2008》《2008奥运诗选》《中国网络诗读本》《惊天地泣鬼神汶川大地震诗抄》《时间之殇5·12汶川大地震图纹报告》等选本。

评鉴与感悟 ——

有人把白云写在天空，有人把河流写在大地，在许多诗歌作品中，童年记忆、田园情结、乡土风物，无论走到哪里都会心心念念，无论以何种艺术形式为载体，都不由自主地把这种意识带入所描写的情景之中，这就像心理学家荣格说的"集体无意识"。诗人西厍就把集体无意识写进了《虫唱九帖》里。这组散文诗用大量的信息，激发了我对集体无意识这个心理概念的重新思考。荣格认为集体无意识是由遗传保留的无数同类型经验在心理最深层积淀的人类普遍性精神；这种集体无意识就是由祖先形成、后来传给子孙的认识世界和构造世界的心理图式，它也被称为原型意识或原型。在这组散文诗中，诗人借助特殊的语言意象，以个体发生史为基础，在读者心中重新建立起来一座人类情感的原型模式。看得出诗人"以不倦的努力回溯于无意识的原始意象，这恰恰为现代人的畸形化和片面化发展提供了最好的补偿"。这组散文诗有着类似于对抗异化现实的补偿作用，这也就是此组作品能够引起读者同频共振的原因吧！（爱斐儿）

爱一个人要缓慢，像衰老……

/向天笑

我在等待一场雪的悄然到来，整整一年，你一直无声无息，现在，你缓慢地下着，不急不躁。

你仿佛用尽全身的力气洗净自己，那么疲惫，无力前行般前行着，每朵雪花都是你伸出的舌苔，那么温柔。

你说爱一个人要缓慢，像衰老……

你准备用一场雪，来覆盖我，覆盖我们的前世与今生。

我就身陷这场虚构的雪里，不愿自拔，我似乎看到春水在雪底下四溢，春光缓慢地照亮黑暗，即将灿烂起来。

一场雪就这样柔软地坍塌在我的怀里，一遍遍地抚摸着缓慢融化的喜悦，任日渐衰老的爱像皱纹一样缓慢爬上脸庞。

选自《中国诗人》2018年第2期

作者 —— 向天笑，湖北省作协会员，黄石作协副主席。作品散见于国内外各大报刊和多种年鉴、年选及其他选集，已出版诗集和散文诗集十部。

盼望一场雪，就像盼望一场爱情一样，缓慢而轻柔。这唯美、浪漫的笔触，让我感受到一位诗人对爱情的笃信与虔诚。雪的圣洁，象征着爱情的圣洁与美好，以至于人们都不愿意让它融化，也不愿爱情稍纵即逝。"你说爱一个人要缓慢，像衰老……"诗人借用衰老一词来阐述爱一个人的缓慢，其实也是在阐释爱情要地久天长，留住那些美好的瞬间。这场雪可以是实写也可以是虚写，在虚实结合的过程中，诗人完成了双向度的解读"雪与爱情""雪与衰老"之间的关系。同时，"你准备用一场雪，来覆盖我，覆盖我们的前世与今生"。升华了感情，让这爱情变得凄美与缠绵。特别是"前世今生"的使用，交代了时间属性，也阐明了爱的长长久久，爱的世代传承。这是一个是人特有的"雪与爱情"的命题，而衰老的缓慢也仅仅是该命题中的一个并不起眼的条件。（敬笃）

在楠溪，我想做一尾自在的鱼

/箫风

一条江以诗歌的名义，穿越一千六百年风雨，洗涤着我们一路风尘，洗涤着我们蒙尘的心。

筏在江上行，人在画中游。乘着竹筏漂流的诗人们，像一群随心游荡的闲云，栖落在波光潋滟的江面上，与河水一起缓缓流淌，缓缓地流向诗与远方。

而此刻，我只想做一尾鱼，融入楠溪江碧澈透亮的清波里。在这个空灵静美的世界，唯有选择这样的方式，与江水来一次亲密的相拥，才能真正贴近楠溪江的心跳，才能真正体味母亲怀抱的温暖。

此刻，想做一尾小小的溪鱼，自由自在地游来游去。让灵魂在楠溪江里来一次裸泳，听浪花与浪花快乐地交头私语，看阳光与时光在江面上自由流淌。

或者，什么都不想，什么也不做，让思想像天空一样澄澈，让心灵像江水一样透明。

我愿在这一刻慢慢地老去，像一尾自由自在的鱼，沉醉在楠溪江纯净

255

辽阔的清波里，抛弃世间的恩怨情仇，忘却人生的喜怒哀乐。

从此，与永嘉山水为伴，随缘而定，随遇而安。

选自《湖州晚报·散文诗月刊》2018年第6期

作者

萧风，1962年生。浙江省作协签约作家，湖州师院客座教授、中国散文诗研究中心主任。散文诗作品多次获奖，入选《新世纪十年散文诗选》《中国散文诗百年经典》等选集和多种年选本。著有散文诗集《沉思的花瓣》《思念的花朵》。

评鉴与感悟

楠溪江，是造化对人类的一种恩赐，是诗人满贮诗意的理想之所。萧风的散文诗《在楠溪，我想做一尾自在的鱼》，穿越岁月的风雨，灵心独绝地观照山水的美质，在锦山秀水的风姿美态中情景交融，意境融彻，脉脉含情地建立了主体与客体的审美联系，"筏在江上行，人在画中游"，诗人别具慧眼，独畅风神，与波光潋滟的河水，神遇而迹化，为主体的情思也捕捉到了一个"客观对应物"——"我只想做一尾鱼"，一尾"缓缓地流向诗与远方"的鱼，一尾"融入楠溪江碧澈透亮的清波里"自由自在的鱼。鱼在水中，与江水来一次亲密接触，诗人贴近楠溪江的心跳，入乎其内，故有生气；鱼跃浪尖，在飞动的神思中，听浪花与浪花快乐地交头私语，看阳光与时光在江面上自由流淌，清词丽句层见叠出，出乎其外，故有高致。鱼与水相互化入，浑然一体，不仅洗尽铅华，涤荡尘心，化育静美，落想空灵，诗歌也氤氲出清新典雅之气。与永嘉山水为伴，作者或如刘勰所论及的那样，应物思感，神以象通，情以变孕，心以理应，"抛弃世间的恩怨情仇，忘却人生的喜怒哀乐""让思想像天空一样澄澈，让心灵像江水一样透明"。这便是萧风从楠溪江给我们带来的"感触"，他的文字兼得唐代诗人王昌龄《诗格》中所说的"物境、情境、意境"，一种远离尘扰的幽邃澄明之境。由此我想起了爱默生的《论自然》，他说："自然的热爱者，他内心和外在的感觉仍然是协调变化的，即使进入成年，他仍能保有孩童的心灵。"我愿借这一段话献给在楠溪江以诗洗心的箫风先生。（崔国发）

纸的形状

/小睫

穿过死亡的流水，从一场大梦里醒来。

记忆被莫测的风吹远。去掉色彩的渲染，整理琐碎的思绪，心无旁骛。无所谓悲喜，留下来的是硕大的空，干净的魂魄。

时间仿佛一柄无刃剑，季节更迭中，剪去一些事物的旁枝侧叶。

隐去一双翅膀，只待祥云降临时，像鹏鸟一样展翅。

前朝，你是君王的万里河山。几经硝烟，心已千疮百孔，仍不足以泯灭对这个尘世的热爱。

一千八百年的风风雨雨，死亡，重生。

以单薄之躯承载着厚重。

爱上大地，努力让自己站得笔直，沉稳，就像大地那样爱怀里的万物，即使它们留给你的只是一道虚无的幻影，依然以饱满馈赠。

爱上天空，白云已将旧梦更新，折叠成怀里无限延伸的圆⋯⋯圆润，团圆，圆满。

很多时候，将自己化作无数颗小小的心，浸染夕阳的血色，赠予身边此起彼伏的寂寞，孤独。

热爱阳光，接受黑暗。

你说，丑恶终将化作一纸灰烬，真理永存。

我想说，你更像一匹洒脱的风，驰骋于历史与现实之间，生活与美好之间。

爱无形，你亦无形。

选自《星星·诗刊》2018年第9期

作者 —— 小睫，本名马小洁，居天津。作品散见《散文诗》《星星·散文诗》《中国诗人》《诗潮》《诗歌月刊》《鹿鸣》《散文诗作家》等，部分作品入选多种年度选本。参加第十六届全国散文诗笔会，出版散文诗集《光明岛》。

评鉴与感悟 —— "穿过死亡的流水，从一场大梦里醒来。"这样一句看似不知所云的话，却把纸的形状描写得淋漓尽致。死亡的流水，像白纸一样，而那些陷入梦境的世界，终会在睡梦中清醒。纸，看似有形，又无形。有形之处在于它被赋予的现实形状，而无形之处在于思想赋予它的虚无之形状。记忆给白纸染色，而那些干净的灵魂，也会被着色。时间给纸赋予了各种形状，特别是"前朝，你是君王的万里河山。几经硝烟，心已千疮百孔，仍不足以泯灭对这个尘世的热爱"。这历史的硝烟，使纸的形状发生了各种变化，同时也获得了更深层次的价值。在虚无与实存之间，纸的所指也发生转变，"我想说，你更像一匹洒脱的风，驰骋于历史与现实之间，生活与美好之间"。这样，普通的纸，也就不再普通，而诗的立意也就变得高远。所以到最后，诗人感情升华到"爱"的无形，是对纸的无形的另一种延伸。（敬笃）

创　造

/谢克强

创造，就是从无到有。

我们常常看到这样的情形：当一个人的欲望得到充分的满足后，他便无所用心，尽情享受生活的乐趣，这时他生命的创造力就会在声色犬马、灯红酒绿中日益衰竭；而一旦一个人陷于绝境，生存也面临威胁，他会深刻体验一种活着的艰难，这时他潜藏着的创造力却生机勃勃地爆发出来，努力改变着面临的一切……

人间的一切奇迹，世上的一切辉煌，应该说都是创造分娩的；因此，创造有一个孕育的过程。

从你生活的天地里，从你生命进程的时间推移上，你便开始点点滴滴的创造，哪怕是一粒星光、一缕青春的梦、一泓思想的泉水……日积月累，你终会有大的创造。

难怪容格说："创造的过程带有女性的特征。"

你见过飞蛾扑火吗？

那燃烧的篝火用一片灿烂的光明，不仅给了飞蛾一片灿烂的憧憬，也给飞蛾设下死亡的陷阱……

飞蛾的可悲，就在于不懂得光明不仅仅只是追求，更要在黑暗中创造！

选自《散文诗》（上半月）2018年第8期

作者

谢克强，1947年生，湖北黄冈县人。当过兵，上过大学，做过文学编辑，曾任《长江文艺》副主编、湖北省作家协会副主席。现任《中国诗歌》执行主编。中国作家协会会员、中国诗歌学会常务理事、文学创作一级。

1972年开始在《解放军报》《解放军文艺》发表作品，已在国内外数百家报刊发表诗歌、散文诗三千余首（章）；有诗入选《新中国50年诗选》《中国百家哲理诗选》《新时期诗歌精粹》等二百余部诗选；著有诗集《青春雕像》《孤旅》《三峡交响曲》《艺术之光》《巴山情歌》，散文诗集《断章》，散文集《母亲河》等14部及《谢克强文集》（8卷）。

有诗在北京、上海、西安、沈阳、武汉等省市文学刊物获奖，散文诗集《断章》获中国当代优秀散文诗集奖；抒情长诗《三峡交响曲》出版后引起诗坛广泛关注，被诗评家们誉为当前的政治抒情诗提供了一个有益的成功的范例，并因《三峡交响曲》获《文艺报》2005年度重点关注作家艺术家奖。

评鉴与感悟

谢克强的散文诗充满哲思或思辨理性，追求诗的思想之美。当下有不少的诗人热衷于表面抒情式的"浅书写"，没有能够深入目标事物腠理，因而思想性便成为散文诗的稀缺资源。而谢克强的散文诗却是存在于思想中，做到了"感情找到了思想，思想又找到了文字……始于喜悦，终于智慧"。（佛洛斯特语）作为一种特殊的精神能力的思想，诗人的这章《创造》，具有及道、有疑、出新、重往的特性，有着求真、劝导、教化、启迪的功能。"创造，从无到有""人间的一切奇迹，世上的一切辉煌，应该说都是创造分娩的；因此，创造有一个孕育的过程""飞蛾的可悲，就在于不懂得光明不仅仅只是追求，更要在黑暗中创造"等警句箴言散落字里行间，表现了作者对创造与追求的哲理思索与探究，大大提升了散文诗的哲学品格。但他的文学理性，不是抽象演绎、教义宣示和思想的生硬比附，而是寓意于情、蕴意于象、智中求美的文学表达，思想渗透形象，如泰戈尔所说的"真理爱它的界限，因为它在边界上遇到美"。因为一粒星光、一缕青春的梦、一泓思想的泉水、扑火的飞蛾、燃烧的篝火等具体可感的形象的融入，这章散文诗即刻化成艺术中的思想美。新颖鲜活的意象与诗的思想相生相伴，散文诗的哲思也便有了现代审美的基质。（崔国发）

狗咬吕洞宾，吕洞宾咬狗

/徐澄泉

网传：蓬莱仙人吕洞宾被二郎神的哮天犬咬了一口。

点击率偏低。这不是一条好新闻。

据说，吕洞宾是一个大好人，是哮天犬的救命恩人。如若不是善良的吕仙人心生慈悯，从法宝"布画"里放它一条贱命，纵它狗命七条，也早已化为灰烬。可恶的哮天犬，怎可恩将仇报呢！

而事实是，一条狗，真的咬了它的救命恩人。而且理由充分："我本不想活，为何要救我？"

如此说来，这就是你吕洞宾的不对了！

擅作主张的吕洞宾，自作多情的吕洞宾，好管闲事的吕洞宾，活该，活该，活该！

……几个网友留言。

第二天，网上爆出头题《吕洞宾反咬狗一口，忘恩负义得报应》。

点击量飙升，媒体纷纷转载。

选自《湖州晚报·散文诗月刊》2018年第3期

263

作者

徐澄泉，1962年12月生于重庆万州。中国作家协会会员，四川乐山市作家协会副主席。出版有《纯与不纯的风景》《寓言》《一地黄金》《坐看蝴蝶飞》《与影共舞》《谁能占卜我的命》等七部诗集。现就职于犍为县政协。

评鉴与感悟

这是一章颇具特色的散文诗，诗人用反讽的笔法来解释某类社会现象，属于寓言类的文章。诙谐、幽默的语言风格，口语化的表达，让文字更有力量。两个点击率的鲜明对比，从侧面展示了现代人网络上的好恶，这正反映了当下社会中人们对新闻标题党的追逐，而忽略了文字本身的内涵。另外关于狗咬吕洞宾与吕洞宾咬狗的故事化叙述，更能从侧面揭露颠倒黑白的某些现象，发人深省。诗人对社会现实的冷静思考，以及对某些不正当之现象诉诸笔端，体现了一位作者的担当与勇气。另外，这样一种表达方式，也为散文诗的创作提供了另辟蹊径的思路。（敬笃）

钉子·哲学

/徐源

年青时，我们喜欢被理想，钉在某个雪白的墙壁上，那么固执，自恋铁一样的精神。

年老时，当时光氧化了骨骼，一些人放下执念，松动平凡或高贵的一生——掉落，随遇而安，只有墙壁留下记忆。

而一些人，仍死死钉在那儿，雷打不动，像最后的真言。锈迹里，安静的楼房，继续忍受一孔之疼。

人生如此说教、诡辩。当我试着把一枚钉子，在光天化日下，钉在地上，我便看到自己的命运，那么清晰、准确。

是的，我相信，我们能够如此锋锐而合理存在，任性而拥有爱，是因为这个从不被诗人看好的世界，包容了每一位调皮的孩子。

选自《上海诗人》2018年第3期

作者

徐源，男，80后诗人，穿青人，中国作家协会会员。曾参加《诗刊》社第二十七届"青春诗会"，《散文诗》杂志社第十七届全国散文诗笔会，作品多次入选重要年度选本、荣获专业奖项。著有诗集两部，散文诗集一部。

徐源的钉子，成为一枚艺术地演绎哲学的载体。这多么像一个人的一生，年青时，我们喜欢被理想钉在雪白的墙上，而等到自己垂垂老矣，"当时光氧化了骨骼，一些人放下执念，松动平凡或高贵的一生——掉落，随遇而安，只有墙壁留下记忆"。诗人把作为钉子的物性与人性高度啮合，把一个人处于人生不同阶段的心态与理路表现得相当深刻。但正如钉子与钉子不完全一样，人与人之间对待生活的态度亦迥然有异："而一些人，仍死死钉在那儿，雷打不动，像最后的真言。锈迹里，安静的楼房，继续忍受一孔之疼。"钉子的象喻书写，暗藏着某些人不知急流勇退仍尸位素餐的深意。纵然锈迹斑斑，却"继续忍受一孔之疼"，仍雷打不动地钉在那里，由钉子联想到人，现实生活中确有这样的人，其何苦来哉！"新故相推，日生不滞"，中国哲学向来认为宇宙万物是生生不息的，正所谓"天地之大德曰生"。新的东西必然代替旧的东西，"芳林新叶催陈叶，流水前波让旧波"（刘禹锡诗句），这个永无休止的过程就是"动以入动，不息不滞"。接着诗人携着一枚钉子转场，将那枚钉子"在光天化日下，钉在地上"，便令人看到自己命运之大不同，它是那么地清晰、准确。虽然它如此锋锐却是合理存在，"存在即合理"，钉子让人们懂得了德国哲学家黑格尔说的深邃的哲理。大抵哲学也并非高深莫测，一枚小小的钉子，竟被徐源在他的散文诗中写出了大众哲学的奥义，看来我们大可不必舍近求远，写什么不重要，关键是怎么写，也许寻常的事物，我们也完全可以将它们诗化、拟人化与浪漫化，并且开启生命意志的哲学，实现人与现实的审美解放。（崔国发）

喀拉峻

喀拉峻，感恩在纠正白天的祈祷词。

喀拉峻，反讽在证明夜晚的涂改液。

喀拉峻，有困顿从我眼里流出，就是伸张的黎明；喀拉峻，有挣扎从我梦中醒来，就是冒险的春天。

喀拉峻，有寂静从我身体路过，就是安抚的白雪。

喀拉峻，以一座草原的名义要求，盛夏。我准备好冬天的骨头和春天的手；

我准备好捕风的笑。

我喜欢，2014年初夏，阿苏唱歌，娜夜诗中的喀拉峻。

我喜欢，2015年的野百合，我要求过，转场，从那拉提到喀拉峻，乌孙国的夏牧场。

我无法使西域草原成为情绪的出口，我不懂。我只知道我叫薛菲，来自草原之外的高原。

在伊犁，我时常废弃自己，是因为知道回收我的器皿叫喀拉峻，我身上有一座草原的秘密在于我。

选自《星星》2018年第9期

作者 —— 薛菲，女，20世纪80年代生于甘肃甘南，文学硕士。现任职于新疆某高校。2011年至今，在《星星》《中国诗人》《绿风》《诗歌月刊》《诗林》《散文诗人》《西部》《回族文学》《伊犁河》《格桑花》《伊犁晚报》等报刊发表散文诗、诗歌等。

评鉴与感悟 —— 薛菲的散文诗《喀拉峻》，写的是人心中的自然，喀拉峻是地理学的，也是精神学的，是诗人诗意栖居的精神根据地之一。这位"来自草原之外的高原"的诗人，也许无法使西域草原成为其"情绪的出口"，甚至还可能有过生活的"困顿"与"挣扎"，但却能保持一种超然的"寂静"，而立足于伊犁大地，任由喀拉峻这一"回收我的器皿"，盛装着她的感恩、神秘与温润的诗情。无论是昼夜更替，还是四时流转，喀拉峻都尽情地承载着诗人的祈祷、梦想与祝愿，并且带着草原的辽阔、悠远与秘密。"喀拉峻，有寂静从我身体路过，就是安抚的白雪。"作者借白雪的旋舞与飞转，于诗绪的飘逸与安抚中实现向"寂静"的一次扎根。诗人喜欢2014年初夏阿苏唱的歌以及娜夜诗中的喀拉峻，喜欢"2015年的野百合"以及"乌孙国的夏牧场"，于抒情主人公被激活的记忆里，拾起那些足以让诗人感动的瞬间与场阈，不同的时空被同置于一个语境，在文化的精神编码中，使她的写作旨趣回到细节中的诗性与心灵，从而唤起人们心中持久的审美愉悦。这便是诗人展示给我们的：自然而然的喀拉峻，主客密契而气韵生动的喀拉峻。（崔国发）

奇迹:冰封生活

/薛振海

唯一的奇迹是冰下一翕一开的肺叶。冰封如盖，呼吸是你仅有的财产，活着的证明。天丢了，地丢了，躯体丢了。呼吸如巨大的风扇抗议：变小点，再小点，直到末日来临，像一粒尘埃！但你还有一个梦想——呼吸是唯一的发动机。如今，你的梦想垂挂天际，如绵延不绝的裹尸布，一动不动。感谢呼吸，让你还会对死亡投下最后一阵悲悯之沙！

唯一的奇迹是冰下不能闭合的眼睑。冰封世界，一个多么喧嚣又多么单一的世界，一个被噩梦层层包裹、童话般的世界。如果诗歌还能见证，那么靠梦幻喂饲的眼睑所能窥伺到的世界是多么单纯与无辜？如果只剩一双昼夜难以闭合的眼睑，那么你的瞳孔除了收获虚无和不断冒烟的灰烬还有什么？可怕的循环！一个受死神诅咒、蛊惑不断出走又不断回返的循环！父亲，借我一双眼睑！我知道，你从未从昏睡中清醒；也知道，你从未存在过！

唯一的奇迹是冰下原地踟蹰的脚踝。冰越厚，你越狂喜，这样就有了出发的理由！又盲又老的你，只能感到脚踝下巴掌大的地方，这并不妨碍你一次次从心底燃起对乌有之乡渴念的烈火。一个被死亡唾弃、出卖而无法死去的人，除了脚下的路还有什么？一个死亡之路已经堵死的孤魂野鬼除了生还能奔向哪里？你听到眼睛烧得通红的黑暗天使，冰刀磨得嚯嚯巨响。收获的时刻到了！祝愿被冻得僵硬而犹豫不决的脚踝，祝愿一百年来聒噪不绝于耳、拖着长舌头的大使。今天，你收获的绝不仅仅是死亡！

唯一的奇迹是冰下阵阵忧伤后不肯停息的风。肮脏的母亲，肮脏的父亲，和我聊聊，在这个透明的世界上，你们都看到了什么！一代代软弱又无用的魂灵正被食蚁兽出售给贪婪的罐头包装商，一遍遍野蛮又武断的布道像墓志铭一样烧红了喉咙！大地好干净，缺少一个守夜人！谁不知道无所事事的守夜人只有一颗非人的心。他只能闻到阵阵忧伤的风后血腥的味道，而不知道风到底来自哪里。风刮着，从子夜到子夜，从冰上到冰下，从头顶到脚趾，你除了认识一颗冰封多年的枯老魂魄，对世界又知道多少？

选自《2018 新诗路诗刊》

作者

薛振海，男，1970 年生，现居太原。已出版诗集《黄昏的练习曲》《爬行者》，著有诗集《火山灰旁的谈话》《恶时辰之歌》，寓言体文集《狂》。

评鉴与感悟

从"冰封生活"中反观人与世界的"奇迹"，是这章散文诗深隽的意旨。诗人从"一翕一开的肺叶""不能闭合的眼睑""原地踟蹰的脚踝"和"阵阵忧伤后不肯停息的风"破开冰面，深入发掘了冰封着的肉身与精神世界中令人战栗的"唯一的奇迹"，体现了作者隐喻、象征、暗示、想象、奇特构思背后的深刻蕴含。冰封如盖，"但你还有一个梦想——呼吸是唯一的发动机""呼吸是你仅有的财产，活着的证明"，一翕一开的肺叶，带给人的不仅仅是生命存在的动力，抑或还有吸入肺叶的"悲悯之沙"！诗人眼中的冰封世界，是"一个多么喧嚣又多么单一的世界，一个被噩梦层层包裹、童话般的世界"，连冰下不能闭合的眼睑，所收获的也不过是"虚无和不断冒烟的灰

270

烬"，以及痛彻心髓的"可怕的循环"，诗人在这里，是多么渴望体验到那"从昏睡中清醒"的一种真实"存在"的状态。还有冰下的脚踝，或许只是"原地踟蹰"，但这"并不妨碍你一次次从心底燃起对乌有之乡渴念的烈火"，冰与火的相遇，书写的是作者内心世界"冷"与"热"的矛盾，以及从这矛盾心境中衍生的温热，一种"冷藏的情热"。"大地好干净，缺少一个守夜人！"一诗人结尾写道："风刮着，从子夜到子夜，从冰上到冰下，从头顶到脚趾，你除了认识一颗冰封多年的枯老魂魄，对世界又知道多少？"风中的守夜人，成为这章散文诗的一个重要精神悟点，我们所认识的世界只是冰山一角，冰下没有露出的部分是什么尚未可知，也许这就是我们还有必要在明与暗、冷与热、虚与实、梦与醒之间不倦摸索、不能消解希望与梦想的理由所在。（崔国发）

秋　天

/雪迪

　　季节又在前方吹响那只金黄的号角了。思想又一次绽裂绷紧的皮肤，河流发蓝。心在落叶的舞蹈中向着丰收的意愿歌唱。森林起伏，人类的赞美将他们拦腰切割。天空将血液注入男人的身体，在女人脸上留下祝愿和羞涩。是无数只野兽在奔跑中回荡他们金黄的号角声的时刻了。

　　经过整整一个季节的沉默。时间又把它的手伸进土里，搅动在黑暗中的无数支根，让他们在一声号音里四面八方生长成美丽的凄凉。他们的枝干上结出无数沉思的果实。丰收的季节到了。人们开始欣喜若狂地走进他们的忧伤，人类在这时听到孤独的优美的乐声，在生命的那一边隐隐约约地飘动。

　　现在我在一片凋零的果园里慢慢醒来。听着成排果树的树干里劳作的声音，在每一片落叶上看见一个劳动者的形象。看见他们金灿灿的身体在阳光下汇集，形成一个坡，一道垅，他们身后的日子陷落成一道沟。我被自己文字的声音唤醒，向每一个孤独的丰收者致敬！

　　每一个不可知的日子都是一滴血。每一次祈祷都是一片血红的叶子。男人因为女人的祝愿在泥土里受孕。生长成一座林子，新林，老林，连接着，他们的猩红震惊后人。

　　秋天是孤独的。在孤独的沉思中成为一个季节。这个季节带来太多的赞叹！带来每一根金黄的叶脉上站立的劳动者！

我又听见那支号角的声音。我又在我的眼睛里看到一片片的猩红，震惊我！欣慰我！

选自《散文诗》（上半月）2018年第6期

作者
———

雪迪，原名李冰，生于北京。出版诗集《梦呓》《颤栗》《徒步旅行者》《家信》；著有诗歌评论集《骰子滚动：中国大陆当代诗歌分析与批评》。1990年应美国布朗大学邀请任驻校作家、访问学者，现在布朗大学工作。出版英文和中英文双语诗集九木。作品被译成英、德、法、日本、荷兰、西班牙、意大利文等。

英文诗集《普通的一天》荣获 Jane Kenyon 诗歌奖。荣获布朗大学 Artemis A.Joukowsky 文学创作奖，纽约 Bard 学院的国际奖学金和艺术学院奖，兰南基金会的文学创作奖。

评鉴与感悟
———

诗人雪迪的秋天让我耳目一新。他的秋天一反其他诸多文学作品中的悲戚、忧伤的格调，虽然也有孤独的痕迹，但是并不是主要的感情基调。在全诗开篇就提到"季节又在前方吹响那只金黄的号角了"。着一"又"字，反映出这个秋天的来临一如既往、稀松平常，并没有太多的特殊之处。那么问题来了，它的诗意又在哪里呢？且看诗人的描述，"心在落叶的舞蹈中向着丰收的意愿歌唱"。"落叶"与"丰收"这两大秋季的特色，也是众多诗作中常见的意象，而诗人按下来话锋转开，"经过整整一个季节的沉默"。让这个秋天开始变得与众不同了。"每一个不可知的日子都是一滴血。每一次祈祷都是一片血红的叶子。"染上了季节的颜色，同时给秋天换了另一番滋味。诗人强调"秋天是孤独的"。但是这个孤独却是孤而不悲，独而不伤。所以才有了诗人听到的那支号角的声音，在这个声音里，给诗人带来了另一种期许。（敬笃）

铁 匠

/亚男

那么坚硬的时间，
也忍受不了衰老。我相信千锤百炼，锻打出来的思想和灵魂，不可磨
灭。飞溅的一生火花，是不可浇灭的。
他深知铁的属性，那些不可断裂的本质，意在淬炼。

雪是可以淬炼的。
在冷的世界，一片片雪花，造型完美。
他打造出来的物件都是意志。敞亮的铁匠铺，防不胜防的风雨，一点
点侵蚀，在铁的本质里结构紧密。
他和铁是不可分割的。
他就是一块铁。塑造的人生，不缺少温度。

选自《中国诗人》2018年第3期

作者 —— 本名王彦奎，笔名亚男，王了。四川省作家协会会员。出版过作品集，作品先后被《读者》《中国年度最佳散文诗》《中国年度散文诗精选》等转载。获中国散文诗天马奖及《人民文学》《诗刊》《青年文学》征文奖等。

评鉴与感悟 —— 诗人不单单写的是铁匠本体，还有铁匠背后所代表的"匠人精神"。首先诗人说，"那么坚硬的时间\也忍受不了衰老"。这是一种叹息，时光易逝、世事沧桑，那些命定的事情，人总是无法克服。但是"锻打出来的思想和灵魂，不可磨灭。飞溅的一生火花，是不可浇灭的"，这就是一种精神的传承，也是铁匠的锻造之物的永恒。还有一种本质"淬炼"，而淬炼之源，正是深知铁的属性。铁匠和铁无法分割，那么随之而来的匠人精神也会在锻造中将铁匠锻造成一块精致的"铁器"。有人说，"人剑合一"是剑术的最高境界，那么铁匠锻铁的最高技艺应该就是"人铁合一"。"塑造的人生，不缺少温度。"从另一个侧面展示铁匠的人生，在塑造铁器的同时，也在塑造出一段有温度的人生。（敬笃）

罪责(《主观书》节选)

/闫文盛

我不记得任何当下时刻之外的其他时光，我对自己的感觉，对整个世界的感觉就是一种空无一物的流逝。对我来说，时间不一定是一种被准许的存在，它与我所处的空间交织但却隐去了全部的踪迹，这使我的记忆的发生毫无意义。我有时不一定知道我曾经希望把一些突然生殖的时间填充起来，我一定尽毁了这些秘密，这些没有影子的透明的结晶的颗粒。

不要幻想任何圣洁，那可能是最没有想象力和荒唐的所在。（有感于泥沙俱下的生活）

我丢失了一个词，我一直想不起来。我流落在一重刚刚被我看到的灵感的尾韵里？我的全部意志是这种流失的馈赠。但是，复述这一切多么没有意义啊，为了使它看起来体量匀称，我不得不耽搁了去看朝霞的时间，尽管如今它已不存在了，但我知道我错过了形成终将忘却的记忆的一瞬。在此我所演绎的，是对自我灵魂的追溯？不，我所缺乏的，恰恰是对这种反省的反省。

作者

闫文盛，男，1978年生，山西文学院专业作家。曾任《都市》执行主编。现就读于鲁迅文学院和北京师范大学合办的文学创作方向硕士研究生班。中国作家协会会员。山西省委宣传部"四个一批"人才。迄今发表文学作品300万字。散文集《失踪者的旅行》入选"21世纪文学之星丛书2010年卷"。另出版散文集《你往哪里去》，小说集《在危崖上》等六部。2012年以来，创作有多卷本长篇散文《主观书》（六卷，七十万字），现正陆续出版中。获赵树理文学奖、山西文艺评论奖一等奖、《诗歌月刊》特等奖、安徽文学奖·散文类主奖、黄河小说奖、林语堂散文奖等。

评鉴与感悟

文盛兄的《主观书》断断续续读了一些，起初为他担心，因为写这一类东西犹如一人舞剑，所攻对象皆在心念之间。换言之，也就是说一个人要用心装下世界，然后按照自己的路数一一分捡或挑选。好在文盛兄的文字是犀利的，思想也犹如切开的石榴，从中可见饱满的内核。尤为难能可贵的是，文盛兄如同掏出一颗颗石榴籽一般，让其思想在高处闪光，在底处呈现出迷人的色彩。读他的这一类文字渐渐多了，便觉得文盛当了自己的心灵判官，一直躲在隐蔽处不动声色地监视着自己。这大概是思想类随笔之要旨，可以像关公的大刀般稳健冷峻，亦可像张飞的丈八蛇矛般神出鬼没。文盛兄深谙此道，已然是一位成熟的写作者。（王族）

旅 人

/亚楠

他一直朝前走，翻过五道山梁，一条雪水河静悄悄，透着阴冷和杀气。他在河边停下来，坐在一棵老桦树下，狠命地喝了两口烈酒。这时候，太阳已经升起，红霞透过树叶直射头顶——他的脸上忽然有了笑容。

黄彪马已跟随他多年。每次进山，这匹马都表现相当卓越。也不知道过了多久，他整了整鞍鞯，毅然跨上马朝河对岸浮去。而前方依旧崇岭叠嶂，在松林里穿行，只有风在耳边呼呼掠过。啊，许久没这么惬意了，你瞧，多清新的空气！

可是，谁也不知道他究竟要去那里。人们只依稀记得，他是大山的儿子。有人说，他是一个出色的猎手，也有人干脆说，他只是寻常牧人。不过我发现，在这深山老林，他就是他自己的影子。

选自《中国诗人》2018年第5期

作者——亚楠，本名王亚楠。1961年生于新疆伊犁，祖籍浙江。中国作家协会会员，新疆散文诗学会主席、新疆作协副主席，伊犁州作协主席。已

278

出版作品集《远行》《我所居住的城市》等六部，《伊犁晚报》总编辑。

评鉴与感悟

生活在充满诗意的伊犁河谷的亚楠，其散文诗一以贯之的特点为诗行间充满壮美的边塞风光。在《旅人》中，自由勇敢的旅人徜徉于雄奇壮美的山林，陪伴他的是那高大骏马和甘美烈酒，朝阳、红霞、松林、雪水河、呼啸的风、清新的空气，一切的一切勾勒出了一个纯然的原始的世界和旅人洒脱不羁的灵魂。没有人知道他要去哪，这个孤独的身影总让人想起鲁迅《过客》中那个不愿停住的行者。英国诗人雪莱在《孤独者》这首诗开首的两行："在芸芸众生的人海里，你敢否与世隔绝，独善其身？"旅人没有身份，也没有姓名，在这个喧嚣而庸俗的世界里，他就是他自己的朋友，他就是他自己的影子。这是何等的洒脱与自由。这种对于自由和独自存在的追求，也使得读者在体会旅人心境的同时，寻觅到了一份闲适的心情。轻盈与凝重并存，静美与灵动相辅，淡雅与浓彩映照，是亚楠散文诗的主要特点，这些色调、质感使亚楠作品具有了一种飘逸美、空灵美、哲思美和悲悯美。读亚楠的散文诗就像在读画，读一幅幅过目不忘的油画。一种真正意义上的阅读享受。（岳亚莉）

可能的救赎

/杨东

时间独不成调，谁在月光中结茧？

黑夜照料星辰，钻石馈赠贵妇。乞丐的眼里，只有白银的眼泪。

客路春山外，枕涧白云中。

谁有幸邂逅藏身于真理中的那个人，那个与我的名字一模一样的人，那个解禁了群星与火焰的人。

鸟语突破预言的禁忌，模仿人类的美声，但除了对雷霆的敬畏，它什么也不赞颂。

只有湍流不相信命运。它带着高山的孤独和悲悯，顽强地修葺着森林，微风，晨昏，直到消失的诗篇重新找到倾听的耳朵。

当我冲出黑暗的包围，我已分不清肉体如何变成魂灵，时光如何因爱恨而变得谦卑。

那歌声，正在用不断上升的锦绸拯救被神祇认同的翅膀。

选自"王的花园"微信公众号（2018年10月16日）

作者

杨东，男，1969年生，四川广安人。四川省作家协会会员，中外散文诗学会会员。现供职于北京某中央企业。1988年开始发表文学作品，有诗歌、散文诗、散文等散见于《诗刊》《诗潮》等国内外100余家报刊及《中国年度散文诗选》等30多种选本，著有诗集《时间手指》，散文诗集《风中密纹》。获"天马散文诗奖"等全国性散文诗、诗歌大赛奖多种。

评鉴与感悟

毫无疑问，这是一首闪耀着诗性与哲性魅力的短章佳作，它站在真切的生命体验上突入现实又超越其上，在把握人与命运、灵与肉、神与自我的关联缠绕中进入深邃的存在之思，进而达乎存在的本真之境，因此与其说它是对救赎的探问与呼唤，毋宁说是对人之生命本真的追索和自我价值的讴歌。散文诗语言凝练畅达，艺术手法精湛且不落窠臼，诗行流转蕴藉，将人世的杂色、自然的灵动和生气微妙地表达出来。诗人以博大的胸怀将人的生存处境和万物之灵性包纳于深沉的关怀与领悟中，从而将诗思超升到对人类命运去向的关照，这在一定意义上体现了艾略特所倡导的诗歌的"非个人化"品质。而他在世间人生的体验和对自然的沟通对话中所达至的超然境界，则表明了一种荷尔德林式的还乡信念和里尔克式的自然回归理想。从湍流的豪迈行进中，诗人看到一种与命运斗争的勇气和力量，正是这种勇气和力量造就了那"可能的救赎"：通过持续的开拓、斗争，存在得获敞开和显现，以此来克服个体生命（存在）的有限性。值得注意的是，诗歌隐约昭示了"神即自我"，因此救赎并不在于"弥赛亚"（神）的到来，而在于在无垠的时间中穿越黑暗与虚无，领受命运却不屈服命运，用人性的歌唱唤醒羡和诗性的知音，在灵肉转化中与生命握手言和，也唯其如此，人的存在得以确证，生命的本真和价值得以抵达。
（邹检清）

伪装者

/杨启刚

伪装者，请褪下你的面具吧！我没有时间，来揣摩你的每一句言辞与心思。

我听不见你的心房在跳动，也望不穿你职业笑容里隐藏的匕首。

在漆黑的夜晚，我害怕与你同行，你的每一个动作，仿佛都是从车间里批量生产出来的机器零件，没有温度，没有质感，甚至没有人间的烟火与气息。

行走在钢筋水泥的丛林之中，冷笑于江湖职场里，你的面孔已经被残酷洗劫得千疮百孔。因此在白昼炽烈的阳光下，也看不到你真实的内心世界！

我想与你倾心交谈，你却用微笑的冷漠来装饰你的匆忙，拒绝我伸出来的双手，也拒绝我茫然的揣测。

夜幕降临的狭小房间里，只有一只孤独的哈士奇，在阴影里舔着你的伤口。

伪装者，我看见了你悄然流下的泪滴，也看见了你的面具正丢弃在梦的深处，随着子夜的降临而慢慢地裂变。

你内心曾经熊熊燃烧的火焰，也正在生活的暗处，慢慢地熄灭。

孤枕难眠，你只在你自己狭小的房间里褪下沉重的面具。

窗外的寒风，正呼啸着从北而来。一场狂雪，正准备偷袭这座南方的城市。

而此刻，比这个寒冬更冷的，是你那枚渐渐冷却的心脏。还有你眼里，正在慢慢消失的光芒。

蜥蜴需要伪装，它是害怕同类吞噬它的胆怯。

毒蛇需要伪装，它是要潜伏在树枝上，等待毫无设防的鸟儿自投罗网。

战士需要伪装，他是因为接受任务，而时刻准备着献身。

你呢，生活中的伪装者，当精致的画皮脱落，丑陋的面具现形，你该走上哪一条天堂？

迎接你的，将是鲜花，还是荆棘？

是众叛亲离，还是孤老而终？

一只调皮的流浪猫，此刻正躲在窗前，嘲笑着门前那棵银杏落下的一堆黄叶。

选自《上海诗人》2018年第1期

作者——

杨启刚，中国作家协会会员。作品散见于《诗刊》《星星·诗刊》《中国诗人》等报刊，入选《中国散文诗百年经典（1918—2017）》《中国散文诗一百年大系》《中国年度作品·散文诗》《中国年度优秀散文诗》等选本，被翻译成英文、韩文、蒙古文等多种文字对外推介，荣获政府文艺奖、鲁藜诗歌奖、尹珍诗歌奖、华亭诗歌奖等奖项。公开出版有诗集《落日越过群山》等七部个人文学专著。其中，散文诗集《低吟或晚唱》荣登2014年中国散文诗排行榜。

评鉴与感悟

杨启刚的作品以鲜明的南高原乡土美学风格著称。有许多记事、纪实等充满现实关怀的力作，体现了一个有着入世情怀诗人的悲悯与责任。《伪装者》里，他娴熟地将抒情与叙述、写意与刻绘、讴歌与酬唱融汇起来，在更为自由而又开阔的文本中抒写所见所闻、所行所感。"蜥蜴需要伪装，它是害怕同类吞噬它的胆怯。""毒蛇需要伪装，它是要潜伏在树枝上，等待毫无设防的鸟儿自投罗网。"

生活中，伪装者众。"你呢，生活中的伪装者，当精致的画皮脱落，丑陋的面具现形，你该走上哪一条天堂？"这样的拷问发人深思。"一只调皮的流浪猫，此刻正躲在窗前，嘲笑着门前那棵银杏落下的一堆黄叶。"我想：流浪猫与黄叶的关系，就是人与另一个人的关系。（司舜）

攀登：舟曲翠峰山的高度

/杨胜应

翠峰山在神话故事里，窃取了二郎神鞭赶众山的一面令旗。如何让一座山放弃登顶的想法，返还人间一个优美画卷，让西固城牢记翠峰净土，于是有了山间寺庙。

每一个颠沛流离的苦行僧，都可以来这里参禅。每一个内心起伏，万马奔腾的人生，都可以来这里诵佛，云烟浩荡，群峦叠嶂。每一道秀丽的风景，都暗藏波涛，暗藏危崖。上得去，下得来，方显甘南本色。

给予自己一个攀登的命题，从舟曲到翠峰山，从翠峰山到甘南，从甘南到世间，奇花簇胭脂、鸟语入禅味，每一个词语的对面，都有一个堕落、新生的良善。能够转身，如白龙江的浩荡，那么，每一次撞击，都是璀璨的花。

所以，登临翠峰山，不是为了远观，而是为了低头。我想要看的，不是自己的双足，而是脚下的土，脚下的深谷和虚无缥缈的人烟。这烟啊，恍如无根之水，藏奇纳险，每一个都与温度相关。

选自"心在舟曲"微信公众号（2018年7月5日）

作者

杨胜应，1980 年 11 月生，苗族，重庆秀山人，居四川南充，重庆市作家协会会员。作品见于多种刊物，入选《中国诗歌年选》《中国诗歌精选》《中国青年诗人作品选》《中国散文诗精选》《中国年度优秀散文诗》《中国年度最佳散文诗选》等年度选本。获 "扬子江" 2017 年度青年散文诗人奖等奖项，长篇小说《川北风》入选四川省 2018 年度文学扶贫 "万千百十" 重点扶持选题。参加第十八届全国散文诗笔会。

评鉴与感悟

这章纪游散文诗从翠峰山的神话故事切入，诗人于翠峰净土中通万物之理而用其神化。神，不仅在山间寺庙，在禅佛，也在万马奔腾的人生，诚如王夫之论诗时所言，人为得万物神气之秀而最灵者，即便是一个颠沛流离的苦行僧，也可以在云烟浩荡、群峦叠嶂、危崖松涛之间参禅悟道："上得去，下得来，方显甘南本色。"这自然引出一个攀登的命题。诗人 "登临翠峰山，不是为了远观，而是为了低头。我想要看的，不是自己的双足，而是脚下的土，脚下的深谷和虚无缥缈的人烟"。字里行间，景生情，情生景，而意与理浑而合一，遂成王夫之所说的 "化境" —— "含情而能达，会景而生心，体物而得神，则自有灵通之句，参化工之妙"。一句 "奇花簇胭脂、鸟语入禅味，每一个词语的对面，都有一个堕落、新生的良善。能够转身，如白龙江的浩荡，那么，每一次撞击，都是璀璨的花"。含英咀华，诗中融入了文与道、意与势、形与神、虚与实、通与变的审美观念，唯其如此，散文诗的表达才臻于 "美与善" "情景理" 互藏其宅、交相映衬的统一。（崔国发）

星空叙事曲(组章节选)

/姚辉

流星去了过去，还是未来?

苟活者终于忆起了伤心的事——不是泪滴，不是泪滴上风化的天色，不是天色卷曲的脸……苟活者举着火的记号，把弧形的星空，挂上墙壁。

但流星超出了墙壁的界限。流星浮现，像一句带翅的旧话，像几只戴面具的鸦。流星的道路不断重现。此刻的流星，与千百年前闪烁的流星，合于一辙。

流星照亮了谁的暗疾? 苟活者曾经骄傲，曾经用花朵拼贴絮语，曾经用雨的经纬传递勇气——但他只能苟活着: 镍币的光芒大于流星，大于星空之远。他只能吞咽呛人的浮华，用梦境，颠覆所有靠近梦境的努力。

如何让流星的道路永恒?

天穹在飞。能否用所有纪念碑夯实流星的路基，让你的悲喜，成为参差的路标，竖在催促流星奔跑的风里?

看，那颗举步维艰的流星，又闪了一下——它，试图放弃，近在咫尺的目的……

在混沌与草药间，有一丛，呼呼作响的星空——

巨大的空茫经不住一声叩问。谁放错了星星的位置? 让火成为雨滴，成为鱼鳞上结舌的智者——谁，在无绪的言说中，放错了星星泥泞的际遇？

有人在死者的名字上镶嵌金箔。寺庙中的风，追逐什么？红尘低于酸软的翅膀，低于雕琢性器的手。谁，放错了星星濒死的锋芒？

我们都在守候那种疗救的可能。草药茂盛的时光隐隐作痛。星空被烙在千百种莽阔的裆部。翠绿的星，成为药方上引火的绳索。你有有机可乘的疼痛，有呻吟的所有信念和质询，你虚构着值得谁反复守候的最后疗救？

星星集中在经脉右侧，痛点也是遗忘的焦点。谁，举着半把星光，用一根泥筑的骨头，为灵魂引路？

星空转动铁定的合页，它正在关闭一些时辰。谁被救治者搁在碑石上？星光压垮的碑石，经不起太多怀念——谁，在星光中，封存即将出现的种种年月？

有人，自星空深处归来——

指纹在星光上旋转。这熟知星空秘密的人，却丢失了，星空最后的图谱。

我们用仰望印证某种可疑的高度。可疑的仰望，还是欲望？自星空深处归来的人坐在星空下，他也在仰望。他走过的岔路升起种种灰黑的路标。星空还能抵达何处？他仰望，以失败的方式，接近自己仓促的未来以及往昔。

翻查图谱的手已然失去记忆。那时，这双手也曾经成为耀眼之星，挂在高处——手，挥动，天穹簌簌有声……

——我们用仰望印证所有来历不明的苦乐。星辰踉跄前行，它们是否能梦见我们警惕的脚步？它们，是否能记住，这一大片即将枯萎的山河？

闪电也是风化的星盏，它跑在其他星盏前面，它记得手执星图的人惊异的脸色。闪电，举起大叠白纸，让你写整部星空弯曲的历史——谁的仰望代替光阴陈旧的疼痛？

闪电，推动星辰——

自星空深处归来的人，说不出，星空艰难的隐秘。

选自《散文诗》 2018年第3期

作者

姚辉，男，汉族，1965年生于贵州仁怀，系中国作家协会会员、贵州省作家协会副主席。出版诗集《两种男人的梦》（二人集）、《火焰中的时间》《苍茫的诺言》《我与哪个时代靠得更近》（中英对照）、《在春天之前》《另外的人》，散文诗集《对时间有所警觉》，小说集《走过无边的雨》等，部分作品被译成多种外国文字。

评鉴与感悟

史蒂芬·霍金曾说过这样一句话："记住要仰望星空，不要低头看脚下。无论生活如何艰难，请保持一颗好奇心。你总会找到自己的路和属于你的成功。"姚辉的一组《星空叙事曲》其实就是一个人的心灵史诗。对于踏遍尘世的人来说，人生行旅的每一步都必须脚踏实地地走过，但是，如果失去了星光的指引，又终归会走向何处？人居天地间，所谓的格局，就是上见天光，下接地气。如若不然，就只是一个盲者又踟蹰于夜路。（爱斐儿）

魔　镜

我是一个妖孽。

我的身体是一面魔镜。

我站在高高的山岗上，我坐在汤汤的江流边，我穿行在密不透风的丛林中。我的羽翼"哗"地张开，像一只大鸟，像旋转的雷达，万物皆被我扫描摄入怀中。

我的身体布满棱镜，摄入万千物象，镜像被多次反射，组建出一个又一个新的空间。新的空间被无限复制，构建出巨大的迷宫。

世界在这里被变形被重构，万千镜像在此重叠，被无限地复制延伸。我面对新的世界惶然无措。

魔镜观照万物，就像太阳能吸收器，当宇宙间一切被纳入魔镜范围，我就获得了超级气场，酒神附体，心跳加快，血液在高速流动，我的力量在膨胀，在升腾。

此刻，颠覆自己是顺理成章的事。

世间草木更替，日月轮回，轰轰烈烈的生，抑或寂寂封音的死，皆是诱发我灵感的尤物。我假模假式吟诵诗歌，很像号丧的道士。我的感性曾经与人间世相有关，与一切生灵有关，针尖大的事都可以诱发我心灵的风暴。

魔镜让我苏醒：我要构建自己的迷宫。

我不是捧心的西子也不是葬花的黛玉。风花雪月，这一件连续千年不断撞衫的大袍，再也无法打动我的心扉，我决意脱掉这一件华美的大袍。

面对尘世声光色味的诱惑，我不会沉溺其中，或者它们永远只是我的客体，它们无法真正置换我心灵的神秘大厦。几乎所有客体，都只是我借以暗喻的意象，它们是我召之即来挥之即去的兵卒，是听命于我攻城略地的棋子，它们是我用以构建心灵城堡的砖石。

我只是用它们来建筑我心中的圣殿。

从此我的心变得坚硬起来，不再沉溺于与客体共享的忧伤。

我重新审视一只蚂蚁一行燕雀一尾游鱼，抑或一枚装B的人类。

勾起我诗意的表象最后都只是沦为一个由头，都只是我进入主观世界的一张车票。

魔镜建造的幻境才是属于我的宫殿，才是浩瀚无垠没有边际的心灵宇宙。

我将身着棱镜的身体置放在奇异的新空间，灵魂开启缩身模式，脱壳逃离身体的棱镜盔甲，灵魂迅速回弹破茧化为一只美丽的蝴蝶。蝴蝶的翅膀幻变千奇百怪的图案，自带炫目的烤漆般的荧光。蝴蝶甫一展翅自由翩飞，犹如一场舞蹈启幕。

她一边徘徊一边低声地呼唤着另一只蝴蝶。

二千多年前的那一只蝴蝶——庄周，它在哪里？

一只蝴蝶飞起来。

成千上万个蝴蝶飞起来了。

飓风来了！

选自"王的花园"微信公众号（2018年10月3日）

作者——

叶梦，女，湖南益阳人，中国作家协会会员，湖南省作家协会名誉主席。出版文学专著十三部，出版编著四本，其文学作品《羞女山》《创造系列》《灵魂的劫数》《紫色暖巢》《遍地巫风》被收入三百余种散文年鉴、鉴赏辞典、散文精选本。《中国当代散文史》等多种文学史列入章节介绍。是中国新时期有影响的散文家以及散文诗家之一。

评鉴与感悟——

我曾经在拙作中写道："一切饱满的生命都会这样，一旦从一组散文诗里吐出来，就已经无法站立。"（《回家》）我想叶梦前辈也是如此吧！散文诗写作悬笔12年，今又归来，她还是割舍不了那份热爱，那声来自缪斯的呼唤。我们曾在著名文学理论家王光明编选的《中外散文诗精品赏析》《二十世纪中国经典散文诗》中相遇。今日再次读到她的新作《魔镜》，仍然为之强烈共鸣。为了那诗中所揭示的人与世界的关系，内在所展现的思想与格局。在这里"身体"只是一个符号，感官的代名词，这是一块魔镜，映照着万千世界。诗人告诉我们："世界在这里被变形被重构，万千镜像在此重叠，被无限地复制延伸。"记得先哲王阳明曾在《传习录》中以"山中观花"揭示主客关系的哲学真谛。叶梦前辈告诉我们："几乎所有客体，都只是我借以暗喻的意象，它们是我召之即来挥之即去的兵卒，是听命于我攻城略地的棋子，它们是我用以构建心灵城堡的砖石。"这是一个诗人境界与格局的宣言，有了这样的格局，那么"所有的汉字"当然只是她的"满朝文武"（南鸥语），任其驱使和调遣，为她"重构"世界"攻城略地"。最终必然将是一场"蝴蝶效应"。是呀！"一只蝴蝶飞起来。/成千上万个蝴蝶飞起来了。/飓风来了！"我们期待着这只蝴蝶，如何重新煽动缪斯的翅膀。（灵焚）

枯　荷

这个季节来看你，是我春天就许下的一个愿。

不用看你手相我就知道，你命里缺火，缺能烧炭打铁焚心添欲的火。

而我却是宁可被火烧死，也不愿被流水溺死的人。

再大的火迟早也会熄灭，而流水则是蛇，会永无止境地缠绕你，直至你在柔软中麻痹，窒息。

而柔软是爱情的良药，锋利也是。

而麻痹是爱情的通病，窒息也是。

火总是试着接近另一种物质，而又羞于说出初衷——

占有它！

烤化它！

吞噬它！

蒸发它！

并习惯借助钻木取火的典故，让自己既胆战心惊，又快乐无比。既内心空虚，又肉体震颤。甚至既有中求无，又无中生有。

火焰在快感中除了尖叫还是尖叫，没有别的。而喜欢尖叫的都是神经质，都裹挟着一场爱恨，来去迅猛。

这完全是对你命相的虚构，其实你还是有火的，尽管微弱，它遍布你

293

的皮肤脚趾和嘴唇，你眼睛里的，还不足以点燃我和你的庞大世界——

一旦点燃就难以熄灭。

一旦熄灭就不再是你我。

而你心尖尖上的，我最想舔舐。

就这样赖着，赖在一方尘世里，倾倒，断折，缠绕，牵绊，借一层薄冰，倒映出往死里美的芜杂之景。

销蚀的激情已枯成毒蛊，怀揣解药的人，正坐等鸭掌发出策马而来的嫩绿旗语。

诗人借此以凌乱起句，平仄伤感。

画家则摈弃了十字和三角构图，采用焦墨堆积的画法，让干枯丰沛，让衰弱饱满。

正如所有的存在都事出有因，你的爱藏得再深，也能挖出残恨。

我的心胸再开阔，也是从狭窄的骨缝里，爱过你的那一颗。

何况，我又刚刚患过一场严重的风寒，虚弱，燥热，即使被水泡着，还是口渴难耐，脚趾着火。既没到生无可恋的程度，也没像你那样，绿透了，才肯死去。

就连神谕也不再偏袒葱茏。

我为爱你的衰败而来！

选自《诗选刊》2018年第6期

作者——

英伦，原名谯英伦，山东齐河人，著有散文诗集、诗集《哭过之后》《疯狂的目光》《夜行马车》《温柔的钉子》等，作品见《诗刊》《诗选刊》《星星·诗刊》《星星·散文诗》《扬子江诗刊》《诗潮》《草堂诗刊》《绿风》《散文选刊》《散文诗》《山东文学》《时代文学》等，入选多种年度选本，获齐鲁文学作品年展最佳诗歌奖、中国散文诗天马奖、《关雎爱情诗》年度散文诗奖、德州市长河文艺奖文学创作奖等数十种奖项，山东省作家协会会员。

英伦是火焰诗人，他的很多诗歌都离不开"火"。

在这一章《枯荷》里，诗人说出了自己渴望"烧炭打铁焚心添欲的火"。"火焰在快感中除了尖叫还是尖叫，没有别的。都裹挟着一场爱恨，来去迅猛。"

"其实你还是有火的，尽管微弱，它遍布你的皮肤脚趾和嘴唇，你眼睛里的，还不足以点燃我和你的庞大世界。""一旦点燃就难以熄灭。""一旦熄灭就不再是你我。""而你心尖尖上的，我最想舔舐。"作品字里行间就像那团火，一直在诗人心底热着，燃烧不止。希望英伦的火焰更加旺盛。（司舜）

除了爱，我们什么也不做

/雨倾城

你快一点。

跟我去月老山、爱情海、水杉林、爱情长廊、爱之屋、双乳峰。

最好，乘爱之翼、心心相印船。

来。

让我亲亲你，抱抱你。

至于松声涛声，远近高低的树，开的红的白的粉的花，就让它去。

借山而居。无论我躺在哪里，草色袭人，山林浮动暗香。

月亮在草丛里，十而百，百而千。

那辽阔的幸福啊。

月老山，给我思念、喜欢和爱。我在风中歌唱，仿佛少年。

是这样吗，爱你就像爱生命？心跳，慌乱，盛开，脸颊绯红，心满意足，全都，因你而起。

还有什么，值得如此痴迷？从头到脚，一寸一寸亲你，心跳也在其中。这短暂漫长的一生，除了爱，我们什么也不做。

不想说话的时候，就让我们，慢慢闭上眼睛。或者，站在一棵树下，说说话。

你知，山几重？云几朵？ 树几棵？月缺月圆几回？

再说一遍。心上人，我说你，再抱抱我。

我的心海，早已为你澎湃经年。

选自"王的花园"微信公众号（2018年10月6日）

作者

雨倾城 河北丰润人，文字散见于《解放军文艺》《青年文学》《诗刊》《星星》《诗潮》《诗歌月刊》等。

评鉴与感悟

感情是诗的生命线。它是散文诗创作的内驱力，也是散文诗为何能打动人心的原因所在。雨倾城的散文诗主情而不弃知，缘情而不绮靡，真情而不骄纵，深情而不浅露，不愧为感情的宠儿与美的化身。她的这章散文诗《除了爱，我们什么也不做》写得情深意切，饶有深挚而柔婉的美，"艺术即情感"的唯情论在她的散文诗中，已然显出矫健而飒爽的身手。"你快一点。/跟我去月老山、爱情海、水杉林、爱情长廊、爱之屋、双乳峰。"这一次爱的约会凸显出抒情女主人公的审美向度，她想要去的地方都是令人怦然心动的理想国、情深意长的梦幻地、肯美燃情的温柔乡，这里不仅有爱情的引擎，也有诗情的发动机；不仅寄寓着作者情的理想，也启悟着诗人爱的真谛——"最好，乘爱之翼、心心相印船。"唯有心心相印，爱情才会持久，美感才有依托。自然，一对热恋中的情侣，置身于远近高低的树丛之中，听松涛轻唱，看花朵盛开，睹草色泛绿，嗅暗香袭人，更有那草丛里的月亮，"你知，山几重？云几朵？ 树几棵？月缺月圆几回？"面对此景，诗人又怎能不油然生情，心旌摇曳，怎能不"心跳，慌乱，盛开，脸颊绯红"乃至于痴迷，"那辽阔的幸福啊"——让我亲亲你，请你抱抱我，"这短暂漫长的一生，除了爱，我们什么也不做"。从诗中，我们感受到了诗人感情的内在真实性，唯有真才美，只有真可爱，所谓"真者，精诚之至也。不精不诚，不能动人"（庄子语）；从诗中，我们也感受到了诗人感情的强烈性，她心海的激情像涛声一样澎湃，自己仿佛就是一位"在风中歌唱"的少年狂；从诗中，我们还感受到了诗人感情的深挚性，"爱你就像爱生命"，深度就是诗人对感情世界的深刻体验与生命体验，没有深度的感情是肤浅的，也是靠不住的。因此我以为，在散文诗创作中，情感是诗美的催化剂，情感是诗的血液和生命，读了雨倾城的散文诗，我们更加确认了这一点。（崔国发）

音乐厅

/语伞

先于耳朵洗净天上的乌云。

先于曲谱流动起来，使车来人往生出漩涡之美。

先于等待的前后，捕捉夜色的降临，准时迎接一个黑袍子里装满乐器的夜晚。

去见这位城市的艺术大师——音乐厅，春风沉醉，你就喝一杯酒，秋风晚来急，你就把十指连心的双手放在脸上。他有木质结构的旷远的空谷之音，你可以一言不发，把夜和曲子分开，把曲和调子分开，再从永叹调里过滤掉灰色的叹息。

身边的陌生人，正在遗忘纷繁复杂的表情。朝着同一个方向，又仿佛不是同一个方向，悬置相互都听不见的声音。此刻，这个世界谁听得见我，我听得见谁，模糊，或清晰，前后左右望一望，答案属于未知就好。前后左右的人，像一座山就好，是一片海就好，眼神如危崖，上面有一棵树就好。

小提琴来了，长笛来了，萨克管来了，钢琴来了，锣鼓、唢呐、二胡也来了……你不拥抱他们，你就不能回到自己。你不回到自己，就无法被万物围绕。音乐顺着暴雨飘下来，你坐在光滑的木椅上，混响像精确的节气，比汉语还鬼魅的和声，充满了整个音乐厅。

但是，抱歉了大师，我在倾听世界的微笑和时间的毁灭。

选自《中国诗人》2018年第3期

作者 ——

语伞，本名巫春玉，生于四川，居上海。中国作家协会会员。出版有散文诗集《假如庄子重返人间》《外滩手记》等。曾获《诗潮》年度诗歌奖、第五届中国散文诗天马奖、第七届中国·散文诗大奖等多种奖项。

评鉴与感悟 ——

悄然避开滚滚红尘中的喧嚣，沉醉于另一种艺术神秘的和谐里，这不就是许多人置身音乐厅时特殊的心理体验吗？我们仿佛被带入一个奇异而魔幻的陌生国度。被音乐所赐予的快乐是如此猛烈，如此丰富。真是乘着歌声的翅膀漂洋过海！语伞的一首凝练的散文诗，试图揭示并呈现艺术对于人之精神隐秘而强大的净化作用。"你不拥抱他们，你就不能回到自己。你不回到自己，你就不能被万物围绕。"在此时此地比汉语还鬼魅的和声里。诗人获得某种顿悟。从冲突中争取和谐，从答案中寻找更多的未知。在艺术带给我们难以言诉的丰富的美感时。我们也会倾听到世界的微笑与时间之焚毁。生与死、爱与仇是那么紧密无间地缠绕在一起。音乐停止了。而诗人开始独语！（金汝平）

占里·加榜

/喻子涵

占里

在占里，生命由一株植物决定。

两股清泉，穿天透地而来，知道生命的来历。

瞬间，花换成草，草换成花。

一只巡游的野鹤，在旷野的庞大榕树上领回自己的生命。

女儿的锦绣围腰勒紧来路和去路，正月初六母亲为她解开。

到了二月十六，欢笑是神赐的礼物。女儿沿着清泉而去。

过了这个季节，要等到腊月二十六。任何行为都不能逾越一种节令，
等待芦笙吹响。

饮下欢乐祈祷的符语，灵魂和形状就在这个起伏的时间生成或幻灭。

人类庄严的诗篇，是一种隐秘音符的组合。

因此，生命是一种选择。命运也是一种选择。

前行和回归，是一条自由的路。

而另一只落伍的野鹤，只能留下影子的传说，随风而逝。

加榜

这是一座宏伟的宫殿，建造给那些灵魂露宿的人。

世界还有另一种璀璨的诗篇，让句子的阶梯通向辽阔的天空。

在磅礴的云海里，大山上升为伟岸，或者沉降一种博大的宽容。

奔放的季节，让每一个日出与黄昏庄严而浪漫。

当阳光唤醒过去与未来，牛羊漫步于它的街市，于是我也出发，沿着金光大道。

我是从巨大的疲惫里逃亡出来的一杆葵花，看着这些金色的故事，熟悉的面孔让我羞愧难当。

我期待一场轮回的到来。

不久就是冬天，朴素的大雪为种子披上棉被，一切思想此刻已经屏息，大地还原本来的线条，内敛而极简。

我愿永久等待那张动人的脸庞。

接着，有声音如水滴在晨曦里不停地私语。

石头上生长泥土，泥土里充盈着乳汁。

若干谦卑而勇毅的生命探出穹窿，雨露阳光的表情像时光一样丰富。

我接受一切珍贵的馈赠。

那些弥漫芳香的田埂，洁净的石梯，不知送走多少凝望的身影，迎来多少深情的诺言。

那些忠贞的枫树，光荣的草垛，诚实的晒架，为辉煌的大地屯兵百万。

稻饭鱼羹的日子，伴随沉缓的老歌安详而绵长。

我仿佛看到了那张脸，透过薄纱的瞬间，世界为之敞亮。

在时空远去的时刻，心灵无比润朗。

选自《散文诗》（上半月）2018年第7期

作者

喻子涵，本名喻健，1965年生，土家族，贵州沿河人。贵州民族大学教授。现居贵阳。系中国作家协会会员，贵州省作家协会副主席。著有散文诗集《孤独的太阳》《汉字意象》等六部，理论著作《新世纪文学群落与诗性前沿》等三部，在《诗刊》《星星》《诗选刊》等一百多家刊物发表文学作品数百篇，部分作品收入《新中国60年文学大系》《中国散文诗百年经典》《中国散文诗一百年大系》等国内外近一百种文学选本和论文集。曾获第五届全国民族文学创作"骏马奖"和第五届"中国·散文诗大奖"。2007年在中国现代文学馆被授予"中国当代优秀散文诗作家"称号。

评鉴与感悟

从江，肯定是诗人家乡的某条河流，加榜，肯定是家乡某个地名。诗人"接受一切珍贵的馈赠"，述说那些"隐秘音符"。人与自然和谐相处的动人场面一一呈现，把家乡的品格淋漓尽致地表达出来，爱与诗性的美一览无遗。"另一只落伍的野鹤，只能留下影子的传说，随风而逝。""大地还原本来的线条，内敛而极简。"这些句子饱含乡愁，似乎是超现实的，又没有背离现实，在超现实的想象里，闪烁着诗性的光彩。喻子涵作品中，尤其是对语言的诗性操作，使他的散文诗，在渗透着深远感的词语序列中，呈递出集束而浓缩的审美信息和富有诗意的东西。（司舜）

原　谅

/张东

我曾摁上这样的日子，在溪流之间想象一条河。

我曾站在岔路口，提名爱人的与山川的名字。

那刹界河里的桃花渡，美丽的青山接入我的囊中。

我不羞涩，亦无须谦虚，更无关骄傲。

我要做的——弯在阳光的火焰上耕耘，耕耘不是我的全部，我还有父母，我要关心他们的衣食住行，此时，我的儿子还未出生。

夜里，我的烟路很长，像黑夜的头发，像白昼的光。顺着我的烟路来，一个叫平安的赶路人到我额前询问，下一步的归宿的去向。

我看见，他两手空空，背上行囊也空空。

朝前处，他在拐杖的搀扶下也束手无策。

我看见一身褶皱，疲惫，弹性全无。

他睡在一条河里，乌鸦，鹰，还有蜻蜓，不知名的陌生人，他们路过，毫不吱声。

请原谅背脊上的两条河流，两条腿，穿过森林、草原的背影。

选自《散文诗》2018年第9期

作者 —— 张东，贵州赫章人，90后在校大学生，一个潜伏在诗歌里的理工男，作品散见《贵州诗人》《贵州作家》《青春》《天津诗人》《散文诗》等。

评鉴与感悟 —— 年少时所想象的未来的一切——生活、爱情，都烙上了故乡风物的印记，这种情绪会伴随人的一生。无论何时、无论发生了什么，家乡的一切总是报以温情、宽慰的怀抱，是永远的根和最终的归宿。而自己对于家乡的感情是无须敛抑或者张扬的，因为那是一种最纯真质朴的情感。

纵使离乡四处闯荡，在外取得的一切光环名利也不能割断自己与故土千丝万缕的联系，故乡是一切的源泉，那种精神力量要继续传承下去。无论前路多么纷繁迷乱，也不管身心经受了何种创痛，故乡总是带来慰藉，只要能平安归乡便是一直踏实的归宿。故乡的原谅是无条件的接纳与宽慰。

在饱含深情的叙述中，那种对于故乡的眷恋和永恒的热爱流露于字里行间，也体现了年轻人对于不确定未来的些许惆怅。（司念）

我在一片草地上坐了很久

/张琳

没有一只蝴蝶飞过来。

我知道，它们是想诱我化蝶。对不起，我涉世太浅，还没有足够的勇气奢求一对翅膀。

天空太空了，把整个尘世放上去，依然空不可测。

何况，我小如针尖，只能让空中再添一个黑洞。

何况，我也是空的一部分，我需要水，需要火，需要木，需要土，需要金……我还需要，一只飞蛾来扑我，需要一滴露珠，来度我……

我已在一片草地上坐了很久，夕阳转过脸来，看我。

我认出来了，它是一面生锈的镜子。

我从附近取来河水，我越洗，锈迹越多。

不能再这样亡羊补牢了。

不能再这样缘木求鱼了。

蝴蝶，来救我。

我已成了一片草地的一部分，我要开花，我要用花香求得大地母亲的宽宥。

选自《扬子江诗刊》2018年第6期

作者 —— 张琳，女，1989 年生，山西人。山西文学院签约作家。在《人民文学》《诗刊》《诗选刊》等发表诗歌作品，出版诗集《纸蝴蝶》《人间这么美》。

评鉴与感悟 —— 张琳的散文诗融汇了中国古典美学的"儒释道"思想。"没有一只蝴蝶飞过来。我知道，它们是想诱我化蝶"，梦蝶与化蝶的话题涉及到道家思想，"在一片草地上坐了很久""我已成了一片草地的一部分"，与草地浑一，坐忘无迹。而"天空太空了，把整个尘世放上去，依然空不可测。/何况，我小如针尖，只能让空中再添一个黑洞。/何况，我也是空的一部分"。空空之空，佛经中多次谈到"空"，"空"一方面是释家所说的一种无我的境界，佛是智慧，是一种自在的人生境界。有人说，佛是放下执着之后的潇洒自如，是平淡超脱之后的欲望修剪，是心明如镜的自在取舍。另一方面，空即不空，佛法讲究普度众生与救赎，诗人不仅需要"五行"（水火木土金），还需要"一只飞蛾来扑我，需要一滴露珠，来度我……"度人如春风化雨，如滋润心田的露珠。如果我们再深究下去，这章散文诗还承载着儒家的思想，孔子提出"尽善尽美"，张琳的这章散文诗中也有这个意思："夕阳转过脸来，看我。/我认出来了，它是一面生锈的镜子。/我从附近取来河水，我越洗，锈迹越多。/不能再这样亡羊补牢了。/不能再这样缘木求鱼了。"看见夕阳如一面生锈的镜子，诗人便想用河水洗去锈迹，欲求"尽善尽美"，可是它的锈迹却越洗越多，既然不能做到"尽善尽美"则不必亡羊补牢、缘木求鱼了。结尾一句"我要开花，我要用花香求得大地母亲的宽宥"，则是儒家所说的"致中和，天地位焉，万物育焉"思想，"我要开花"，并用花香求得大地母亲的宽宥，即是求中和或和谐之美。一首短章之中，涵盖了如此丰富的美学意蕴，而又以文学的语言予以形象地表达，确实值得我们叹服与赞许。（崔国发）

清塘坳，我生命的属地

/张绍金

　　身边时有一处风景，熟悉得陌生，贴近而忽略——譬如扑面而来的清塘坳，我清新爽口的生命属地。

　　传说仙风道骨般驻扎成顶上那块奇石——张果老真的畅游至此？

　　冬日瘦弱，足迹或轻亦重，仙境温暖一行人，温暖村庄干枯而潮湿的心情……

　　寻找是村庄恒久的张望；发现是村庄腹部鼓胀的渔歌，山峦是湖水飘逸的长发。

　　此刻，你泊山挽水，以枯叶铺展春情，以干燥拧起风声，以客船打捞期望。

　　涉浪而心静，临顶方气爽，心情喜悦成一波纹一波纹鸟鸣，并借助鸟毛航行。

　　湖畔半岛迤逦，水枕着山入眠，山倒映水吟唱。日月一口一口蚕食林荫或山道。

　　小祇园，以六百岁高龄，端坐成一汪碧波，禅意的香火峥嵘半坡冬日的枝头……

　　阔叶林里，以枯萎的名义暖和爬山穿林的北风，缝隙斑驳的阳光斑驳

308

蓝天。

枯萎是新的开端，斑驳北风的状态，匍匐森林的足迹是早春深长的呼吸！

一只水鸭串起水纹花，一声惊叹凝固一处山水。枯蒿咀嚼痛疼怀春的村庄。

停靠，待发，或展翅飞翔。龙舟昂首翘臀，山葫芦泊成农家。

那只山谣拧紧我的耳根，任坡坎边干枯的野菊花固持自己的站立。

峰林泻出一条山道，一只胆小的松鼠，携带一尾蓬松羽毛，摆动湖水。

牧归的竹笛声，延长日落的牵挂，浑圆母亲的焦急。牛背是孩子驰骋的疆场！

熟悉一堆粪卓如熟悉一抹晚霞绵长的呼唤，如熟悉缀满叮咛的雨披……

跃入湖水沐浴后半裸的山峦，相约昂头摆尾，仰视碧水袒露胸肌。

饮尽一杯南行的雁鸣，饮尽一盅北归的孤寂，挥一挥手，铺排的落霞催促启航。

水尽处不全是霞光，黑黢黢的远山点燃一湖水，煮沸碧波，氤氲村庄夜色。

清塘坳得以连贯起伏着村庄生气的，不单是明日那一轮东山涉水的朝阳。

一切因冷冽而新鲜。希望是不断以新替旧的水灵灵的日子，是自然事物中无处不在的撞击着的水波声。

选自《信阳日报》2018年9月6日

作者

张绍金，1963年生。河南省商城县人，教师，系河南省作家协会会员，河南省散文诗学会理事。已在《散文诗》《星星·散文诗》《散文诗世界》《莽原》《作家报》《河南诗人》等报刊发表散文、散文诗、诗歌三百余篇（章），出版个人散文诗集《攀岩的青藤花》《守望灌河源》《石头开花》（与人合著）三部，近年来作品入选十几部年选或获奖作品集。

作者对生于斯，长于斯的青塘坳应该最熟悉不过了，但是仔细观之却又感陌生。因为美是需要一颗发现的心灵才能体会，否则那种熟悉只不过是熟视无睹罢了。在作者的细心打量下，青塘坳宛若世外桃源，甚至成了他心灵的栖居之处，生命因为它才被赋予了各种意义。

它周边的一切风物的意义和美感在描述中得以彰显。古老传说让奇石更奇，湖畔美景让人心旷神怡，山峦与湖水相映成趣，即使四季轮转，冬日也有盛景可寻。枯枝败叶看似萧条却蕴含着来年勃发的希望。一切事物都闲的闲静恬淡，优雅自适，野趣横生。牧笛、落日、晚霞又别添一分意境。

在一种悠游娴静的心情下去观察最熟悉不过的风物也会有美的发现，并且可以发现新旧交替，希望萌生的机缘法则。这也是一种生活的智慧。（司念）

脚　印

/张绍民

> 心狠的人就会有尘世的所谓幸福，但这样的幸福毁掉了其他人，注定成为进入地狱的脚印。
>
> ——题记

　　脚印出牌，脚的落叶为脚印，脚印依靠破绽堵住人的漏洞，堵住脚掉下去，掉进泥土。泥土里，种子盘算自己的脚印，早就被神规划多少枝条的波浪，波浪牵自己的曲线恋爱。波浪的裂缝并不裂开口子。嘴巴的破绽要用多少饭缝补。耳朵也张开嘴，耳朵的封面封底之间夹着脑袋书。嘴巴依靠棺材的鼻子下呼吸的两根铁轨空空荡荡作为筷子的面条活下去。呼吸等于呼与吸的爱情一生到老。呼吸才是封条。要多少细胞才能聚会一个人的容器？细胞，神下的棋子。诗歌就要展示这样的棋。诗歌，今生的棋谱，神的话语密码，永生的粮食。诗歌是神对人进行爱的训练。都在种子里面，都在神设计的种子里面。种子里开花，种子发芽长出来，花说出空气的胎记，说出空气的破绽，说出光的漩涡。漩涡的饭碗卷成围墙的恐惧。炊烟有饭碗的脚印。炊烟有沸腾的骨头。炊烟里，一粒米的乡愁在于回到种子里。落叶回来了，落叶给大地鼓掌，落叶给大地补充脚印。落叶的屋顶下面，根给泥土下面条。闪电给庄稼下雨的面条。羊吃因一场雨而穿上绿军装的小草，身上长出一身光线的小草。春风吹乱光线，吹你一个沸腾的花园。种子的脚印一路树叶，树叶的波涛开会秋天。波涛奔跑乳房的别墅，乳房的脚印便是大海那么大的脚印。

选自《信阳日报》百花园副刊 2018 年 9 月 6 日

作者

张绍金，河南省商城县达权店镇人，教师。业余喜欢文学阅读和创作，1983 年开始发表作品，系河南省作家协会会员，河南省散文诗学会理事，信阳市散文学会、诗歌学会理事。出版散文诗集《攀岩的青藤花》《灌河源》《石头开花》（与人合集）等三部。

评鉴与感悟

脚印对于人类和脚印对于自然万物有着不同的意义。对于人类，如果在一味地追逐或征服来获取尘世间所谓的幸福，那这有可能干涉到别人生活的权利，而这样忙碌追求的一生只会留下一串通向毁灭的印记。从微观角度来看，我们由无数细胞构成的各种器官也在这种尘世追逐中成了可笑的工具，失却了神灵所赋予的那种自然之美。

而自然中的生物却相反，那种原始生命力的迸发宛若神的脚印，一切舒展自如，与空气、阳光、闪电、雨水、羊群浑然一体，这是一种生命的循环往复，处处生机盎然，显示出大自然的神奇之美。

而诗人正是人接受了神灵的训练而通过诗歌去展现这种自然之美的人，他们创作的诗歌可以说是神的脚印。一串串的类比将大自然与人的奥秘尽含其中。（司念）

羚羊之死

/张作梗

当我确认，一只羚羊之死并不能取消我自杀的念头，我变得更富有同情心了。

我曾？赞美过词语，现在我依然高声赞美它们。疯狂的词语和二手货。在此时代，疯狂教会我必须冷静处理一只羚羊之死；多少年来，遗忘的本领不止一次告诉我，在硝烟散尽的地方，词语正是死亡的放生场。

我很少用记忆回放羚羊奔跑的场景——除非午夜，羚羊挂角，悲伤无迹可寻的时候。我渴望公开的隐逸，公开的消失。我渴望蒸发。我不想那些沾有一点点血迹的词语找到我和我的住处。

我隐藏在石头中。我是石头里狂草忧伤的人。我狂草一只羚羊之死——用所有石头的冷漠与激情，用铁石心肠和石头内部藏匿的全部锋利，用冥顽，用一瞬间的灰飞与烟灭。

选自《星星》2018年第5期

作者 —— 张作梗，祖籍湖北，现居扬州。有诗入选国内上百种选本，部分作品被译介海外。获《诗刊》2012年度诗歌奖、首届金迪诗歌奖铜奖。曾参加诗刊社第24届青春诗会。

评鉴与感悟 —— 从某种意义上来看，人的历史，也不过是遗忘与记忆的持续斗争的历史，直至被死亡捕获。在这遗忘和记忆的惨烈斗争中，有人牢牢铭记，因为忘记过去就意味着背叛；他是对的。另外的人自觉或不自觉地选择了遗忘。把那令他痛苦与耻辱的从大脑中彻底驱除，他也没有错。因为这样抛弃重负，他才能轻盈而行。直至未知的地平线。诗人，在我的感知中，是属于不善于遗忘之人，他会反复凝望那发生的一切，并沉思，书写，书写就是对遗忘的反抗。所以，一只羚羊之死，让张作梗永生难忘，且深深叹息：遗忘的本领不止一次告诉我，在硝烟散尽地方，词语正是死亡的放生场。诗人用所有石头的冷漠与激情，用铁石心肠与石头内部藏匿的全部锋利，书写这一只羚羊之死。在这种貌似平静实则内心动荡不安的字里行间。这死去的羚羊让诗人悲伤无边。死，是一种启示，是一种唤醒，也是一种警告。无论是植物，动物，你，我，他，逃不出昼夜之外，逃不出消失与失踪，我们都是死亡的祭品。诗人的悲怜是博大的同时也是渺小的。它必被时间带走，只是诗人还梦想在这充满悖论的带着血迹的词语中长存。（金汝平）

真理与措词(《蔷薇颂》节选)

/章闻哲

　　故作高深,与深渊是有鸿沟的——这样简单的道理,恐怕也无人知道。

　　人人都喜欢深渊,所以要在阳台上加上护栏。——我们假设,我们只能强调它是假设。但恐怕也无人愿听——护栏只是阻止人们喜欢深渊。

　　一个人喜欢什么,无可厚非。但如果用修辞,那就会使喜欢变得不纯粹。——这样简单的道理,恐怕也无人知道。

　　人人都喜欢修辞。所以我们喜欢猜度。——我们假设,我们只能强调它是假设。但恐怕也无人愿听——猜度只是猜度,并不使事实增加什么。

　　客观令我们高尚——我假设,客观是存在的。只是高尚太奢侈,因此不能轻易客观。

　　但是我们保留着客观,在最深处。我们始终客观。没有一种行为——无论它多么令事实歪曲,也不能证明我们失去了客观——客观只是在最深处,不能轻易露面。

　　就在一个明亮的春天里,我们在人类的后花园里讨论怎样才能使我们像天使一样客观。

　　天使说:我们总是抱怨人们只看表象,不看本质——唉,本质只是后来的结果——只有阳光雨露才能滋润万物——假使人们严厉地指出:阳光雨露只是表象,它的本质是使万物生长的那种东西; 那么——万物? 多么

315

复杂，有恶有善——阳光雨露也是有阴谋的。

天使说：要阻止本质不产生必然的结果多么难。但要阻止表象不成为本质，简直更难。——水稻是农夫的本质？农夫是水稻的表象？——难道不是吗？黑狗？

难道不是吗？养黑狗的天使？

天使，你不要玩弄幽默——据我们所知，要是有人说他要升天，一个基督徒会向上帝祈祷，一个无神论者会敏锐地洞察到迷信正在企图再次掌控人类。——一个要升天的人，现在已不能在幽默中升天，而必须在上帝和巫术的背景中升天。

难道不是吗？天使？——天使，我们开花吧，但不能幽默地开花，而要在植物学家的眼皮下精确地、不带任何修辞地开花。

选自《星星·诗刊》2018年第21期

作者

章闻哲，女，诗人，青年诗歌批评家。1973年出生于浙江诸暨。现为《黄河诗报》主编，居住北京。文字涉及诗歌、文艺评论、人物访谈、随笔、短篇报告文学等。文学评论《一部歌佬族的史诗——读长诗"呵呵"有感》由《人民日报》发表后被中工网、中国文明网、中国作家网等多家核心网站及报刊转载，其他代表性文论有《诗人贺敬之》《从后现代叙事到后历史主义》《绿风精华评述》《现代女神美学的开端》《散文诗漫谈》等。出版文艺理论专著《散文诗社会》，诗集《在大陆上》。出版了《中国社会主义美学探微——贺敬之卷》《中国社会主义美学探微——峭岩卷》。待出版百万余字文艺哲学论著《梦、艺术、人本主义》。

这首题为《真理与措词》的片段散文诗，节选自章闻哲的《蔷薇颂》。我未有机会品读全文，只能窥斑见豹。然而窥斑见豹，作为探索事物真实的一种方式，总让人感到不放心。事物总是它的复杂构造及丰富色彩，让观察它的人们慨叹自己目光的有限。由此看来，误读随阅读产生。所有理解都伴随着误解，误解也在一定程度上引来更深更全面的理解，对本文的阐释只能如此。

"真理与措词"是否是在指向存在之真及如何言词这样一个巨大问题？这个问题折磨着中外古今的多少诗人哲人，以及一切的爱智者。我们没有理由要求他们提供一个放之海而皆准的永恒正确的答案。这不可能。每一个答案本身又构成一个疑问，这疑问又引导出另一个疑问。如此下去，疑问是无限的。我注意到章闻哲在本文中反复提道：恐怕也无法知道，恐怕也无人愿听，客观只住最深处，不能轻易露面等等语句。某些词语的频繁出现，某些意念的长久缠绕，某些想法的固执坚守，只是在证明它们在作者内心深处巨大的占有力和统治力。实际上，作者言说它们是被它们驱使着言说，作者呈现它们也是最大程度地在阳光下看清它们。但这仍然是无能为力的。我也注意到在这首散文诗的结尾之处。作者多处运用了问号，问号恰恰显露了诗人的难以解除的困惑。难道不是吗？养天使的黑狗。难道不是吗？天使？诗人强劲的疑问借助富于旋律感的音乐性的句式，扑面而来。这也是我们不得不正视真理与措词。这形而上也兼形而下的有关人类生存的重大问题。也让我们思考，哪怕只思考五分钟，十分钟，半小时。章闻哲散文诗的哲理特征极其鲜明。但它并不枯燥乏味，它被作者精心安置于充满历史感又带有陌生景观的庞杂多元的意象中。用我的这句话与作者共勉："出发吧，前行吧，投入毁灭与复活的火焰吧。一个严肃认真的写作者，这是来自上天的律令！你要对自己思考过的东西再次思考，要对自己表述过的东西再次表述。在这种周而复始永不中断的欢欣又痛楚的历程中，我们必有收获，必有硕果。陌生的景观在天边呈现，秘密之门豁然洞开，多少奇异的花朵为我们迸射奇异的迷魂之香。如此，新的发现，新的洞察，新的理想才有可能。什么是最让我们惧怕的精神上的死亡？那就是一个人的内在精神早已枯萎不复成长！"（金汝平）

大风吹过自由的村庄

/赵目珍

傍晚，沿着黄昏返回居住地。夕阳中那座闪烁的村庄，愈发辽远。
在一些带有迷惑性的事物的指引下，我突然遭遇围困。

如果没有父亲陷入对生活的修订，那将是一座更加明亮的村庄。
如果没有母亲承受太多的苦难，那将是一座更加正义的村庄。
如果出于信仰，在谈论风花雪月的时候我还能够想起它，那将是一座
无限完美的村庄。

是的，任何事物总有可以指摘的地方。
鸟鸣可以变得无所用心。草木黯淡，可以妨碍一个人对植物学的阅读。
然而，我仍然不想颠倒我对村庄的梦想。

璀璨从哪里发端，哪里就将有出现另一个故乡的可能。
我因为那些幽黯的存在，而感到一层高贵的温暖。
它们在呼吸中凝成惊艳的场域，然后被大风自由地吹过。

选自《湛江日报》2018年1月4日

作者

赵目珍，1981年生，山东郓城人。毕业于华中师范大学中文系，获文学博士学位。青年诗人，批评家。现任职于深圳职业技术学院人文学院。广东省文艺评论家协会会员。曾任北京大学中文系访问学者。著有诗集《外物》《假寐者》，散文诗集《无限颂》（"我们"散文诗丛第五辑）。曾获第九届"深圳青年文学奖"，入围2015年度"华文青年诗人奖"、第二届"中国青年诗人奖"等奖项。

评鉴与感悟

作者脱出了以往乡土诗的窠臼，对于村庄这个对现代中国意义深远的意象，他所怀揣的情感不仅仅是怀念、感恩和礼赞，村庄也不再只是一个完美无缺的供异乡人缅怀和无限寄托的精神原乡，作者对它的挖掘更加深刻和立体。无论是"父亲对生活的修订"，还是"母亲承受的苦难"，这些新颖的切入方式让诗人对村庄的追寻带有了一层苦痛的味道，而正是这种不一样的味道让整首诗的意境更加深远，也创造出一种哲理的况味：不完美的却也是美好的，因为"幽暗的存在"与"高贵的温暖"相伴，这才是真正的自由氛围。无疑，作者对村庄怀有的感情也是深厚的，他对村庄有着"梦想"，村庄在他眼中也能够成为"令人惊艳的场域"，他喜爱的就是这不完美和昭示自由的风。（司念）

行　者

一个个行色匆匆，跋涉浩瀚的大戈壁。

阳光，一片片瓷器，利刃样披在肩上。

荒凉渗进骨缝后，一把一把小刮刀割着，让人疼痛不已。

此刻，背包客像被一只愤怒的狮子，或一场风暴在身后死死地追赶，一个个马不停蹄地从身旁而过。

等过去，回头发现，什么也没有，依旧空空荡荡。

一个个心急如焚，腿断了，扛在肩膀，继续走。

风沙吹裂了心，从衣袋里摸出一根针，点一盏星星的灯，一针两针赶快缝好，许多人站在前边的黄沙中等呢。

时不时看看天空，再看看来路。

时间经常被掰成两半用。为了节约出大把时间，一个人顺手捧上大把沙子，边走边洗脸。

面对如此空阔，从不兴叹，像是天底下哪有时间长叹。

生，为了赶路；死，为了赶路。

擦肩而过时，终于看清：脸色神秘，已与时间之内关系不大。就得无休止地迁徙，摆脱世俗肉体的累赘。走出时间之外，然后才能稍做休息。

但返回时间之内，得继续不停地走。

选自《西部》2018年第5期

作者

支禄，笔名支边、晓织、火洲。系中国诗歌学会会员、新疆作家协会会员、吐鲁番地区诗词协会副主席、吐鲁番地区作家协会副秘书长。现供职于吐鲁番日报社。作品入选《中国散文诗百年经典》《中国散文诗一百年大系》《中国年度散文诗》《中国年度优秀散文诗》等三十多种选本并多次获奖。已出版《点灯，点灯》《风拍大西北》《九朵云》等。2007年，吐鲁番市授予"十大功勋记者"的荣誉称号；入选2015年最美新疆人；2015年12月中国好人榜候选人；参加第十五届全国散文诗会；毛泽东文学院第四期新疆作家班学员。

评鉴与感悟

这首诗是写一个孤独的游子的旅程，茫茫戈壁上，一个行者在戈壁上急促行走，是现实的行者在奔走，亦是在象征着世俗中为了生存而奔波劳苦的所有行者们。而唯有摆脱时间之外，方能得片刻憩息。英雄、马鞍、长剑、风沙，似乎在诗人笔下，那仗剑走天涯的英雄又复活了，可是英雄表现得越好，后面就越让人失望，英雄只是影视中的英雄，为钱而来，为利奔走。生活的环形的，一缕缕的炊烟，带着生活的气息，从古至今，袅袅不息。戈壁的清晨，像冲山夜色的马，犀利而咆哮，唤醒大地，在这一部分，诗人是有力的，那马的嘶鸣声破晓而出，迎着清晨的日光，是那么的充满力量之美。湖伴着黄沙和月光，积蓄着。西风下，游子带着单衣，依旧不能减轻他们对故乡的思念。（司念）

十二峰
——兼致永嘉

/周庆荣

在别处被矮化的人，请到十二峰来。

饭甑居中，云雾弥漫着万顷稻米蒸熟后的芳香。它在，人间可以温饱。

十二峰身姿挺拔，如果你想知道温饱之后应该选择成为什么，就到十二峰来。

高僧和飞鸟来过，他们把人间烟火留在人间，他们想忘却人与人之间的复杂，他们一个建立庙宇，一个在树上筑巢。

英雄来过，他站在饭甑前，是其中的一个峰？如果香喷喷的白米饭，一直能够保证着那些害怕饥饿的人，他就放弃逐鹿中原的梦想，做一个卫士，守护这里的温饱之源。

美人来过，因为英雄一去不再复返？

还是因为这里十二座山峰屹立，仿佛男人的腰板挺直？楠溪的水清又碧，她们浣衣，洗尽英雄的沧桑和叹息，岁月，应该永嘉。美人，你们应该继续来，做十二峰旁一溪温柔的水，我记不清你们的名字，就让我模仿古人，称你们为永嘉氏吧！

包括那些丢失在都市的人，经常谦卑忐忑的人，你们也来。

随便抱住一座峰，你们就有了靠山。

抱紧它们，你们的命运永嘉，所谓的高端和低端，你们已经是山峰上

322

巍峨的石头，或者是石头上顽强的青松。你们都是永嘉的好男人，从此不卑不亢，尊严如山。

这一次，站在十二峰边上的是我。

我的态度端正，几乎谦虚得像山坡上的一棵小草。

可是啊，我的理想伟大。

我从现实主义的随波逐流中走出，我是一座新的山峰，在十二峰中站立，一个瘦削的男人想改变它们的姓名。

选自"有理想的人"微信公众号（2018年5月20日）

作者

周庆荣，笔名老风，故乡在苏北废黄河畔。平生以真诚之心待人，读书写作为一大快事，别无所求。固执地相信时间是唯一的客观与公正，包括时间里的友谊和善良。

评鉴与感悟

诗人明明咏的是十二峰，题名却称永嘉，永嘉何来，诗人说学自古人。其实浙江省永嘉县自古是长寿之乡，虽未去过想必也是山清水秀孕育天地灵气的宝地。也许可以媲美诗人所咏的十二峰。可是真的这么简单吗？永嘉又是西晋怀帝年号，八王之乱又称永嘉之乱，随后西晋灭亡，五胡乱华，中原屠戮，衣冠南渡。这段历史为永嘉做注脚的话，怎么说永嘉也不是一个令人开心的词。但是且慢，永嘉之后东晋人才辈出，王谢之家，风流倜傥，擎东南之一柱，伟岸之姿如诗人所言十二峰。也许是牵强附会，但是诗人所咏，不是山而是人，细细品味，可以发现在文章中出现了"被矮化的人""高僧""飞鸟""英雄""害怕饥饿的人""男人""美人""古人""丢失在都市的人""谦卑忐忑的人""好男人"及"我"整整十二个意象，是否是在映照标题中的"十二峰"呢？

他们究竟是谁，是中华民族的脊梁，而我思绪万千，飘向的则是永嘉之后那些在东南将中华文化薪火相传的卫士。品诗要品意蕴，要口齿留香，要滋味绵延，要意境旷永，要浪漫幻想。读这首诗时，总在眼前浮现一幕幕情景，一个个身影，联想到古国的文化和一个古老民族的精神，情不自禁心襟摇荡，感佩泪涌。如果这都不能说明它的感染力，也许你应该细细读它的一停一顿、一蹴一韵，婉转有致的长句和短促有力的短语，它们像那些无言的英雄，外圆内方，柔中带刚。

（司念）

孤　独

/朱恋淮

　　像千年前你抬起晨曦一样，醉卧在山林的我抬起这一次眼睑，太阳和月亮选择同时出现在我面前，一切囿于卑微的冲动。

　　且让我决不服输，且让我永远不低头。

　　在笔尖落下之前，积雪在身后扬开，白色的棉絮裹住脚底的寒，我愉悦呀！怎么陌生成亲人般的模样。

　　光再次从云雾里照射进来，夹杂在被子和褥子之间的我会不会得到暖的希望？从灰色斑鸠羽毛间掠过的雪花，磨出一杯外婆的豆浆。

　　我一直相信那些走进固态形状的时间中的人，正在被另一个空间压缩成褐色棺木，流动的生命正在经过每个可以忍耐的冬天。

　　我更相信我是一阵霾，笼统模糊的就能概括一生的夙愿，降落在鲜红的肺部，蔓延开来。

　　我相信所有目的都不会偃旗息鼓，一些压在杯子底下的号角，正在水沸腾前，迎向风，刹那的孤独，随船帆鼓胀。

选自《上海诗人》2018年第1期

作者 —— 朱恋淮，1994年生，湖南浏阳人。曾出版诗集《虔诚之温柔》，作品散见于《星星》《散文诗》《上海诗人》《中国诗人》等刊物；获"南边文艺杯"三等奖、首届龙子文学奖、第三届 中国校园"双十佳" 诗歌奖。

评鉴与感悟 —— 诗哲尼采"与孤独为伍"。有道是，情到深处人孤独。朱恋淮也是，尽管有时只是"刹那的孤独"。一切虽囿于"卑微的冲动"，但他却决不认输，也永远不低头，而是醉卧于山林，让太阳和月亮选择同时出现在他面前，或者让"光再次从云雾里照射进来"，唯此，心才不会寒战，不会"陌生成亲人般的模样"，也唯其如此，自己才能在雪花掠过的时候"得到暖的希望"，一些积雪也终会在身后溃散。所以我说，诗人摆脱孤独最好的方法，就是把自己的感受说出来，让自己的感情得到充分的释放，可是在这个冬天，你虽然让流动的生命忍耐，却大可不必相信自己"是一阵霾，笼统模糊的就能概括一生的夙愿，降落在鲜红的肺部，蔓延开来"。然而你还是一味地忍耐，纵使有生命意志，孤独当然仍在你的身边久久地徘徊。或许是异己性与内循环使然，有时，克服孤独，需要在亲近与外倾性上找到情绪的出口。

（崔国发）

令人费解的南多女士(节选)

/转角

白天的怀疑和夜晚的怀疑，那古怪的究竟和怎样——

—— 惠特曼

黑女人

这是虚假的幻象，真实具体到被一株植物所指认。

夏季来势凶猛，他看不清互换角色之后谁在陪伴被暴晒过的黑女人。他陈述，表白，激动，又不肯回家……

她哑然，惊恐，暗示，退步数千之里。

我所在的位置有些什么事发生。

他嘴唇青紫，衣衫褴褛，开始以梦的方式挪入深山。斜靠夜色的中年妇女望着他远去的倒影，喝下整瓶毒药。

最后的美

躺在麦秸上寻找幸福？

这是谜。漂浮在海上，这最后的发现不可阻挡，这被写进历史的遗嘱面对熟悉的一切，倾倒所有武器。

故乡的钟声敲出我全部忧伤，而我在此也只停留了一次。在一只布谷的嗓音里沦落风尘，我也不过是啼落了一个彬彬有礼的名字。

永恒地歌唱。

勿忘我

这是春天的街景，一池蓝色幽深的湖水温柔注视，我自圆其说，难以咽下一个人的背影。原来爱着爱的人，亦有疲惫之美。

在一束花上停留。

胚芽成脱臼的灰烬，黑暗在水上浴血，沐光之后还原给苍凉的故土。

然而我还是你的，我永在！

选自《散文诗》（上半月）2018年第2期

作者

转角，女，本名王玉芳，1976年10月生于黑龙江。现居绥棱。作品在《诗刊》《诗歌月刊》《星星》《诗潮》《青年文学》《山东文学》《东方女性》《星河》《香港散文诗》《常青藤》（美国）等数十种刊物发表。作品多次被译介并入选《诗歌中国：百年新诗300首（青年版）》《中国散文诗十年》等多部年选本，曾参加第十四届全国散文诗笔会。著有散文诗集《荆棘鸟》。获第八届中国散文诗天马奖等多种奖项。

评鉴与感悟

诗人的这组小诗比较晦涩，画面跳跃而意象奇特，尤其是第一首中的"黑女人""毒药"等的怪诞无不令人联想起法国象征主义诗派的某些风格。而意象的诡奇必然意味着诗人情绪的激烈，因而诗中频繁出现一组组词语的排列堆积，诗人的语言像疾风一样急促、猛烈。诗人提到"梦""虚幻"和怪异的女人，想要表达的可能是情感旋涡中的生命能量的激动和人在其中的挣扎、苦痛。

第二首诗没有了诡异恐怖的氛围，却沉浸着深沉的哀愁，诗中的抒情主人公好像是一个漂泊的游子，他不愿躺在舒适的麦秸上等待幸福，而是去外面的世界苦苦追寻，最后他"沦落风尘"，不再是当初那个"彬彬有礼"的少年，他改变了很多，但是不变的是他的追寻，他依然在"歌唱"，而对幸福的追寻无意是一个永恒的过程，是最好的美。

第三首诗好像在写爱情的凄美与悲壮，爱着爱的人，却有难以咽下背影的疲惫，这是爱不可得的凄美，而爱的悲壮则是为了对方粉身碎骨，无论是浴血还是成为灰烬，"我还是你的"。（司念）

我的耳朵就是一座巨大的寺庙

/左右

　　天空偷偷掩盖着自己乌黑发亮的肌肤，以闪电般的速度，在隐藏冬天残留的阴谋。水底欢游的鱼，充当了溃不成军的逃兵。鱼鳞闪光，兵临城下，山河动容。

　　没有人会承认，刮风是因为漏走了绿色的机密。没有人会以身作则，像雨燕一样在春天的诗句里掠飞，将岩石坚硬的真相赤手空拳刨出。一场雨，即将与春天展开一场无关草木生死但又有关生灵万物的厮杀。温和的风，抵挡所有不长眼睛的刀光剑影，刷洗大地上手无寸铁的子民。

　　弓箭射中了巨大的雷声。所有的雨水，潜逃进了我的耳朵，在耳膜中组成一团旋涡。一阵风刮来，一滴雨吹落，一朵花破败，我听成了百万雄兵。一夜无眠，我将所有的好梦，预支给一条自唐自宋至今的长河。雨中撑伞的江南女子。天街的小雨。南朝四百八十寺的庙宇。王谢堂前燕子。它们是一首混乱无序的现代交响乐，在窗外惊天动地疯狂挥舞。

　　有什么还不能原谅的！让暴风雨再来猛烈一些。我的耳朵就是一座寺庙，我就是生灵万物的佛。耳朵里安详的钟声，庇佑着这世间所有的惊恐。

　　我不想宽恕战争的过错。辽阔无边的大地接受了春天的激流虔诚的膜拜。

　　我静下心来，学习仔细聆听一只受惊的山雀的控诉。然后微笑看着它

330

安详地趴在我耳畔入眠。

它曾经也是我内心敞亮的子民。

选自《扬子江诗刊》2018 年第 4 期

作者
———

左右（真名），1988 年生于陕西省山阳县，作品见《人民文学》《十月》《诗刊》《天涯》《花城》等刊，有部分作品被译介到欧美、日韩等国。出版有诗集 7 部，散文诗集 1 部。曾获第六届珠江国际诗歌节青年诗人奖、第二届紫金·人民文学之星诗歌佳作奖、第四届柳青文学奖、长安诗歌节第三届唐·青年诗人奖、第三届延安文学奖等奖项，2016 年参加诗刊社第 32 届青春诗会。

评鉴与感悟
———

左右的散文诗有不少篇章涉及佛教哲学，比如这篇《我的耳朵是一座巨大的寺庙》。诗人的耳朵虽然失聪，可他坚信自己也有一双"天耳"，诗歌便是他的声音。"我的耳朵就是一座寺庙，我就是生灵万物的佛。耳朵里安详的钟声，庇佑着这世间所有的惊恐。"左右在谈到这章散文诗的创作时曾经表示，他为读者虚拟了一个类似于寺庙、宫殿的精神信仰，希望他们能够在苦难面前坚强乐观。他进而坦率地说："我经常去距离我最近的寺庙为自己的耳朵祈福。人活着就要放低身子，敬畏万物，不论是世间的寺庙还是时空的耳朵。失聪的生活我已习惯，安静的灵魂每一天都在我身上降临。大音希声是一种境界，静水深流也是一种境界。我的耳朵所渴望的，就在寺庙里：它是木鱼声声，它是人心向佛，它是老和尚一句话也不说时，对我的拈花一笑。"有了诗与佛，便有了纯净纯粹的声音，也便可以内心敞亮或者静下心来，"仔细聆听一只受惊的山雀的控诉。然后微笑看着它安详地趴在我耳畔入眠"。但你千万不要怀疑诗人的"听力"，同时我想说的是，此地无声胜有声，诗人甚至可以听到百万雄兵刀光剑影的火并，风雨与春天展开一场无关草木生死但又有关生灵万物的厮杀，弓箭射中的巨大的雷声，辽阔无边的大地接受春天的激流虔诚的膜拜。"所有的雨水，潜逃进了我的耳朵，在耳膜中组成一团旋涡。一阵风刮来，一滴雨吹落，一朵花破败，我听成了百万雄兵。"于无声处听惊雷，或许，这正是诗人在无边的寂静中抓住的缪斯的灵魂。他净化的耳朵与圆融的寺庙，皆是敬顺真如，顺理即化，吾侪当以诗的名义顶礼。（崔国发）

声　明

　　本套"北岳·中国文学年选系列丛书"收录了2018年度众多优秀文学作品及文化时评类文章。在编选过程中,我们及各选本主编已尽力与大多数作者取得了联系,但仍有部分作者因故未能取得联系。见此声明,烦请来电,以便奉送薄酬及样书。

　　联系人:庞咏平

　　电　话:0351—5628691